La vigilance est le chemin du royaume immortel.
La négligence celui qui conduit à la mort.

[Bouddha]

Je remercie ma famille et mes amis qui ont été présents pour m'aider lors de l'écriture de ce livre.

Merci à tous et en particulier à ma sœur et ma maman qui m'ont toujours poussée à concrétiser mes rêves, mon mari de par sa présence, ma belle-maman et Kika qui m'ont aidée de toutes les manières pour que mon projet se réalise.

Sommaire

Prologue 11
Chapitre 1 : Notre rencontre 13
Chapitre 2 : Découverte 27
Chapitre 3 : Le bois 45
Chapitre 4 : Nell 65
Chapitre 5 : La famille 83
Chaprite 6 : Compréhension 105
Chapitre 7 : Sorcellerie 127
Chapitre 8 : Voyage 143
Chapitre 9 : Le secret 161
Chapitre 10 : Blanche 187
Chapitre 11 : Robby 211
Chapitre 12 : Le mariage 231
Chapitre13 : L'adieu 243
Chapitre 14 : Hayden 251
Chapitre 15 : Négligence 265
Chapitre 16 : L'enterrement 279
Épilogue 291

Prologue

Je n'ai jamais su quelle était réellement mon existence, je me suis toujours trouvée différente des autres mais pourquoi cette question me travaille encore maintenant ; alors que je connais une partie de la vérité… je ne devrais pas me poser de telles questions, j'ai une vie que beaucoup de personnes envieraient et malgré tout je reste dans un doute profond !

J'ai toujours été attirée vers un surnaturel que je n'explique pas, un surnaturel qui rejoint sorcellerie, magie, vampires, mythes mais pourquoi ! Certains dons qui se montrent maintenant à moi m'ouvrent de plus en plus l'esprit et parfois me font peur, je ne sais pas où tout cela me mènera mais je suis certaine d'une chose : enfin je me découvre et je découvre l'existence, le monde dans lequel je vis, dans lequel nous vivons. La réalité n'est pas facile à accepter mais elle est réelle !!!

Je n'ai jamais su comment tout cela allait tourner mais maintenant je sais au moins une chose… mon âme et mon destin leur seront à jamais consacrés.

Mon histoire commence un vendredi trois juin…

Chapitre 1 :

NOTRE RENCONTRE

Et voilà mon réveil sonne… déjà, ma fille pleure car elle l'entend elle aussi, mon fiancé est parti au boulot et moi, moi je ne veux pas me lever, je suis bien dans mon lit. Dehors il fait quelque chose comme vingt degrés Celsius (ce qui est bien rare chez nous), j'habite un petit pays qu'est la Belgique… dix millions d'habitants sur une surface fort petite.

Après cinq minutes où mon réveil me harcèle et ma fille qui râle, je décide quand même de sauter hors du lit.

Ma fille a presque dix-huit mois, c'est une petite blonde aux yeux bleus, tout le portrait de son papa, et tout à fait mon opposé, je suis brune avec les yeux bruns. Elle se nomme Arwenn… une petite coquine qui manipule tout le monde avec de beaux sourires.

Je commence une journée tout à fait habituelle, on se prépare, elle déjeune, moi pas, le petit déjeuner très peu pour moi !! Et nous voilà prêtes à partir.

La journée, je dépose ma fille chez mes parents, je n'aime pas trop les crèches, ensuite je pars travailler, je suis aide-soignante à domicile ce qui n'est pas très facile sans voiture.

Quant à mon fiancé Dimitri, il travaille beaucoup, il a ouvert il y a peu une société de déménagement et ça lui prend beaucoup de temps ; c'est un homme gentil, attentionné et que j'aime par-dessus tout, il est le père de mon enfant et nous rend heureuses.

Ma journée de travail commence aux alentours de neuf heures, ce jour-là j'ai comme une impression bizarre de « déjà vu » mais le problème c'est que je ne me souviens plus du tout de la fin de cette journée ; ce qui me fait rire et me met mal à l'aise…

Je sens que quelque chose d'étrange va m'arriver mais quoi et où ? Je suis persuadée d'avoir déjà vécu cette journée… comment me demanderez-vous ? Sûrement dans un rêve, les rêves prémonitoires, ça m'arrive de temps en temps, je m'en souviens car des passages de la journée me parlent plus que d'autres.

Les heures passent sans trop d'embûches, cool et simples à la fois, les patients chez qui je vais sont des personnes âgées, aimables qui ont besoin d'aide au quotidien. Vers midi, je vais retrouver ma fille.

L'après-midi, je me rends au parc avec Arwenn et ma folle et complètement déjantée meilleure amie Aline. J'ai une terrible envie de sortir le soir même et d'aller manger chez un de nos amis qui tient un restaurant mais je n'ose exprimer ma pensée, quand Aline me parle :

— Dis-moi Nell, tu n'aurais pas envie d'aller manger un bout chez John ce soir, il paraît qu'il y a des gars pas mal là-bas.

Aline est une nana toute mince, bien foutue mais qui complexe et qui se trouve trop grosse avec ses cinquante kilos toute mouillée, la couleur de ses yeux et de ses cheveux sont identiques aux miens, elle est célibataire en ce moment mais elle compte bien y remédier dès qu'elle trouvera quelqu'un avec des intérêts communs aux siens. Mentalement nous nous ressemblons très fort toutes les deux, nous aimons la vie et comme moi elle aime tout ce qui n'est pas « normal », elle me dit tout le temps que je lis dans ses pensées et elle n'a peut-être pas tort !!!! C'est une personne très importante dans ma vie je la considère comme ma deuxième grande sœur. Nous avons un an d'écart, j'ai vingt-six ans, elle vingt-sept.

— Je téléphone à Dimitri et on voit, pour moi pas de problème, lui répondis-je.

Je pense au fond de moi qu'elle aussi lit dans mes pensées mais elle ne l'admet pas et je fais avec.

— OK, quand tu l'as au téléphone remets-lui un bonjour de ma part et dis-lui que c'est moi qui veux sortir… ça passera peut-être mieux après sa journée, il ne dira sûrement pas non.

Je l'ai donc appelé et effectivement il accepte directement et sans condition :

— Coucou mon ange, dis, Aline voudrait aller manger dehors ce soir !

Ça te tente… ? OK, je téléphone à la baby-sitter alors… OK, à tantôt, je t'aime.

— Ça ne lui pose pas de problème, il vient nous chercher vers dix-neuf heures trente et je téléphonerai tout à l'heure pour que l'on vienne garder Arwenn, ce sera plus facile.

L'après-midi est passée assez vite, Arwenn et Aline ont fait les folles au parc et moi, je les ai regardées… de temps en temps, ma fille vient chez moi en me disant :

— Manman câlin, Manman balle.

Elle ne parle pas encore très bien mais par contre se fait très bien comprendre. Nous sommes rentrées à la maison vers dix-huit heures trente, la baby-sitter est arrivée une demi-heure plus tard, Dimitri lui, est arrivé à la maison comme prévu à dix-neuf heures trente. Jamie est une jeune fille qui fait des études de puéricultrice, elle est en dernière année et est âgée de dix-neuf ans.

— Jamie, nous partons, Arwenn est au lit, elle a déjà mangé et tout va bien. Si jamais tu as un souci, appelle-nous ! Passe une bonne soirée à tout à l'heure.

Comme prévu nous allons au restaurant, John l'a ouvert il n'y a pas très longtemps, il l'a appelé « la famille d'ailleurs » une partie de son restaurant fait bar et l'autre night-club. John est avant tout un ami de Dimitri, ils ont travaillé ensemble à une époque.

Arrivés sur place nous nous installons. Au bout d'un instant Aline me dit :

— Tu as vu ce gars au bar, il te dévore des yeux depuis que nous sommes arrivés, tu ne trouves pas qu'il est étrange, le pire c'est qu'il s'est rendu compte que je l'ai vu mais il ne bouge pas, il reste là, à te regarder.

— Écoute, s'il continue je vais aller le trouver ce sera plus simple tu ne penses pas, je n'aime pas qu'on me regarde comme ça, j'ai un bouton sur le nez ou quoi !

— Mais non mon cœur, me dit Dimitri, c'est le cousin éloigné de John ou quelque chose comme ça, tu ne te souviens pas ? Il nous avait prévenu qu'il voulait nous le présenter alors ne le mord pas directement, soit gentille, il n'a pas l'air bien méchant… Tiens d'ailleurs regarde, John vient vers nous avec lui.

Ce jeune homme est beau et ténébreux, pas le genre de gars que l'on croise à tous les feux. Mais pourquoi me regarde-t-il comme ça ?

Dimitri lui n'est pas quelqu'un de nature jalouse, il l'est oui ! Mais pas en ce qui concerne les proches et proche ce gars allait sûrement le devenir…

— Salut John, lançais-je, comment vas-tu ? Il fonctionne bien ton restaurant apparemment.

— Oui, oui surtout le week-end avec la boîte de nuit, sinon puis-je vous présenter mon cousin éloigné il s'appelle Robby ; il vivait jusqu'il y a peu en Australie mais sa famille et lui sont venus s'installer par ici. Je vous demanderais d'ailleurs si je peux vous le confier pour lui faire connaître un peu le coin, il ne connaît rien ici et côté boulot, il lui faudra un peu d'aide… Moi, je n'ai pas trop le temps en ce moment avec le restaurant et le Night-club…

— Pas de souci, il sera entre de bonnes mains avec nous, lança Dimitri.

— Heu salut tout le monde ! Étant donné que John vous a déjà tout dit à mon sujet il n'y a pas grand-chose à rajouter !

— Nous sommes heureux de te rencontrer Robby, voici Aline une amie et Nell ma femme…

Tous, nous le saluons, il est un peu mystérieux comme gars mais n'a pas l'air très méchant, la soirée continue sur des conversations relatives à l'Australie mais aussi sur lui… Pourquoi un déménagement dans un si petit pays ? Qui sont ses parents ? Comment s'appelle sa famille ?…

Nous apprenons qu'il s'appelle Robby Thompson, il a vingt-sept ans.

— Je vivais en Australie mais je ne suis pas de là. Je suis né dans l'État de Washington, quant à mon frère et ma sœur, Andrew et Kathlyn, ils sont comme moi maintenant à la recherche d'un job. Il faudrait qu'un jour vous fassiez leur connaissance. Nous sommes tous trois diplômés du M.I.T.

Je suis persuadée de l'avoir déjà rencontré mais où ? Surtout qu'il n'est pas d'ici… alors comment cela se fait-il ?

Quand il me regarde c'est effrayant mais doux à la fois… une sensation assez étrange. Aline le remarque aussi, et me le fait bien vite remarquer par des coups en douce et des regards discrets dont nous seules avons le secret.

Il est minuit, je décide d'y aller, je travaille de bonne heure demain.

— Bon, mes loulous ce n'est pas que j'en ai marre mais j'aimerais y aller, désolée Robby donne si tu veux ton numéro à Dimitri ou demande les contacts à John mais on doit y aller maintenant car notre fille est avec la baby-sitter et elle a cours demain… donc on est go !!

Sur cette phrase, Robby a une réaction étrange :

— Ah oui votre petite Arwenn…

Et oh pourquoi il n'y a que moi qui réagisse au fait qu'il parle de notre fille comme s'il la connaissait ! Je ne pense pourtant pas avoir évoqué son nom, ni le fait qu'on ait un enfant et encore moins que ce soit une fille…

Je pense d'ailleurs qu'il a remarqué ma réaction.

— Ho, désolé, John m'en a parlé, il m'a dit qu'elle était si mignonne et qu'elle ressemblait tellement à sa maman…

Et maintenant il a une réaction de « lèche-cul », même le regard a changé, ses traits aussi et je me pose de plus en plus de questions, il faudra que j'y repense plus tard…

— Humm… désolée si j'ai eu une réaction bizarre mais je ne pensais pas que tu avais déjà parlé de nous avec ton cousin John. Bon, ben, tu la rencontreras bien un jour. À bientôt peut-être… Bonne soirée.

Nous lui avons tous trois dit au revoir et sommes partis. L'« au revoir » a été si étrange, le fait qu'il sache déjà des choses sur nous m'intriguait. Est-ce qu'en nous voyant il a posé des questions sur nous ou est-ce John, qui de sa propre initiative, a parlé de nous, je ne sais pas trop, et entre nous, il est trop tard pour que je me pose encore des questions ce soir.

— Bonsoir Jamie ! Est-ce que tout s'est bien passé ?

— Oui, oui elle ne s'est pas réveillée par contre quelqu'un a téléphoné mais n'a pas voulu se présenter, il a dit qu'il rappellerait demain.

— OK bonne soirée alors et bonne journée demain.

Cinq minutes plus tard, je me mets au lit avec un Dimitri plein de bonnes idées en tête :

— Dis mon ange, ils seraient bien ensemble ? Tu ne trouves pas ?

Mon homme a toujours des idées plein la tête. S'il veut déjà les mettre ensemble c'est qu'il l'aime bien mais pourquoi, on le connaît à peine.

— Qui Robby et Aline ? Non… il n'est pas son type. Et toi, tu veux déjà les caser alors qu'on ne sait rien de lui, c'est peut-être le cousin de John mais nous ne le connaissons pas, attends de voir ce qu'il vaut.

— Toi, tu ne l'aimes pas ! Pourquoi ? Il a dit ou fait quelque chose de déplacé ?

— Non c'est juste que je veux apprendre à le connaître, je ne sais pas trop qui il est et je protège mon amie avant tout. Sur ce, bonne nuit mon ange, fait de beaux rêves.

— Toi aussi ma belle à demain et ne te tracasse pas trop. Je t'aime.

Comment dire à mon futur mari que je me méfie de Robby car j'ai le pressentiment qu'il n'est pas ce qu'il dit être, je pense le connaître mais je ne sais pas d'où, son regard m'intrigue, il y a tellement de choses qui jouent à son sujet que je ne sais comment réagir.

Je n'arrive pas à m'endormir, il est dans ma tête, je me questionne tellement que je n'en dors pas.

La question est, est-ce que je me lève ou pas ? Est-ce que je vais voir la petite si elle dort bien ? Je suis assise sur mon lit, je me demande si le fait de penser à lui comme ça est raisonnable ? Au moment où je me lève Dimitri se réveille pour savoir où je vais mais je le rassure et il se rendort. Je me balade dans l'appartement, j'essaye péniblement de me fatiguer, de me vider la tête et finalement décide de me recoucher, c'est encore la meilleure chose que j'ai à faire et d'essayer de dormir. Après un temps qui m'a paru une éternité, je m'endors enfin.

Le lendemain matin, j'ai tellement mal dormi que j'ai une tête de déterrée, je me trompe même dans le petit déjeuner. Je sers à Arwenn son biberon vide et à Dimitri, les biscuits de la petite. En bref, c'est un de ces fameux jours où l'on ferait mieux de rester couché et ne pas pointer son nez dehors !

Une fois Dimitri parti travailler, je me prépare pour aller faire des courses quand mon téléphone portable sonne, je ne connais pas le numéro de l'appelant, je décide de ne pas répondre, si c'est vraiment important on me retéléphonera !!

Je continue donc d'apprêter la petite et nous voilà parties. Au moment où je me dirige vers le bus mon portable « bip » pour m'annoncer qu'un message vocal est en attente. Mon bus est là, je me dirige vers celui-ci et décide de lire mon message plus tard. Une fois assises et bien installées, je compose le numéro de ma messagerie et entends ceci :

« Hello ! Nell c'est Robby, j'ai demandé ton numéro à John car il m'a dit que Dimitri travaillait, c'est juste pour te demander ce que tu fais aujourd'hui, car je ne connais pas grand-chose par ici. Bon ben, si cela ne te dérange pas dis-moi quoi ? À bientôt ».

Que faire ? Dois-je lui téléphoner ou laisser-aller ? Je ne sais pas… ce serait peut-être un bon moyen d'apprendre à le déchiffrer et à tout simplement le connaître un peu mieux… Bon, je vais jusqu'au magasin et je prendrai cinq minutes pour le rappeler.

Arwenn est contente, nous sommes arrivées au magasin… elle est assise dans le caddie et observe tout. Je décide finalement d'appeler Robby.

— Allô, Bonjour Robby, c'est Nell !

— Ah, bonjour Nell, merci d'avoir rappelé, je voulais savoir si ça ne te dérangerait pas que je me joigne à toi aujourd'hui pour découvrir les environs.

— Ben écoute oui, mais là je fais quelques courses et…

— Est-ce que je peux te rejoindre ?

J'hésite quelques secondes et puis…

— Oh oui pas de souci si tu veux, je t'envoie l'adresse par message et tu me rejoins. Est-ce que tu vas t'en sortir pour trouver ?

— Oui, oui je pense ne t'en fais pas, je rentre les données dans le GPS et j'arrive.

— À tout à l'heure alors, fais-moi un appel quand tu es là.

Je continue mes courses à mon aise et je téléphone à Dimitri pour savoir ce qui lui plairait de manger ce soir mais aussi pour le prévenir que Robby me rejoint au magasin. Et pourtant il ne paraît pas surpris outre mesure et me propose même de l'inviter à manger avec nous.

Arwenn attire mon attention quand elle me dit :

— Manman gade là, gadc lc messeu.

Elle montrait du doigt quelqu'un derrière moi, c'est Robby mais comment se fait-il que ma fille me le montre lui en particulier… ?

— Salut Robby, tu nous as trouvées ? Tu ne m'as pas sonné ? !

Sans que j'ai eu le temps de réagir, il se trouve très près de moi.

— J'ai essayé et j'ai directement atterri sur ton répondeur, j'ai même cru que tu ne voulais pas me voir et en venant à ta recherche, je me suis rendu compte que tu étais au téléphone.

Je ne sais pas ce qui se passe quand il est près de moi, j'ai comme une sensation de bien-être.

— Donc si tu le désires je vais commencer par te présenter ma fille Arwenn.

— Oh mon dieu mais comme elle est mignonne ta petite puce !

— Oui elle ressemble fort à son papa. Elle a ses yeux.

— Et ton regard…

Zut… mais pourquoi est-ce qu'il me dit ça… ?

— Quand elle te regarde, j'ai comme l'impression qu'elle te connaît. Elle réagit comme si elle te connaissait. C'est étonnant ! ?

— Oh je pense seulement qu'elle m'aime bien c'est tout.

— Oui, oui, tu as probablement raison !

Même si mes doutes étaient de plus en plus prononcés, je décide de laisser tomber pour aujourd'hui, je reviendrai plus tard sur la question.

— Si tu veux continuons les courses. Sinon rien ne sera prêt pour ce soir. Au fait, veux-tu manger avec nous ? Dimitri voudrait te voir pour parler boulot je pense qu'il a quelque chose à te proposer !

— Je veux bien rester pour discuter mais je ne mangerai pas avec vous.

Je souris, lui aussi ; son sourire s'étira pour laisser place à une belle rangée de dents blanches. Son sourire est une chose merveilleuse à regarder, son regard est clair, si clair, d'un bleu azur.

Après cinq minutes à le regarder et avoir probablement même un air bête… je me remets à parler :

— Tu fais la grève de la faim ? Ou tu as une bonne excuse ?

Je me rends compte trop tard de mes paroles, après tout il n'a pas à se justifier. Non, ce n'est pas vrai voilà que je me sens rougir à présent. Et maintenant, il se baisse vers moi… pourquoi ? Oh et il fait quoi là ! Il chuchote à mon oreille.

— Non mais ce n'est pas de cela dont j'ai faim et n'ai pas envie de manger tout simplement.

Mais que voulait-il dire par là ? S'est-il rendu compte que je suis devenue rouge comme une pivoine et qu'il en profite pour voir si ça « fonctionne » ?

Il faut que je me concentre et surtout ne pas montrer que je réagis à ses insinuations. Que faire pour ne rien montrer ? La meilleure chose est encore de regarder Arwenn mais elle aussi le regarde, elle lui fait des sourires ! Même elle s'y met… C'est un piège où je n'y comprends plus rien. J'ai l'impression qu'elle le connaît plus que moi, même si je sais que c'est impossible…

Les courses terminées, il me propose de nous ramener à la maison en voiture. L'un dans l'autre je ne pense pas qu'il aurait pu en être autrement étant donné que je suis en bus et qu'il est venu en voiture. En nous dirigeant vers le parking il me regarde… et moi, j'évite son regard autant que je peux.

— Au fait, comment est-il possible de vivre dans une grande ville et de ne pas avoir de permis de conduire ?

— Tout simplement parce que je n'ai jamais pris le temps de le passer et maintenant avec la petite du temps, j'en ai encore moins. Sans compter que le permis coûte cher et que j'ai beaucoup de frais en ce moment.

— Je peux t'aider moi… enfin si tu le souhaites, je ne veux pas t'ennuyer mais j'ai le temps qu'il te faut et on sait même prendre ta fille avec nous si tu le désires… ce serait plus facile que de prendre des cours ! Non ?

— Ho… oui, pourquoi pas. C'est gentil merci.

Là il faut bien l'avouer, il a complètement anéanti mes arguments en une phrase.

Nous arrivons enfin à hauteur de sa voiture. Elle me semble immense, c'est une Nissan Navara, comment une personne si jeune peut-elle avoir une voiture pareille, moi je ne saurais pas me payer ça avec mon maigre salaire !!

— Vas-y occupe-toi d'Arwenn. Je m'occupe des courses.

Il est serviable et gentil… je pense que c'est quelqu'un de bien, il m'intrigue quand même !

— Merci. Tu es sûr que ça va ? Je monte déjà en voiture alors.

Les courses rangées dans le coffre, nous nous mettons en route.

— Tu veux que je t'indique le chemin ?

— Hooo, me prendrais-tu pour un « blond » ? J'ai su arriver jusqu'ici je saurai retourner jusque chez toi, ne t'en fais pas !!

— Ce n'est pas que je te prenne pour un « blond », je n'oserais pas, mais tu sais où nous habitons ?

— Oui quand je t'ai téléphoné tout à l'heure j'étais devant chez toi avec John.

Je pense qu'il faut vraiment que je discute avec John, il me cache des choses, pourquoi être venu jusque chez moi sans me prévenir…

— Alors je te laisse conduire, en plus ça m'arrange, la petite s'endort.

— Occupe-toi d'elle, elle a besoin de repos, elle a l'air fatiguée.

Il est prévenant, Dimitri ne s'est pas trompé à son sujet.

Nous mettons plus ou moins dix minutes pour rentrer, nous n'avons pratiquement pas parlé durant le trajet, Arwenn dort. Tout ce qu'il fait c'est me regarder dans le rétroviseur central, et je lui rends son regard.

Arrivés à la maison, il s'est à nouveau occupé des sacs de courses et moi d'Arwenn, nous montons en silence ; ce silence est si apaisant, un regard suffit et comme avec Aline je comprends tout… son regard parle pour moi !

Une fois la petite mise au lit, nous entamons à nouveau la discussion, il me taquine à propos du chemin.

— Alors convaincue ? Je ne suis pas « blond » !

— Mais je ne t'ai jamais dit ça mais tu as quand même un bon sens de l'orientation.

— Tu sais aux États-Unis ou en Australie si tu ne l'as pas, tu te perds vite c'est si grand là-bas pour faire les courses je t'assure tu ne mets pas que dix minutes.

Quand il parle il a un tel accent américain qu'on s'y croirait.

— Tu veux que je t'aide à ranger, tu me dis où ça se range et je m'exécute.

Il est environ onze heures du matin tout est rangé. Je le questionne maintenant ou j'attends ? Je me dis que ce ne serait pas très approprié de commencer maintenant. Il va me prendre pour une dingue avec toutes ces questions un peu fofolles qui me tracassent la tête. Et puis zut... je me jette à l'eau.

— Dis-moi une chose comment me connais-tu si bien, j'ai l'impression de ne pas avoir de secret pour toi ?

— Non tu te trompes tu es juste quelqu'un dont le regard en dit long... c'est tout.

— Je ne sais pas, je me fais peut-être des idées mais je pense que tu nous connaissais ou nous avais déjà vus avant le restaurant.

— Oui dans un sens tu n'as pas tort, John m'a beaucoup parlé de vous, de toi, d'ailleurs il avait raison, tu es mystérieuse, impulsive quand tu as quelque chose en tête tu n'hésites pas...

— Non c'est là que tu te trompes. Je ne te questionne pas encore comme je le voudrais.

Si seulement il savait tout ce que j'ai en tête. Il ne dirait pas cela.

— À quoi penses-tu Nell ? Tu as l'aire bien pensive...

— Ho, ce n'est rien, ne t'en fais pas. J'ai depuis quelque temps des idées et des rêves qui me tracassent et le pire dans tout ça c'est que tu en fais partie.

Mais je pense que ce n'est ni le moment ni l'instant pour en parler.

— Comme tu veux... moi, ça ne me dérange pas de parler de cela maintenant.

— Non Dimitri va rentrer pour midi et lui ne croit pas à tous ces rêves donc nous allons arrêter de discuter maintenant car il n'est pas loin.

— Comment le sais-tu ?

— Je n'en sais rien, je le sens. C'est inné j'ai toujours eu le don de sentir quelqu'un arriver enfin si l'odeur m'est familière.

Ce n'est effectivement ni le lieu ni le moment pour en parler. En plus, je n'aime pas aborder ces choses-là à l'intérieur de chez moi, superstition, superstition… Dimitri rentre pour dîner mais n'est pas resté bien longtemps, il propose à Robby de parler boulot au soir. Après son départ, Arwenn se réveille et nous partons nous promener.

Robby lui n'a pas désiré nous suivre, il m'a dit qu'il avait rendez-vous avec son frère… ?

Je pense que voir Aline me ferait du bien, j'ai besoin d'en parler.

— Hello ma belle, est-ce que tu pourrais me rejoindre je vais boire un café. Ce matin j'ai vu Robby et nous avons parlé mais je pense que j'en ai trop dit à propos de mes rêves car il est parti en prétextant un rendez-vous avec son frère. Ce serait bien que tu viennes avant ton travail, j'aimerais avoir ton avis.

— Ok on se rejoint, j'arrive.

Aline arrive environ dix minutes après mon coup de téléphone, je lui explique ma matinée pour le moins troublante, ce que j'ai pu dire, fait, nos discussions, enfin tout en détail.

— Alors voilà dis-moi ce que tu en penses ?

— Je crois que ça doit l'intriguer mais je ne pense pas que tu en aies trop dit. Tu sais si ça le perturbe, il t'en parlera bien lui-même, ne t'en fais pas.

Après avoir apaisé mes troubles, nous continuons à discuter de lui, Aline me dit qu'elle a remarqué que même à table, il me jetait toujours un petit regard et qu'il était assez discret. Nous nous quittons plus sereines mais toujours emplies de questions !

Il est maintenant l'heure de rentrer à la maison, la journée m'a paru si longue. Comme si le temps s'était arrêté. Je passe le restant de l'après-midi à m'occuper d'Arwenn, de mon ménage et de mon souper ce qui la fait bizarrement passer à toute vitesse.

À dix-huit heures trente Dimitri et Robby arrivent à la maison, je décide de ne pas aborder de sujets délicats.

Comme il l'avait dit, il ne mange pas. Dimitri lui demande plusieurs fois mais il refuse toujours très poliment l'invitation.

Ils parlent boulot, Dimitri veut le prendre à l'essai dans sa boîte ce qui a l'air de faire très plaisir à Robby.

Je mets Arwenn au lit vers vingt heures et m'installe devant la télé pour regarder « Entretien avec un vampire » mais reste toujours dans mes pensées nocturnes, pendant qu'ils mettent tout en place pour la première journée de travail de Robby.

Après vingt minutes de film que j'ai vu et revu, je prends congé.

Des idées plein la tête, je m'endors pourtant assez vite laissant place aux rêves.

Chapitre 2 :
DÉCOUVERTE

Je bouge, je me réveille, je n'arrive plus à dormir.

Cela fait deux nuits que je ne dors plus correctement, réveillée par des rêves qui me semblent tellement réels.

À côté de moi Dimitri dort, dans sa chambre Arwenn dort aussi, la nuit est calme, il est trois heures du matin.

Je rends visite au frigo quand tout d'un coup j'entends quelqu'un derrière moi dans le salon, mon cœur bat tellement vite que toute la maison peut l'entendre, je n'ose pas me retourner, je suis pétrifiée.

— Doucement, tu vas me faire un arrêt cardiaque.

Cette voix, je la connais… familière, mais pourtant je n'ose pas me retourner.
Au même moment je sens une main sur ma clavicule, une main si froide…

Cette main essaie de me faire pivoter mais je lutte car au fond de moi je sais qui c'est et je ne veux pas me retourner, je ne suis pas prête pour ça…

— Aie confiance de quoi as-tu peur ? Ce n'est que moi !

Oui c'est lui, c'est Robby, il faut que je parle sinon j'aurai vraiment l'air d'une gourde !

— Mais que diable fais-tu ici ? Comment es-tu entré ?
— Je ne suis jamais parti, je suis là depuis hier, Dimitri m'a dit de rester cette nuit, il était trop tard pour rentrer donc j'ai élu domicile dans ton fauteuil pour la nuit.
J'espère que ça ne te dérange pas que je sois resté ?
— Non, non je me suis juste saisie, je ne m'attendais pas à te voir ici à cette heure-ci.
Mais comment se fait-il que tu ne dormes pas ? Je ne t'ai pas réveillé au moins.
— Non, ne t'en fais pas je ne dormais pas… tout comme toi apparemment.
— Je me suis réveillée car j'ai fait un mauvais rêve rien de grave.

Oserais-je lui dire qu'il était dans mon rêve, on ne se connaît que depuis quarante-huit heures ? Que je le soupçonne de ne pas être ce qu'il prétend ?

Je ne sais pas si c'est la nuit ou la fatigue qui me procure cela mais je le trouve encore plus doux que d'habitude.

— À quoi penses-tu si ce n'est pas trop indiscret ?
À mon rêve il était assez troublant…

— Et de quoi parlait ton rêve ? Car la réaction, que tu as eu en m'entendant et ensuite quand je t'ai touchée, m'a troublé, j'essayais juste de te sortir de ton effroi et tu as réagi si bizarrement que je serais curieux de savoir de quoi il s'agit.
— Oh… tu veux vraiment savoir… je ne suis pas certaine de vouloir t'en apprendre plus là-dessus.

— Si vas-y, je suis juste curieux, promis je ne rigolerai pas.

Mais à quoi il joue là, il se prend pour l'inspecteur Columbo ou quoi ?

— Le plus dur à avouer, c'est que tu étais dans mon rêve !
— Ah, alors comme ça, tu rêves de moi ? !

Voilà il rigole, je le savais quelle bêtise de lui avoir dit… maintenant je vais l'entendre.

— Pourquoi as-tu l'air si contrariée Nell ?
— Tout simplement parce que tu te fiches de moi, j'ai vu ton petit sourire quand je te l'ai dit, je n'aurais jamais dû…
— … Chuttt, non je ne rigole pas je suis juste flatté que tu rêves de moi et si je peux me permettre de quoi parlait ce rêve ??
— Dans mon rêve, tu m'avouais qui tu étais réellement !
— Mais… Nell, tu sais qui je suis réellement : le cousin de John.
— Non, une intuition me dit que tu nous as dit ça pour d'autres raisons et je ne sais pas pourquoi mais quand tu es présent je ressens comme une sensation de bien-être… je ne te connais pas depuis longtemps mais pourtant j'ai envie de me confier à toi, comme si tu savais déjà tout sur moi et c'est comme une impression de te connaître. Quoi qu'il en soit je ne compte pas t'ennuyer avec ça maintenant.

Son regard est interrogateur mais doux, nous sommes là, assis, on se regarde dans le blanc des yeux, son regard est si bleu presque blanc. Qui est-il ?

— Pourquoi me regardes-tu ainsi ? Au fait, tu as raison nous parlerons de ton rêve une autre fois ce n'est pas le moment pour rentrer dans les détails.
— Oh… heu… Ok. Je ne t'ai pas blessé au moins ?

— Non mais il est trop tard pour parler de ça maintenant ta fille va bientôt se réveiller. Quant à Dimitri s'il ne te voit pas dans le lit il va se poser des questions. Bonne fin de nuit Nell, à demain.

— Bonne nuit Robby…

Je réussis après cette conversation à me rendormir, quelle conversation étrange… !

À mon réveil, Arwenn est déjà avec son papa dans le fauteuil, ils jouent ensemble. Par contre je ne vois pas Robby.

Où est-il, est-ce que notre conversation de la nuit l'aurait poussé à partir plus tôt ?

— Coucou mes amours. Bonjour mon petit bébé comment vas-tu ? Elle s'est réveillée à quelle heure ?

— Tôt ce matin je ne l'ai même pas entendue. C'est Robby qui l'a levée.

— Ah bon, je ne savais pas qu'il était resté. Il aurait dû nous réveiller.

— Oui c'est ce que je lui ai dit aussi, mais il m'a expliqué que tu avais passé une mauvaise nuit, que j'avais l'air crevé hier et que de toute façon ça ne le dérangeait pas, il s'est bien amusé ce matin avec elle.

— Et quoi ? Il t'a dit quoi à propos de cette nuit ? Et il est où ? Maintenant je me pose réellement des questions sur ce qu'il a bien pu dire.

— Il n'a rien dit de spécial, juste que tu t'étais réveillée cette nuit pour aller boire comme une somnambule et que tu es revenue te coucher. Il est parti cinq minutes avant que tu ne te lèves.

— Oui j'ai mal dormi, je fais de mauvais rêves en ce moment, mais par contre j'ai pas « capté » qu'il était réveillé, en fait je ne me suis pas rendue compte que quelqu'un était là. Je vais prendre mon bain.

Pourquoi est-il parti avant que je ne me lève, notre conversation lui a-t-elle fait peur ? En attendant, je vais profiter d'une eau super chaude, de toute façon il doit venir voir Dimitri tantôt, je verrai bien.

Après mon bain nous nous sommes tous les trois apprêtés pour aller nous promener.

Ce dimanche après-midi est beau et chaud. Nous rentrons complètement vannés, épuisés par la chaleur et d'avoir marché autant mais heureux et emplis de sérénité…

— Je vais aller mettre Arwenn au lit, elle n'a pas beaucoup dormi aujourd'hui.
— OK, juste un câlin avant le dodo.

Dès qu'il le peut, il passe du temps à s'occuper de sa fille et ils adorent se faire des câlins.

— Allez maintenant au dodo ma puce.

Arwenn enfin mise au lit, je m'allonge dans mon fauteuil avec un bon coussin sous la tête. Je sens rapidement mes yeux se fermer et entends le téléphone de Dimitri sonner au loin…

— Nell, ma puce, tu dors ?
— Non, non, c'était qui ?
— Robby pour dire qu'il ne vient pas aujourd'hui, il est en déplacement avec son père.

Bon ok, je n'aurai pas mon explication du départ si soudain de ce matin, mais il est certain d'une chose il ne perd rien pour attendre, je veux des réponses et je les aurai.

— Nous avons changé nos plans…
— Vos plans ? Mais de quoi me parles-tu Dimitri ?
— Il ne commence pas à travailler pour moi demain mais la semaine prochaine… leur déménagement n'est pas tout à fait terminé et ni lui ni moi n'avons les papiers appropriés pour qu'il commence, donc voilà.

Bizarre, hier tout était bon et aujourd'hui rien ne va plus… Je pense de plus en plus qu'il cache des choses… tout devient de plus en plus étrange et ça m'intrigue.

La soirée est très calme, nous passons un agréable moment en famille…

Pour une fois ma nuit est sereine et réparatrice… au réveil mon visage est sur une feuille où il était noté « je suis parti, je ne sais pas à quelle heure je rentre ce soir, ne m'attend pas, je vous aime ».

Nous descendons les escaliers et arrivés au rez-de-chaussée, je vois la Nissan de Robby !

Il est là, Robby. Mais que fait-il ici à une heure aussi matinale. Je n'ai pas le temps de m'attarder, bordel !!!

— Salut vous deux, comment a été la nuit, plus calme j'espère ?
— Salut, oui j'ai enfin réussi à dormir sans me réveiller et sans rêve.
— Zut je n'étais pas dans tes songes ? ! Et coucou petite princesse comment vas-tu ce matin, on s'est bien amusés hier hein ? Promis, on refera ça !
Je le regarde en complicité avec Arwenn, je ne sais pas qu'en penser, dois-je m'inquiéter ou est-ce simplement dans sa nature.

— Écoute j'aimerais bien parler avec toi de hier matin, de mon rêve et de ton départ si soudain mais je dois aller bosser donc je vais prendre congé car je suis assez pressée.

— Si tu le souhaites, je te dépose je n'ai pas grand-chose de prévu ce matin, je dois juste voir mon père et Andrew tout à l'heure mais j'ai encore le temps.

— Oui pourquoi pas c'est gentil, merci.

En ouvrant la portière, je remarque un siège enfant dans la voiture !

— Dis-moi, quand as-tu fait l'acquisition de ce siège ?

— Je me suis dit qu'il valait mieux en avoir un au cas où…

— Je te trouve très prévenant, avais-tu prévu de me déposer ce matin où je rêve ?

— Non enfin j'espérais un petit peu, je voulais te voir, notre conversation de la nuit passée m'a troublé, tu as un esprit ouvert Nell et j'aimerais approfondir la question.

Je me mets à rire, me rendant compte qu'il se pose autant de questions sur moi que je m'en pose sur lui.

— Pourquoi ris-tu, qu'est-ce que j'ai bien pu dire ? Même ta fille se demande ce qui se passe…

— Rien, je me rends compte de certaines choses et ça me fait rire. Allez en route maintenant sinon je vais réellement être en retard nous allons d'abord chez ma mère déposer la puce et ensuite je t'explique ce que tu veux… Mais tu devras aussi t'expliquer ?

— Bien sûr Madame ne vous en faites pas !

La route menant chez ma maman fut assez cocasse car je rigolais toujours intérieurement et lui me regardait tout le temps. Il s'interroge visiblement. Chacun son tour de susciter des questions…

— Viens avec moi. Que je te présente ma mère, je crois que tu seras amené à la revoir…
— Tu es sûre ?

Mon regard est sérieux et il cède directement…

— Ok je viens mais après tu as promis.

Elle m'ouvre tout de suite.

— Coucou maman comment vas-tu ? J'aimerais te présenter Robby c'est un ami, il me dépose au travail car je suis en retard.
— Bonjour Robby, je suis Catherine. Enchantée de te rencontrer.
— Moi de même madame, j'ai entendu parler de vous, c'est chouette que vous vous occupiez d'Arwenn la journée, au moins elle grandit dans un environnement agréable.
— Je te remercie, quant à toi c'est gentil de t'occuper de ma fille et de ma petite fille. Malheureusement Dimitri n'a pas beaucoup le temps avec son entreprise, les premières années sont les plus dures.
— C'est avec plaisir que je le fais. Ce n'est pas facile de courir tout le temps comme ça sans voiture. Au moins, elle n'est pas toute seule.
— C'est certain, ça fait des mois que je lui dis de passer son permis, mais elle le repousse toujours à plus tard !

Ma mère donne vraiment l'impression de bien l'aimer ce qui est rare, elle a comme un don, si elle n'aime pas quelqu'un dès les premiers instants il est bien rare qu'elle change d'avis !

— Ce n'est pas que vous me dérangiez mais il faut vraiment qu'on y aille. Bonne journée maman ! Bonne journée mon poussin, maman revient tôt aujourd'hui.

— OK ma puce passe une bonne journée, Robby j'ai été vraiment très contente de te rencontrer tu viens quand tu veux.

— Merci Madame à bientôt j'espère, bonne journée.

Nous remontons en voiture, il ne dit rien, il me regarde… son visage près du mien. Son souffle me frôle ce qui me donne un frisson.

— Que regardes-tu ainsi ?

— Toi !

— Oui merci, ça je l'ai remarqué, qu'est-ce qui se passe !

— Rien j'essaye de comprendre ton regard et ce n'est pas facile en ce moment. Alors vas-tu m'expliquer complètement ton rêve maintenant ?

— Mon rêve me parlait de ta vie, de qui tu es réellement mais je pense que j'ai fantasmé tout ça !

— Tu me dis que ton rêve te parlait ?

— Oui en quelque sorte, je fais depuis toute petite des rêves prémonitoires et parfois je n'arrive pas bien à les distinguer.

— Et qu'est-ce que j'étais dans ton rêve ?

— En tout cas, pas le cousin de John !!

Dois-je lui en dire davantage ? J'ai tellement peur qu'il me prenne pour une folle ! Vu sa tête je suis cependant sûre d'être dans le bon.

— Pour ça tu n'as pas tout à fait tort ! Je connais John depuis pas mal de temps c'est tout, je t'ai vue avec lui un jour où vous vous promeniez avec Arwenn et je lui ai demandé de nous présenter. Il m'a demandé pourquoi je voulais ça et je lui ai dit que je t'avais connue à une époque ! Je voulais savoir si tu te souvenais de moi…

— Où nous sommes-nous déjà rencontrés, je ne me souviens pas ?

Bien sûr il aurait été bête à ce moment-là de ne pas sauter sur l'occasion.

— Il y a plusieurs années dans un magasin au centre-ville, tu lisais un livre sur la divination et les rêves prémonitoires. Tu venais de finir tes études. Nous nous sommes parlés car tu avais un autre livre en main qui attirait mon attention c'était « Les vampires d'hier et d'aujourd'hui » plusieurs fois nous nous sommes vus dans cette boutique et un jour, tu n'es plus venue… Quant à moi, je suis reparti dans mon pays. J'ai toujours su que je te reverrais.

Je reste bouche bée devant toute cette explication et en effet, je me souviens de lui, comment ai-je pu oublier ? Je ne sais que répondre. Depuis combien de temps est-il à ma recherche et pourquoi ? Tout devient flou dans ma tête.

Je sens la voiture se mettre sur le bas-côté et ensuite s'arrêter.

— Nell… Nell. Tout va bien, tu ne dis plus rien, tu es toute blanche ! Nelllllll !!

Je sens qu'il me secoue doucement.

— Ça va, ça va, mais depuis combien de temps m'as-tu retrouvée et pourquoi ? Pourquoi voulais-tu me revoir ? Je ne comprends pas ! Maintenant je me souviens vaguement mais à l'époque quand je t'ai croisé tu avais déjà le même âge si mes souvenirs sont bons. Tu n'as pas changé… Les souvenirs sont maintenant bien présents… et le livre… oui le livre tu me demandais pourquoi je le prenais et je t'ai répondu « les vampires m'ont toujours impressionnée » oui, je me souviens maintenant.

Mais ce n'est pas possible que tu sois encore aussi jeune…

À moins que… que tu ne sois un… non, je deviens folle ce n'est pas possible !!

— Non tu ne deviens pas folle, tu as raison je suis bien un VAMPIRE mais n'aie pas peur, je ne suis pas méchant.

Je ne sais pourquoi je mets ma main devant sa bouche pour qu'il ne parle plus et lui dis :

— Méchant je sais que tu ne l'es pas, car tu aurais eu plus d'une occasion de m'attaquer et tu n'en as rien fait. Mais ce que je ne comprends pas c'est pourquoi tu as voulu me retrouver ?

— À notre première rencontre, j'ai senti que tu dégageais quelque chose que les autres n'ont pas et ça m'a attiré vers toi ! Ne me demande pas ce que c'est, je ne sais pas y répondre moi-même tout ce que je sais c'est que tu es importante pour moi et ma famille, mais je ne pensais pas que le jour où je te retrouverais tu serais maman.

— Quelle heure est-il ?

— Huit heures cinquante-cinq pourquoi ?

— Non mince je suis en retard dépêche-toi, s'il te plaît pourquoi t'es-tu arrêté, je vais être sacrément en retard !!

— Ne t'en fait pas on n'est plus très loin maintenant…

— Comment sais-tu où nous devons aller ? Je ne pense pas t'avoir dit où je travaille. Mais oui… laisse tomber je connais la réponse.

La voiture se remet en route à vive allure. Moi qui d'habitude redoute la vitesse même avec Dimitri, là je suis tranquille et sereine…

— Dis-moi Nell, tu n'as pas l'air inquiète de ce que je viens de t'avouer ?

— Peut-être parce que je ne le suis pas ! Plus rien ne m'étonne avec mes rêves prémonitoires, ce que j'ai rêvé correspond exactement avec ce que tu viens de me dire, j'ai rêvé que tu me l'avouais et je savais que quelque chose en toi m'étonnerait, je n'ai jamais pensé à la réaction que j'aurais si j'avais un jour la chance de rencontrer quelqu'un comme toi ! Mais comme tu peux le voir, je réagis plutôt bien…

— Oui, c'est le moins que l'on puisse dire, c'est toi maintenant qui me trouble.

— Ne t'en fais pas on a tout le temps d'en parler mais nous sommes arrivés et il faut que j'y aille.

Sur l'autoradio passe la chanson « Am the sign »… oui c'est lui mon signe à suivre…
Je l'embrasse sur la joue et quitte la voiture.

Au travail je ne pense qu'à notre conversation, encore une chance qu'il n'y ait personne à mon arrivée, je suis bien trop troublée pour faire quelque chose de correct.

Un Vampire, Robby est un vampire, jamais je n'aurais pensé que ça m'arriverait, j'ai toujours rêvé d'en rencontrer un, mais maintenant que c'est fait ça ne m'impressionne pas plus que ça, je me surprends même à rire toute seule.

Une demi-heure après mon arrivée, Madame Schubert — chez qui je travaille — arrive.

Je lui procure ses soins, me balade dans la maison le temps qu'elle reste allongée, mon esprit n'est décidément pas très clair puisque c'est Madame Schubert qui me rappelle qu'il est déjà l'heure pour moi de partir, et me souhaite bonne journée.

Dans l'allée, j'aperçois la Nissan… il est là !
Je lui adresse un sourire, il est appuyé sur son capot, il n'a vraiment pas une tête de vampire… au fait ça a quelle tête un vampire ?

— Coucou tu ne devais pas aller voir ton père et ton frère ?
— Si, j'y suis déjà allé, tu sais sans voiture je vais encore plus vite.
— Ça va peut-être t'étonner mais non je ne sais pas, tu as de toute façon le temps de m'expliquer tout cela sur le chemin du retour.

— Oui je pense que ça devrait être possible.

Il m'ouvre la portière et je prends place à l'avant.

— Alors par quoi veux-tu commencer ?
— Peut-être par me dire depuis combien de temps tu m'as retrouvée ?
— Depuis environ deux mois, je te suivais, je regardais tes mimiques qui soit dit en passant sont très expressives.
— Tu me suivais c'est donc toi que j'avais l'impression d'avoir derrière moi, mais ce n'était pas qu'une impression tu me rassures, je me suis crue folle.
— Non tu n'es pas folle, enfin ça dépend des moments car quand tu es avec ton amie Aline, tu sais te faire de bons délires.
— Oui nous sommes sur la même longueur d'ondes. Avec elle, je ne dois pas parler, on se comprend par le regard on n'a pas de secret l'une pour l'autre. Pourquoi était-ce si important de me retrouver ?
— Je ne sais pas j'ai le pressentiment que tu es quelqu'un d'important pour moi…
— J'ai une question délicate à te poser… et j'ai passé la journée à me la poser… de quoi vous nourrissez-vous ?
— D'animaux principalement, nous n'éprouvons presque plus le besoin de boire du sang humain, sauf exception, nous avons appris à vivre sans, par moments c'est plus ou moins difficile mais nous gérons. As-tu encore d'autres questions ?
— Non pas pour le moment je te le ferai savoir quand j'en aurai ?

Nous nous mettons tous les deux à rire.

— Tu sais au fond de moi je savais que vous existiez même si tout le monde me disait que ce n'était que pure fiction, des légendes pour les soirées nocturnes.

— Bien sûr que l'on existe et malgré tout ce qu'on a pu te dire, toi tu n'y as pas cru… tu es restée sur tes opinions… c'est peut-être ça qui fait de toi une personne exceptionnelle.
— Je te demanderais de ne pas en parler en présence d'Arwenn, elle comprend déjà tout ce qu'on dit mais est encore si petite.
— Ne t'en fais pas ce n'est pas parce que tu es au courant que je vais en parler tout le temps. Je te rappelle que tu es la seule à savoir. Voilà nous sommes arrivés…

Je le gratifie d'un sourire avant de descendre de voiture.

— Maman, je suis de retour ! Avec Robby.
— Oui nous sommes dans la chambre, je la change et on arrive.
— Fait à ton aise, nous avons le temps de toute façon.

Nous nous installons dans le fauteuil, échangeant juste quelques regards qui me font rougir. Mon cœur se met à battre comme un tambour.

— Tu veux de nouveau me faire une crise cardiaque ?

J'en oublie qu'il a une ouïe exceptionnelle. Je lui réponds avec un sourire. Heureusement ma mère arrive à mon secours sans le savoir.

— Voilà… elle est toute propre ta puce, mais pourquoi rigolez-vous ainsi ? J'ai fait quelque chose ?
— Non, nous sommes juste occupés à rire pour une grimace que j'ai fait tout à l'heure
— En tout cas ma chérie tu as vraiment un ami gentil, pour te déposer et venir te chercher c'est bien ça !

Je n'ai pas le temps de répondre, Robby le fait avant moi.

— Mais c'est avec plaisir, j'ai le temps… la semaine prochaine ce sera plus difficile ; je commence à travailler chez Dimitri, les horaires seront un peu plus lourds.
— Oui effectivement, c'est gentil de la part de Dimitri de t'engager.

Je me décide à le sauver des questions de ma mère et de ses sous-entendus…

— Nous allons y aller maman, nous avons encore pas mal de choses à faire. Ce n'est pas urgent mais j'aimerais encore faire quelques courses avant de rentrer.
— OK, ma chérie passe une bonne fin de journée, attend je veux encore faire un bisou à ma poupée douce.

Après de longs « au revoir », nous partons enfin.

Robby nous dépose à la maison mais ne reste pas, il me fait savoir qu'il doit prévenir son frère que je suis au courant.

Je me sens soulagée d'être enfin libérée de ces questions incessantes qui me parcourent la tête.

L'après-midi, nous nous rendons chez Romain, un ami de longue date avec qui je n'ai pas beaucoup de secrets, et que je n'ai plus vu depuis bien longtemps.

— Salut Romain.
— Hé, Nell ça fait longtemps que l'on ne s'est plus vu, comment vas-tu ?
— Bien je me suis juste rendue compte que ça faisait un moment qu'on n'avait plus passé de temps ensemble. Donc me voilà !

— Ça me fait vraiment très plaisir de te voir et qu'est-ce qu'Arwenn a grandi en quelques mois. Elle doit avoir dix-huit mois si je ne me trompe pas ? C'est bien ça n'est-ce pas ?
— Oui tout juste.
— Montez, ne restez pas sur le pas de la porte. Dimitri travaille ?
— Oui sa société lui prend beaucoup de temps et moi j'ai un peu plus de temps libre.

Le temps passe à une allure folle, c'est mon portable qui me rappelle l'heure au moment où Robby m'appelle…

— Es-tu chez toi ?
— Non je suis chez un ami, pourquoi ? Quelle heure est-il ?
— Dix-huit heures tapantes ?
— Ah oui quand même ! Je ne vais plus tarder, tu es chez moi ?
— Non pas encore, si tu veux je peux passer te chercher.
— Non, non ça va, je ne suis pas loin. À tout de suite…
— Comme tu veux, à tout de suite.

Romain me questionne à propos de mon interlocuteur, je lui réponds que c'est un ami de Dimitri et que je dois rentrer chez moi.

Arrivée chez moi, il est déjà là, il nous attend, assis sur les marches de mon immeuble.

— Tu en as mis du temps, j'ai cru que tu t'étais perdue en chemin.
— Arrête de te moquer de moi, j'ai juste pris mon temps, c'est tout. Dit, il vaut mieux que Dimitri ignore tout de ta condition, il ne comprendrait pas je pense !
— Ne t'en fais pas, motus et bouche cousue il ne saura rien. Parole de Vampire !
— Tu as intérêt !

Dimitri arrive peu de temps après nous, la soirée fut calme.

Bizarrement Robby mange avec nous ce qui me fait bien rire, il mange sa viande à peine cuite.

Le reste de la soirée, ils l'ont passée devant l'ordinateur et moi, je lis mon livre.

La semaine se passe pratiquement comme cette première journée.

Robby vient me chercher tous les matins et tous les soirs, il passe ses soirées avec Dimitri.

Ma mère l'aime bien, nous mangeons même chez elle de temps en temps. Robby fait la connaissance de mon père, ce qui fait bien rire Dimitri ; car il est timide, enfin c'est ce qu'il fait paraître.

Robby et moi, continuons à discuter de mes rêves et de ce qu'il est.

Il me dit qu'il m'expliquera ça plus en détail à un autre moment, que c'est encore trop tôt, il veut d'abord tout savoir sur moi ! Il n'y a pas grand-chose à savoir je pense, mais bon si c'est ce qu'il veut !

Chapitre 3 :
LE BOIS

Nous sommes vendredi, la journée me semble longue, ça n'en finit pas. Tout le monde m'énerve, j'ai rêvé de cette journée… il y a quelques nuits.

J'aurais mieux fait de rester dans mon lit.

Madame Keyks m'énerve, c'est la vieille dame chez qui je travaille le vendredi, elle est seule, son mari est décédé il n'y a pas bien longtemps, elle me demande tout le temps de rester plus tard. Heureusement que je ne vais chez elle que le vendredi. Normalement je finis à midi mais il est quinze heures, j'y vais, j'en ai marre.

— Madame Keyks, maintenant il faut vraiment que j'y aille, je dois encore passer prendre ma fille, on se revoit vendredi prochain.

— Ma chère Nell, vous êtes certaine que vous ne pouvez pas rester encore un petit peu. Je me sens si seule.

— Je sais que cela n'est pas facile mais votre fille devrait bientôt arriver, je dois y aller.

— Bon, si vous ne voulez vraiment pas rester, allez-y !

— À vendredi prochain alors.

Elle arrive toujours à faire culpabiliser les personnes autour d'elle.

Je suis enfin dehors. Ouf… j'ai cru que ça n'arriverait jamais. Même marcher dans l'allée devient dur.

— Dimitri mon cœur que fais-tu là ? Tu as fini ? Et tes clients ?

— Je suis venu chercher ma petite femme car elle me manque, je ne la vois presque plus en ce moment. Je retourne travailler après, mais au moins je suis venu te voir. Ce qui devrait t'aider, tu as l'air complètement épuisée aujourd'hui.

— Oui elle m'a tuée, je sais que ce n'est pas facile de perdre quelqu'un de cher mais là… Au fait, comment savais-tu que j'étais encore ici ?

— J'ai téléphoné à ta mère pour savoir si tu étais déjà passée, elle m'a dit que tu avais appelé et que tu ne revenais pas avant seize heures.

— Donc, me voilà. Tu es contente au moins ?

— Bien sûr mon cœur, c'est une belle surprise de te voir ? Je ne pensais pas que ça arriverait si vite après l'ouverture de la société. On se met en route, j'ai hâte de rentrer.

Dimitri démarre la voiture et lorsque nous tournons le coin, je remarque la Nissan de Robby. Je fais comme si de rien n'était. Il est venu me chercher, mais pourquoi se cache-t-il ? Dimitri sait qu'il vient quand son emploi du temps le lui permet.

Nous faisons une halte chez ma mère pour embrasser la puce, Arwenn dort là.

Cela fait, nous reprenons la route, Dimitri me dépose à la maison ct lui rctournc travaillcr.

Arrivée à l'appartement, je commence à me déshabiller sans trop faire attention à ce qui m'entoure.

Je retire mon chemisier, mes chaussures, mon pantalon tout en chantonnant, ça fait du bien d'être chez soi. Je fais couler mon bain… à mon retour dans le salon.

Wouaw…

— Robby, tu es là depuis combien de temps ? Tu n'aurais pas pu me prévenir de ta présence avant que je commence à me déshabiller. Ça ne t'a pas effleuré l'esprit.

Je mets une serviette autour de moi, fâchée et gênée qu'il me voie comme ça !

— Je suis arrivé un peu avant toi ! J'ai voulu te dire que j'étais présent mais tu as commencé à te déshabiller en chantonnant, tu étais si mignonne et tellement joyeuse d'être à ton aise que je n'ai pas voulu te déranger.
— Et pendant ce temps-là, tu te rinces l'œil ?
— Non, je n'ai pas vu grand-chose… mais le spectacle n'était pas vilain à regarder.
— Espèce de…
— Va dans ton bain, ne fais pas attention à moi, je vais me mettre devant la télévision.
— Je te retiens.

Enfin, j'y suis dans mon bain bien chaud.
Robby m'a vue en sous-vêtements, ça ne me dérange pas plus que ça pourtant. Je suis certaine que si cela avait été quelqu'un d'autre, j'aurais été verte de rage.
Ces Vampires, pourquoi sont-ils si discrets ?
Maintenant, tant pis, je prends du temps pour moi, mes yeux se ferment, mon cœur ralenti, si je continue comme ça, je vais m'endormir.

Où suis-je ? Dans une forêt, seule, je connais cet endroit, j'y suis déjà venue !
J'entends des voix, des cris, des sifflements, une jeune femme qui chante.

— Houhou, il y a quelqu'un ? Je vous entends mais je ne vous vois pas ? !

Je marche à travers tout car il n'y a pas de sentier, j'essaie de me guider au son de la voix, mais elle s'éloigne plus vite que je ne marche.

— Arrête-toi, me dit quelqu'un. Ne va pas plus loin. Elle essaie de t'attirer à elle, tu es trop importante, n'y va pas.

La jeune femme qui me parle est grande, ses longs cheveux sont brillants et noirs, elle a un regard heureux et innocent avec une touche de mélancolie. Elle me paraît étrange mais inoffensive.

— Morgane laisse mon hôte tranquille, tu ne vois donc pas qu'elle m'a cherchée dans ce bois.

Je ne vois pas ma deuxième interlocutrice, je ne sais pas où elle se trouve, malgré la lumière qui passe à travers les arbres, je ne l'aperçois pas.

— Cours, va-t'en ! Ne reste pas là ! Il faut que tu restes en vie.

C'est bizarre, j'ai comme une sensation d'eau en bouche, les voix deviennent lointaines et j'entends la voix de Robby qui se rapprochc.

— Respire, respire je t'en prie, tu ne vas pas me laisser. Je t'ai tant cherchée. Respire !!!

Je sens de l'eau sortir de ma bouche, je tousse, je crache, j'ai froid, je ne suis plus dans mon bain.
J'ouvre les yeux. Je suis nue dans les bras de Robby…

— Où suis-je ? Pourquoi suis-je toute nue, Robby j'ai froid.

— Tu t'es endormie dans ton bain, tu avais la tête sous l'eau, j'ai entendu ton cœur ralentir tellement que ça devenait inquiétant. Je t'ai appelée et je n'ai plus entendu les battements de ton cœur…

Je suis rentré dans la salle de bain et t'ai sortie de l'eau. Je t'ai réanimée. Mais qu'est-ce qui t'est passé par la tête ? Nom de Dieu Nell, tu voulais te tuer ou quoi ?

— Je ne sais pas ce qui s'est passé ? J'ai senti que je m'endormais et la seconde d'après je me suis retrouvée dans un bois.

Je lui explique la suite et cette femme qu'on appelle Morgane.

Je me suis habillée et suis retournée près de Robby.

— Excuse-moi, je ne voulais pas !

— Ne t'en fait pas, je me suis fâché, pardon, mais j'ai eu tellement peur de te perdre.

— Merci d'avoir été là. Et moi qui râlais que tu m'aies vue en sous-vêtements, je suis bien tient !

On se met tous deux à rire. Il est si inquiet !

— Robby, j'aimerais aller me promener au bois ce soir, tu crois pouvoir en toucher un mot à Dimitri. J'ai besoin d'éclaircir certaine chose.

— Tu penses que c'est prudent, c'est toi qui m'as dit que tes rêves étaient prémonitoires.

— Ce n'était pas qu'un rêve mais un avertissement, à quoi je ne sais pas ? Mais cette femme, Morgane, essayait de me dire quelque chose. Il faut que je sache.

— J'en parlerai à Dimitri, je lui dirai que c'est mon idée mais il faudra peut-être y aller avec d'autres de tes amis et je demanderai à ma sœur de nous accompagner ! Deux vampires valent mieux qu'un.

— Pas de souci, je téléphone tout de suite à Aline et aux autres, tu te charges de Dimitri.

— Je vais voir Dimitri à son boulot ensuite j'irai voir ma sœur à la maison, je lui expliquerai, elle ne dira sûrement pas non. Elle a un don très utile dans pareil cas, elle sait lire et parler aux gens par la pensée.

— Oui, ça peut nous être utile.

Dis-moi, d'autres personnes dans ta famille ont des dons comme elle ?

— Oui, moi, par exemple, je sais communiquer par les rêves quand quelqu'un dort, je ferme les yeux, je me concentre sur la personne en question, je peux aussi voir ce qu'elle voit. Mais dans ton cas, là tout de suite, je n'ai pas su, quand je me suis rendu compte que tu dormais, ton cœur s'est arrêté de battre. Mon père, lui, il a le don de faire faire aux gens ce qu'il veut.

— Je vais téléphoner à Aline avant qu'elle ne prévoit autre chose.

— Avant toute chose me ferais-tu le plaisir d'aller t'allonger une petite demi-heure.

— Non, ça va, je vais bien ! Ne t'en fais pas !

— Ok, très chère si tu en es certaine, je ne reste pas plus longtemps. Vers quelle heure veux-tu qu'on soit là ?

— Quand tu veux ! Je pense que l'on se mettra en route vers vingt et une heures trente.

— À tout à l'heure, je te téléphone dès que j'ai vu Dimitri.

Robby m'embrasse sur le front et part.

À peine sorti, je me jette sur mon téléphone afin de tout expliquer à Aline et de la convier à notre sortie. Elle accepte aussitôt.

Ensuite je téléphone à Romain, lui aussi accepte, mais bien sûr je ne lui parle pas des raisons qui me poussent à faire cette sortie nocturne.

Mes coups de téléphone passés, j'écoute les conseils de Robby et m'allonge devant la télé, il n'y a pas grand-chose à regarder, je zappe encore et encore n'arrivant pas à me fixer sur un programme.

Après vingt longues minutes de zapping intense, mon téléphone sonne.

— Salut Nell, voilà Dimitri n'était pas très chaud à l'idée de la sortie dans les bois mais a fini par accepter.

— Ok, tu as déjà vu ta sœur ?

— Non, j'y vais maintenant. Je me fais des idées ou je te réveille ? Tu dormais ?

— J'étais juste allongée devant la télé !

— Tu as quand même fini par m'écouter !!

— Bla, Bla, Bla… à tantôt.

L'appel terminé, je me décide à préparer mon dîner, seule Aline mange avec nous ce soir. Quant aux autres ils arrivent plus tard.

On frappe à la porte, dois-je répondre, mon après-midi est déjà assez mouvementée et avec ces deux femmes dans mes rêves je ne suis pas très à mon aise !

— Nell, c'est moi, Aline.

— Comment es-tu rentrée ? Tu m'as fait peur. Nouille.

— La porte était ouverte en bas.

— Explique-moi plus en détail ce qui s'est passé !

— Tout d'abord promets-moi de ne parler de ce que je vais te dire à qui que ce soit !!!

— Tu me prends pour qui Nell ? Tu me connais non ?

— Oui, je m'en assure c'est tout, Dimitri n'est au courant de rien.

Je passe presque une heure à tout lui expliquer ; Robby et sa famille vampire ; mes rêves surtout celui de cette après-midi ; Robby me voyant en sous-vêtements et nue lorsqu'il m'a sortie du bain.

Notre discussion est animée de rires, de consternation et de peur.

— Dis-moi, tu l'aimes bien ! Où est-ce que je me trompe ?
— Aline… mais, de quoi parles-tu ?
— C'est juste une impression car il est beaucoup avec toi.
— OK, il est beau, gentil, attentionné, mais ça s'arrête là, c'est de Dimitri dont je suis amoureuse, il est le père de ma fille, mon futur mari et c'est lui que j'aime, personne d'autre. De toute façon on arrête d'en parler… Dimitri arrive.

La conversation s'arrête là, moi, amoureuse de Robby mais qu'est-ce qui lui prend de penser ça ??? Non, je ne suis pas plus attachée à lui qu'à un ami, enfin je crois ?

Dimitri arrive, nous mangeons en parlant boulot, ensuite je téléphone à ma mère afin de m'assurer qu'Arwenn va bien.

Aux alentours de vingt et une heures, Robby arrive avec sa sœur.
— Je vous présente Kathlyn.
— Kathlyn, je te présente Dimitri, sa charmante femme Nell, ainsi qu'Aline son amie.
— Je suis enchantée de vous rencontrer, Robby nous a beaucoup parlé de vous.
— Nous le sommes aussi, enfin nous rencontrons des personnes qui lui sont proches.

J'ai devant moi une jeune femme charmante, les cheveux noirs et yeux bleus comme lui, elle a à peu près ma taille, ses cheveux sont coupés courts.
Elle ne lui ressemble pas, sauf les yeux, juste la couleur à mon avis il n'y a pas eu de liens de sang entre eux avant leur changement, voici encore des questions à lui poser.

— Nell ne voulais-tu pas te mettre en route mon amour ?

Dimitri n'est pas à son aise, les bois et lui ce n'est pas l'amour fou. Heureusement qu'il n'est pas au courant de mon rêve, sinon il n'aurait même pas posé la question.

— Oui, encore deux minutes s'il te plaît, je vais à la salle de bain. Je reviens. Romain doit encore arriver.

J'opte pour un jeans, un t-shirt et des baskets de marche pour l'occasion.

— Voilà, je suis prête, allons-y !

Romain arrive entre-temps, les présentations avec Robby et Kathlyn sont faites.

Nous n'avons pris qu'une voiture, tous les six sommes installés dans la Nissan.

Lors du trajet, Robby me regarde presque tout le temps ce qui n'échappe ni à sa sœur, ni à Aline.

Dimitri est assis à l'avant et lui par contre ne remarque rien.

Le trajet se fait dans le calme, avec des regards constants d'Aline et Kathlyn, entre moi et Robby, je suis de plus en plus gênée.

Nous avons roulé durant une bonne demi-heure…

— Le mieux, c'est que je me parque où ?

— Tu voix le parking de la gare, ça fera très bien l'affaire.

Juste à côté du bois, il y a cette gare, qui je trouve, devient de plus en plus lugubre avec le temps.

Nous descendons de la voiture. Robby est là pour m'aider et me demande en douce comment je vais. Aline s'impatiente qu'on ne se dépêche pas.

À l'entrée du bois, il y a un grand tunnel de pierres, qui descend. Nous pouvons apercevoir au bout de celui-ci une lueur, la verdure, les arbres.

— Raconte-nous mon cœur, les légendes de ces bois.
— Il y en a plusieurs, la première c'est le lac des enfants noyés, l'histoire raconte que deux enfants de huit ou neuf ans jouaient au bord du lac, leur mère était assise non loin d'eux et tous trois entendirent une voix douce d'une femme qui leur disait d'aller vers l'eau, le temps que leur mère réagisse, il y flottait deux corps d'enfants inanimés.

Lors de mon récit, nous continuons à avancer et arrivons devant le lac.

— Voilà c'est ici, vous pouvez voir les deux petites tombes. La mort de ces deux enfants n'a jamais été élucidée.
— Et cette histoire avec la maison que tu m'expliquais ?
— Pour quelqu'un qui n'aime pas toutes ces histoires mon ange, tu m'étonnes.
— C'est juste que j'aime les entendre.
— Je veux bien vous l'expliquer mais je ne pense pas pouvoir vous la montrer, la maison se trouve dans la partie supérieure du bois et c'est une partie protégée.

Robby m'interpelle.

— Pourquoi, elle est dans ce bois, cette maison ?
— Oui et entre nous je n'ai jamais vraiment su pourquoi ils ne l'ont pas détruite.

C'est une maison qui est soi-disant habitée par des sorcières malfaisantes.

Les villageois de l'époque y auraient mis le feu pour les chasser, certaines ont péri dans l'incendie et maintenant elles hantent nos bois.

D'ailleurs quand on passe devant et qu'on a la chance qu'il fasse calme, on entend, des cris, des chants, des voix, qui s'échappent de la maison.

De la prairie où nous sommes, nous pouvons apercevoir une partie de la maison.

— Voilà regardez, on en voit le toit.

Quelques secondes après avoir dit cela, tout bascule et m'échappe.

Tous s'effondrent comme des mouches, sauf Robby et Kathlyn qui semblent avoir des réactions, ils sont conscients ce qui n'est pas le cas des autres.

Quant à moi je suis debout pétrifiée devant cette lueur qui vient à moi.

Une voix me parle !

— Elle t'avait pourtant prévenue de fuir, mais tu es venue, je savais Nell que tu ne résisterais pas à l'envie de venir élucider ce problème.

Ce n'est plus une entité que j'ai devant moi, mais une femme, superbe, habillée d'une longue robe blanche, son visage est blanc et ses cheveux aussi, ils sont longs et descendent jusqu'à sa taille.

— Je reconnais ta voix, c'est toi que j'ai entendu cette après-midi ?

— Oui c'est bien moi, je t'ai fait venir jusqu'ici ! Je pensais que ce serait plus difficile.

— Que leur as-tu fait. Ils sont tous inconscients ?

— Non, c'est là que tu te trompes, deux de tes amis sont bien conscients.

Au même moment Robby et Kathlyn s'approchent et viennent m'entourer.

— Des vampires, tu as de vampires pour amis ! J'aurais dû me douter qu'une personne comme toi serait bien escortée.

Elle se met à rire, j'entends comme des hurlements dans son rire, c'est assez lugubre et oui je l'avoue, maintenant j'ai peur.

— Nell, tu la connais ?
— Je pense bien oui, Robby, Kathlyn je vous présente « la Dame Blanche », c'est une entité surnaturelle tenant le rôle de sorcière ou d'annonciatrice de mort prochaine. Il s'agit d'une fée, moitié déesse, moitié sorcière. Elle habite la nuit dans les landes et les forêts et s'attaque parfois aux rares passants. Son apparition est souvent accompagnée de hurlements lugubres et de sifflements, ça annonçait la mort d'un membre de la famille dans les trois jours. Et la dame que vous avez sûrement vue et entendue là sur notre droite est la Dame Verte son acolyte. La Dame Verte ne diffère pas de la Blanche, qu'elles soient fées ou spectres. Elle est habillée de vert et ses cheveux sont verts afin qu'on la voit moins aisément, c'est plus facile de se cacher dans les feuillages. Elles attaquent principalement en douce et par-derrière, en bref une personne très lâche !
— Je vois ma chère Nell que tu as bien appris ta leçon ?
— Allez-vous me dire ce que vous avez contre moi, d'où me connaissez-vous ?
— Je suis ton évolution depuis plusieurs années, tu étais venue dans ce bois avec des amis, tu y venais même tous les soirs. J'ai senti ton aura et toi tu m'as aperçue et cette fille allongée derrière toi aussi ! En te voyant j'ai compris directement qui tu étais !

— Et qui suis-je ? Car vous l'aurez peut-être remarqué, je ne sais absolument à quoi vous faites allusion ?

Ma phrase à peine terminée, une troisième personne fait son apparition dans cette scène ?

— Blanche laisse-la, elle ne sait pas.
— Il est temps qu'elle sache. Elle est un danger pour moi et ne croit pas que je laisserai ta protégée en vie bien longtemps.
— C'est vous aussi que j'ai vu tout à l'heure, si je ne me trompe vous êtes la fée Morgane, reine d'Avalon, l'île aux pommes de l'autre monde.
— Oui c'est bien ça Nell, à quoi l'as-tu deviné ?
— La branche de pommier sur votre corsage. C'est le symbole celtique de la paix et de l'abondance. Je ne sais peut-être pas de quoi vous parlez en ce moment, beaucoup m'échappe, mais je ne suis quand même pas andouille à ce point.
— Tu ne t'es jamais demandé pourquoi tu t'intéressais aux légendes celtes, aux vampires, aux mythes.

Notre conversation est interrompue par la Dame Blanche qui s'impatiente.

— Votre conversation est bien belle mais il est temps d'en finir.

À cet instant précis, j'entends crier Kathlyn et Robby, ils sont tous deux attachés aux arbres par des lianes.

— Mais comment n'ai-je rien vu ?
— Étant donné que tes amis ne sont plus là et que Morgane est occupée avec Verte, il ne reste plus que nous deux. Il est temps d'en finir.

Je n'ai pas le temps de réagir que je me sens projetée en arrière, mon dos heurte de plein fouet l'arbre derrière moi.

Je suis pratiquement inconsciente. Les seules choses que j'entends sont des voix, celle de Robby qui m'appelle, celle de la Dame Blanche, haute et gracieuse qui rit ainsi qu'une autre voix que je ne connais pas, dire : « c'est de ça dont tu avais peur Blanche ? Elle ne fait pas le poids devant nous ». J'en déduis que c'est la Dame Verte !

— Il est vrai que tant qu'elle ne sait pas ce qu'elle est, nous n'avons pas grand-chose à craindre, je la pensais déjà plus puissante. Occupons-nous de ces vampires, nous en avons l'occasion, ils risquent de nous faire du tort plus tard.

Non pas eux, non, je ne veux pas, vous ne pouvez pas, je n'arrive pas à crier.

Je sens la colère monter en moi, les arbres s'agitent comme à l'annonce d'une tempête ! Les oiseaux et les animaux aux alentours prennent la fuite.

Je reprends doucement conscience. Des voix murmurent « Regarde, ce n'est pas possible, regarde son tatouage à la nuque, Kathlyn regarde !!! »

À cet instant, j'ouvre les yeux, mes pieds ne touchent plus le sol, je lévite à plus de trente centimètres.

Je comprends à ce moment-là, la force qui fait bouger les arbres, c'est moi, la colère que je dégage.

— Jamais, tu m'entends, jamais je n'admettrai que l'on fasse du mal à mes proches.

— Nell, que t'arrive-t-il ?

— Aline, ne reste pas là, aide les autres et va-t'en.

— Fée Morgane aide Aline s'il te plaît !

Morgane l'aide à mettre tout le monde à l'abri, seuls mes amis Vampires ne sont pas détachables, leur force ne peut rien contre la sorcellerie.

— Dis-moi, très chère, que comptes-tu me faire ? Je t'ai à peine jeté un petit sort et tu t'es retrouvée projetée contre l'arbre.

— Je ne sais pas à vrai dire mais j'essaye de te contrer, je n'ai jamais eu peur de toi au contraire, je voulais te rencontrer. Tout ce dont tu es capable ce sont des attaques contre deux malheureux enfants de neuf ans.

— Comment sais-tu que c'est moi qui ai fait ça ?

— Je l'ai vu quand je me suis mise devant le lac, comme si j'étais présente, il y a de ça plusieurs mois.

— Tu te crois plus forte que moi ?

— Non, tout ce que je sais c'est que toi et ton acolyte vous êtes de vraies lâches. Je ne sais pas si j'arriverai à faire quoi que ce soit contre toi, mais je sais que j'y mettrai tout mon cœur.

— Alors commençons !

Ma phrase à peine terminée, je sens une rafale de vent venir vers moi, mais contrairement à tout à l'heure, je ne bouge pas.

— Tu résistes, c'est déjà pas mal. Voyons de quoi tu es capable.

Je décide de fermer les yeux, elle m'envoie des sorts encore et encore. Et là encore je ne bouge pas, je tends ma main devant moi, mon esprit me dicte de le faire, la Dame Blanche est projetée en arrière.

La Dame Verte est sous le choc, je réussis à contrer cette attaque et à la retourner contre elle.

— Dis-moi, tu savais ce que tu faisais là ? N'est-ce pas ?

— Non, je ne sais absolument pas ! Et c'est ça qui est marrant ! T'ai-je fait peur Robby ?

— À vrai dire oui !
— C'est la meilleure, je fais peur à un vampire.
— Attention derrière toi !

Derrière moi, je n'ai pas une mais deux sorcières.

— Tu vois Blanche, j'avais raison, seule, vous n'êtes rien !
— Tu te crois maligne, hein ?
— Non, je ne me suis jamais écrasée devant qui que ce soit et je ne vais certainement pas le faire devant vous ! Si je dois y rester, je le ferai mais jamais tu ne me verras fuir ! Ai-je été assez claire ?
— Je pense alors te dire adieu, tu avais du potentiel mais tu as décidé de le gâcher en me défiant !

Je sens la colère monter en elle. Elle devient de plus en plus blanche, une drôle de lueur se dégage d'elle.

Les deux Dames m'entourent, elles m'attaquent de part et d'autre, je suis prise par leurs sortilèges. Robby, en dessous de moi hurle « lâchez-la, je vous promets que si vous lui faites du mal je vous tue ».

J'entends Robby hurler de mal, elles lui ont jeté un sortilège de douleur ou quelque chose dans le genre !

En l'entendant hurler, ma colère monte de plus en plus, je sens une énergie se dégager de moi, je répète des paroles sans arrêt et je ne sais pas pourquoi mon esprit me dicte de le faire.

— Par l'eau, le feu, le vent et la terre. Je vous demande de vous en aller.

Par l'eau, le feu, le vent et la terre. Que cet endroit ne veuille plus de vous.

Par l'eau, le feu, le vent et la terre. Retournez dans vos terres.

J'invoque les quatre éléments, vous, éléments sacrés, aidez-moi à éloigner ces deux êtres maléfiques loin d'ici.

Je dégage une puissance tellement surnaturelle que tout tremble autour de moi !

— Nous t'aurons un jour peut-être pas maintenant mais ne t'en fait pas, ce n'est pas fini ! me dit la Dame Blanche.

Toutes deux disparaissent, les lianes qui tiennent Kathlyn et Robby se délient.

Je suis à bout de force et tombe au sol. Morgane est revenue sentant tout trembler.

— Nell, comment vas-tu ?

— Fée Morgane est-ce vous ?

— Oui, ne t'en fait pas, elles sont parties, tu leur as fait peur ! Je pense que ton vampire aimerait voir comment tu vas ? Mais ne tarde pas trop tes amis vont s'éveiller.

— Robby, tu vas bien ?

— Mieux que toi, attends, je vais t'aider.

— Non laisse-moi ! J'ai mal à la nuque.

— Ton tatouage saigne. C'est normal après tout ça.

— Laisse-moi, va voir comment va Dimitri dis-lui que j'ai avancé pour trouver de l'aide et dit à Aline de ne rien dire de tout ça, ne t'en fais pas pour moi, fée Morgane est là. Vas-y s'il te plaît et ne pose pas de questions.

Kathlyn accompagne-le, part, on se rejoint à la voiture.

— Ok, vient Robby, écoute-la, elle ne risque plus rien maintenant.

— Si tu en es certaine, fée Morgane faites attention à elle.

— Ne t'en fait pas elle sera déjà à la voiture quand vous arriverez.

Robby m'embrasse sur le front et s'en va avec sa sœur.

Je suis au bord de l'épuisement, je ne sais plus me tenir débout. Je suis à bout de nerfs, les larmes aux yeux.

— Fée Morgane puis-je vous poser une question ?
— Je t'écoute…
— Qui suis-je, pourquoi veulent-elles en finir avec moi ?
— Tu leur fais peur, ta puissance n'est pas normale pour elles. Mais nous en reparlerons, nous serons amenées à nous revoir dans un futur très proche. Maintenant tu as besoin de te reposer, viens allons à la voiture.
— Mais je ne sais même pas me mettre debout, c'est comme si toute mon énergie avait quitté mon corps.
— C'est le cas, tu as utilisé pratiquement toutes tes forces en invoquant les quatre éléments.
Allons-y !

Morgane me fait léviter jusqu'à la voiture, effectivement ils ne sont pas encore là, je m'endors contre la voiture à peine posée au sol, Morgane me dit de me reposer et disparaît.

— Nell, réveille-toi. Nell…
— Je suis réveillée, je me repose juste les yeux, ne t'en fais pas Dimitri je vais bien. J'ai juste mal aux jambes.
— Je m'en doute, Robby nous a dit que tu avais été cherché des secours, tu as forcé mon ange.
Je ne comprends toujours pas comment on a pu s'évanouir si subitement.
— Tu sais c'est peut-être cette boisson que vous avez sirotée Romain et toi. Il y avait peut-être quelque chose dedans… et vous avez fait une chute de tension…
— Oui, tu as peut-être raison. Maintenant en voiture.

Bizarrement je réussis à me mettre debout et à me traîner jusqu'à la voiture où je m'installe et m'endors en regardant Robby dans le rétroviseur central, il a un regard inquiet. Kathlyn me tient le bras pour me rassurer.

— Nell, Nell, mon cœur réveille-toi, nous sommes à la maison, me dit Dimitri.
— Non, je veux dormir, laisse-moi dormir maintenant.
— Ok, ma belle je vais te porter.
— Attends Dimitri, je vais le faire car si tu as une nouvelle chute de tension, ce serait bête que vous tombiez tous les deux.
— Oui, là tu n'as pas tort !

Je me retrouve donc dans les bras de Robby, il me porte jusqu'à l'appartement et me dépose sur le lit. Il me chuchote des mots à l'oreille que je n'entends pas, tellement le sommeil m'emporte.

Le lendemain matin, je vais nettement mieux physiquement mais mentalement ce n'est pas encore ça. J'essaye de joindre Robby, son répondeur dit « je ne suis pas joignable pour le moment mais laissez-moi un message, je vous rappelle dès que possible ».

Une semaine passe, toujours pas de nouvelles de Robby, pourquoi ne me répond-il plus ? À lui aussi, lui aurais-je fait peur ? À vrai dire ce n'est pas ça qui me tracasse le plus. La vraie raison est que je n'arrive pas à éclaircir ce qui s'est passé dans le bois.

Pour Dimitri et Arwenn, je fais comme si tout est normal, Dimitri m'annonce que Robby commence à travailler pour lui d'ici plus ou moins une semaine. Pour le moment, il réunit les derniers papiers pour son engagement.

Je ne sais pas pourquoi il ne me répond plus mais j'arriverai à éclaircir ça !

Chapitre 4 :

NELL

Une semaine et demie se passe depuis ce fameux soir, toujours pas de nouvelles de Robby, je ne sais trop que penser, ma mère me questionne aussi sur le fait de ne plus le voir, je réponds qu'il a dû retourner en Australie pour aller chercher des documents !

Que puis-je répondre ? Je ne connais pas la raison exacte de son absence.

Nous sommes jeudi soir, demain je dois aller chez Madame Keyks, franchement je n'ai pas trop la tête à ça, entre ces histoires au bois, cette énergie que j'ai et dont je ne connais pas grand-chose, l'absence de Robby et le manque de réponses à toutes ces questions, ne me donnent pas plus l'envie d'aller m'enfermer avec elle. Elle va encore déprimer car ça ne va pas en s'arrangeant.

La voix de Dimitri me fait sortir de ma réflexion.

— Nell, tu n'irais pas au lit, il commence à se faire tard et demain tu es debout tôt !

— Oui je ne vais pas tarder mais je me dis qu'au moins vite j'irai au lit, au moins vite nous serons demain.

— Oui je me doute bien que tu n'as pas envie d'aller travailler, mais dis-toi que tu auras vite fini, après tu as un long week-end qui arrive.

— Un long week-end ? Comme d'habitude il n'est pas plus long que les autres tu sais !

— Ha je pensais que tu faisais le pont ce n'est pas ce que tu m'as dit ?

— Oui c'est vrai tu as raison, j'ai congé lundi et mardi. Sur ce je vais aller dormir car je ne tiens plus.

Je m'endors assez vite et me mets à rêver.

Je joue avec ma fille et tout à coup Robby est présent, il vient doucement à moi et me dit :

— Tu te souviens, je t'ai dit que je savais rentrer dans les rêves ?

— Oui, je crois que je m'en souviens.

— Alors réveille-toi.

— Tu crois que je sais me réveiller sur commande.

— Oui tu en es capable rejoins-moi, je suis dans ton salon.

— Que fais-tu là ? Tu ne donnes plus de nouvelles, tu pars sans raison et je devrais me réveiller pour toi ?

— Arrête de faire ta râleuse et vient, ce n'est pas le moment pour parler de ça !

— Pourquoi tout le monde me répond toujours cette phrase. J'estime avoir le droit de savoir ?

— OK, nous étions partis mon frère et moi, faire des recherches à ton sujet, sur ce qu'on a appris dans le bois. Estimes-tu cela assez important pour te lever maintenant ou préfères-tu continuer à dormir ?

— Non c'est bon je viens.

Je dis à ma fille, dans mon rêve, que maman doit se réveiller mais que je reviens rapidement.

Doucement, je me lève pour ne pas réveiller Dimitri, me dirige vers le salon, Robby est appuyé contre la fenêtre et regarde à l'extérieur.

— Salut, depuis quand es-tu revenu ?

— Depuis une heure environ.

— Avant toute autre chose, tu n'aurais pas pu me prévenir que tu partais ?

— Mais souviens-toi, je te l'ai dit, quand nous sommes rentrés du bois, je t'ai portée et mise au lit, je t'ai chuchoté à l'oreille « je reviendrai vite mais il faut que je sache qui tu es ? Ne t'en fait pas je serai là, à bientôt ma Nell ».

— Ha... j'ai bien senti que tu me chuchotais quelque chose mais je n'ai pas entendu. Pourquoi n'as-tu pas fait comme maintenant venir me le dire dans mon rêve ?

— Car tu ne rêvais pas ce soir-là, et après, la distance rendait ça impossible !

Je me sens mal de l'avoir agressé comme ça. Il me regarde à moitié fâché et en même temps, il a l'air de rire.

— Pardon de t'avoir parlé ainsi mais je me suis sentie abandonnée. Dimitri n'est pas au courant et Aline a beaucoup de boulot ces derniers temps. Je n'ai pas pu parler de tout ça avec quelqu'un.

— Je m'en doute. Et après ce petit séjour loin d'ici, je peux voir que je t'ai manqué. Et ça me fait plaisir.

— Qu'as-tu trouvé me concernant ?

— À vrai dire je ne suis pas venu pour ça ce soir ! Je suis venu justement pour que l'on se voie demain, et que l'on en parle à notre aise.

— Mais je travaille demain au cas où tu l'aurais oublié.

— Voilà la raison de ma visite, je voulais te demander de déposer Arwenn comme tous les jours chez ta mère, ensuite tu téléphones à la dame chez qui tu vas en général et tu lui dis que tu ne viens pas car ta fille est malade, ça nous permettra de passer la journée ensemble et d'éclaircir tout ça.

Je ne sais pas quoi lui répondre, je suis tiraillée entre deux choses, être près de lui et savoir ce qui s'est passé dans le bois, je ne suis pas certaine de vouloir connaître les raisons de tout ça. Tout va être si différent après, je le sens. Une autre chose m'ennuie, c'est le fait que je sois si contente de vouloir être près de lui. Est-ce de l'amitié ? En allant m'asseoir dans le fauteuil, je l'aperçois qui s'impatiente de mon hésitation.

— OK, pour demain, mais pour tout le monde je travaille et j'inventerai que mon téléphone est déchargé, pour qu'on ait la paix.

— Ça me va. Et pardon de ne pas m'être assuré que tu m'avais entendu, sinon j'aurais demandé à Kathlyn de te prévenir.

Il vient s'asseoir près de moi dans le fauteuil, me regarde et prend ma main dans la sienne. Nous restons assis environ une demi-heure comme ça, lui et moi nous tenant la main, lui la caressant de son doigt, moi le regardant faire.

— Robby je vais aller me mettre au lit maintenant, même si je ne travaille pas demain je me lève tôt.

— Nell, j'aimerai te dire…

Je me précipite et mets ma main sur sa bouche.

— Pas maintenant s'il te plaît, ne rend pas les choses encore plus difficiles qu'elles ne le sont déjà ! Je t'en prie, tais-toi !

— Si tu le désires, mais il faut que je le dise si ce n'est pas aujourd'hui, je le ferai un autre jour.

— Une fois que tout ce soit calmé si tu veux bien, car je sais ce que tu veux me dire, j'en ai le pressentiment, mais pas tout de suite. OK ?

— Bon ok mais un jour ? !

— Ne t'en fais pas, on prendra le temps de parler de ça… si tu veux dors ici ce soir.

— Non je vais rentrer Andrew m'attend, on a encore du travail.

— Comme tu veux, dis-lui merci pour moi.

— Je n'y manquerai pas, demain je vous attendrai en bas.

— Bonne nuit alors.

Il prend ma main, l'embrasse et me souhaite de beaux rêves. Je retourne dans mon lit alors qu'il est encore dans le salon.

Je suis heureuse qu'il accepte de ne pas aborder certaines questions ce soir, je ne sais pas moi-même ce que je lui aurais répondu.

Dimitri se retourne et me prend dans ses bras.

— Où étais-tu mon cœur ? Tu parlais avec qui ?

— J'étais au téléphone, Madame Keyks qui se sentait mal, je l'ai rassurée rendors-toi mon ange.

— Elle t'a appelée maintenant mais elle a vu l'heure… elle ne s'est pas dit que tu dormais ?

— Si mais elle saignait, mais apparemment rien d'important.

— OK dors bien alors.

Je me blottis dans ses bras et culpabilise un peu de tous ces mensonges. Mais bon, parfois il vaut mieux un bon mensonge qu'une vérité difficile à entendre. Je ne veux pas lui faire de mal avec toutes ces histoires.

Je me demande le lendemain matin, si j'arriverai à mentir comme Robby me le demande. En partant avec Arwenn, je laisse un mot à Dimitri « mon téléphone est plat, j'ai oublié de le charger, je te téléphonerai dès que possible. Nous t'aimons toutes les deux ».

Il est déjà là, à nous attendre, il prend Arwenn dans ses bras, lui dit combien lui ont manqué ses grimaces. Nous nous dirigeons chez ma mère et je téléphone à Madame Keyks.

— Je ne saurai malheureusement pas venir aujourd'hui ma fille est malade.

— Oui mais je comptais sur ta venue. Ma fille ne vient pas aujourd'hui.

— Je suis désolée mais je reste près d'Arwenn Madame Keyks, elle a trop de température. À la semaine prochaine.

J'écourte la conversation, je ne veux pas entrer dans son jeu.

Nous voilà chez maman, je dis à Robby que je monte déposer Arwenn et que je redescends dans quelques instants.

Dix minutes plus tard, me revoilà dans la Nissan.

— Alors où m'emmènes-tu ?

— Nous allons commencer par aller déjeuner !

— Je ne veux pas te vexer mais je n'ai pas le même régime alimentaire que toi !

— Je sais c'est pour toi que nous allons car je t'ai écoutée et tu n'as encore rien mangé aujourd'hui et je pense que tu dois prendre des forces. C'est une journée qui risque d'être dure en émotions, je pense.

— Bon d'accord et où allons-nous ?

— Aline m'a dit qu'il y avait un endroit que tu aimais bien près de chez toi et c'est là que nous allons.

— Tu as eu Aline au téléphone ?

— Oui pendant que tu étais chez ta maman, elle nous rejoindra plus tard.

— Répondras-tu au moins à une question avant d'arriver là-bas ?

— Oui bien sûr, laquelle ?

— Dans la forêt, je t'ai entendu dire à ta sœur de regarder mon tatouage, pourquoi ? Ça pourrait peut-être expliquer la raison du saignement et de la douleur à certains moments.

— Tu as encore mal ?

— Oui parfois.

— Laisse-moi regarder.

Il soulève mes cheveux, sa respiration fait du bien sur mon tatouage, ça apaise le mal, c'est si froid !

— Je comprends pourquoi il te fait mal, son contour est tout rouge.
— Tu réponds à ma question, ai-je dit impatiente de savoir ce qu'il a à me dire.
— Oui, ne t'impatiente pas tout le temps. Il y avait comme une lumière qui en sortait au plus on te voyait réagir, au plus il s'illuminait, assez étrange ne trouves-tu pas ?
— Oui mais ça ne m'explique toujours pas pourquoi il me fait plus mal à certains moments et pourquoi je n'ai eu ça que là !
— Je ne sais pas encore répondre à toutes tes questions, je n'ai pas appris grand-chose durant mon absence juste de quoi nous mettre sur une piste.
— Tu m'expliqueras tout de suite.
— Oui je ne pense pas que parler de tout ça dans un lieu public soit très approprié.

Nous allons nous parquer ; avec une voiture si grande, trouver une place n'est pas des plus faciles. L'endroit où il m'emmène manger est un endroit que j'adore, nous y allons souvent Aline et moi.

— Dis-moi que tu ne vas pas me regarder manger.
— Non, je ferai semblant de t'admirer et je jouerai le jeu d'être fou amoureux de toi ?
— C'est très drôle comme réflexion ça ! Heureusement que tu joueras un rôle !
— Bien sûr je suis un bon acteur.

Nous nous lançons un regard, lui très content de lui et moi assez ennuyée par ses sous-entendus !

— Une table pour trois s'il vous plaît ?

Qu'est-ce qu'il est sérieux quand il s'adresse à un étranger. Très élégant, c'est là que je peux voir qu'il n'est pas né d'hier, sa manière de s'exprimer n'est pas tout à fait de notre époque. Notre serveur le regarde avec fascination, comme si jamais personne ne lui avait parlé comme ça.

— Tu sais de quoi tu as envie ou tu préfères attendre ?
— On ne devait pas attendre Aline ?
— Non, elle nous rejoint dès qu'elle sait, elle était encore dans son lit quand je l'ai eue au téléphone et apparemment pas seule !

N'importe quelle conversation du moment mais qu'il n'aborde plus le sujet des sentiments !
Le serveur revient, j'ai intérêt à me décider.

— Avez-vous choisi ce que vous prendrez ?
— Je vais prendre un chocolat chaud, un croissant et une couque au chocolat s'il vous plaît ?
— Et pour monsieur ?
— Juste un café, merci.

Le serveur le regarde d'un air étrange, s'en va en se retournant pour nous regarder.

— Tu l'intrigues, je pense.
— Non c'est ta beauté qu'il regarde.
— Hahaha, non c'est bien toi qu'il regardait. et comme ça tu vas boire un café ?
— Non c'est pour toi que je l'ai pris ?
— Tu veux me stresser en plus ? Je ne suis pas assez nerveuse pour toi ?

— Tu es nerveuse… pourquoi ? Pour la conversation que nous allons avoir tout à l'heure à propos du bois ou parce que nous sommes assis dans un endroit confiné rien que tous les deux ?

— Tu as fini oui ? Je ne t'avais pas demandé de ne pas en parler ?

— Oui je t'ai dit que j'attendrais mais je n'ai pas dit que je ne ferais pas de sous- entendus.

— Je vois, alors fais-en le moins souvent !

Il se met à rire, Aline arrive au même moment.

— Qu'est-ce que j'ai loupé de si marrant ?

— Rien, laisse tomber, il a décidé de m'ennuyer aujourd'hui. Bonjour ma belle comment vas-tu ? Avec ton nouvel amoureux, ça va ?

— Oui pour le moment ça va ! Et toi après tout ce qui s'est passé ? Tu as l'air d'aller mieux.

— On fait avec, je gère comme je peux.

— Racontez-moi ce qui faisait rire Robby.

— Rien je t'ai dit, il m'ennuie.

— En fait, elle n'aime pas que je parle de mes sentiments.

— Tes sentiments, ah bon !

— Oui j'essaye de lui faire comprendre qu'elle est importante pour moi, plus qu'elle ne le pense, mais elle ne me laisse pas en parler.

— Si vous voulez mon avis, je pense qu'il vaudrait mieux mettre les choses à plat directement.

— Ma chère Aline et Robby, je vous promets de mettre ça à plat dès que toute cette histoire sera réglée. En attendant je vous demande de ne pas le faire maintenant.

Nous avons déjeuné, Robby très fier de lui me fait des sourires et Aline rigole bien en voyant la scène.

— Dis-moi où allons-nous ensuite ?
— Au bois, la seule personne qui peut nous aider pour tout ça c'est Morgane.
— Tu te rends compte au moins du danger si on va là-bas ?
— Oui, mais nous serons trois pour veiller sur toi ?
— Trois, que veux-tu qu'Aline fasse ? C'est qui le troisième ?
— Aline vient avec nous car d'après ce qu'on a trouvé elle pourrait t'aider, les deux autres c'est Kathlyn et Andrew.
— Ton frère vient aussi ?
— Oui il est le plus fort de nous tous. Je pense qu'il pourrait nous être utile et de plus il a insisté pour venir.
— Nous y allons dans combien de temps.
— Le temps que j'aille payer.

Nous arrivons assez rapidement à l'orée de la forêt et je suis de moins en moins à mon aise.

— Ça ne va pas Nell ?

Robby est inquiet, il ne le cache pas. Je sens les arbres bouger, s'agiter en ma présence.

— Un peu anxieuse. J'ai peur de ce qu'on va trouver.
— Ne t'en fais pas on est là et Aline ne te laissera pas.

Il attrape ma main pour la serrer fort contre lui. Pour une fois le fait qu'il montre son affection ne me gêne pas, Aline m'attrape le bras et me chuchote « courage ».

Nous avançons jusqu'au lac des enfants noyés où nous attendent Kathlyn que je reconnais directement et un homme grand et baraqué, des cheveux bruns et des yeux bleus comme son frère et sa sœur, j'en déduis que c'est Andrew.

— Enfin vous voilà, je pensais que vous ne viendriez plus !
— J'ai préféré l'emmener manger un bout avant de venir, on ne sait pas ce qui nous attend, elle devait prendre des forces.
— Je te présente Nell et Aline.
— Bonjour Nell je t'ai senti venir, tu dégages une telle énergie, je comprends un peu mieux pourquoi elle en a après toi.
— Salut.

Mon salut était assez timide, ça m'énerve que tant de personnes sachent des choses sur moi que je n'arrive pas moi-même à savoir. Aline et Kathlyn discutent ensemble et Robby ne veut pas lâcher ma main.

— Bonjour Nell, je ne pensais pas que tu reviendrais !

Je reconnais sa voix, si douce, si envoûtante.

— Bonjour fée Morgane, oui je suis revenue; j'ai besoin d'explications.
— Ce qui est tout à ton honneur, tu as le droit de savoir. Que tes amis nous laissent, je suis désolée mes amis mais je dois lui parler seule.

Robby s'y oppose et ne veut pas me laisser seule, il s'accroche deux fois plus à moi. C'est Andrew qui le calme en lui disant que je ne risque rien avec Morgane à mes côtés. Ils se retirent donc.
Nous nous sommes éloignées, elle me prend par le bras et pour la première fois elle marche tout comme moi, un peu plus loin se trouve un banc où nous nous installons.

— Vas-y Nell, pose-moi les questions que tu souhaites.
— Dites-moi tout d'abord qui suis-je ?

— Tu es la descendante d'une sorcière, la seule sorcière qui ait réussi un jour à contrer Blanche. Chacune de notre côté, nous avons jeté un œil sur ta famille, génération après génération, mais tu es la seule à avoir montré un intérêt pour « les sciences occultes », nous t'avons souvent observée et je me suis rendue compte que ton énergie augmentait de plus en plus. Tu descends d'une sorcière nommée « IFLIR ».

Tout ça a commencé à inquiéter la Dame Blanche, il y a quelques jours elle t'a appelée et tu es venue. Ton arrière-arrière-grand-mère était aussi curieuse que toi, tu lui ressembles fort. Maintenant tu sais pratiquement tout enfin le plus important à savoir.

— Dites-moi encore une chose comment se fait-il que mon tatouage ait saigné ?

— Tu ne t'es jamais demandée pourquoi ton tatouage est un papillon ?

— À vrai dire non, j'aimais bien c'est tout.

— Dans notre vie le papillon est le signe de la réincarnation c'est un symbole très puissant. Il s'est mis à briller car ton énergie augmentait, ta colère agissait. Et il s'est mis à saigner car tu avais tout donné.

— Mais il continue à me brûler de temps en temps, lui ai-je répondu tout en le massant, la douleur étant encore très présente.

— Oui car maintenant ton énergie a été déclarée, tes pouvoirs sont présents, ton papillon te guidera dans tes choix. On peut dire que c'est comme si c'étaient les pouvoirs d'IFLIR qui se réveillaient en toi.

Je tourne en rond, je réfléchis aux bonnes questions, je suis anxieuse, pourquoi moi maintenant ? Il y a eu plusieurs personnes avant moi pour reprendre le flambeau.

— Donc tu vas me dire que les paroles que j'ai répétées et qui l'ont fait fuir viennent d'IFLIR.

— En quelque sorte oui, elle te guide !
— Et maintenant comment ça va se passer ?
— C'est à toi de trouver comment tout ça fonctionne, malheureusement il n'existe pas de mode d'emploi, je suis désolée.
— Ne t'excuse pas j'aurais dû me douter que maintenant rien ne serait plus facile.
Tu voudrais bien me rendre un petit service ?
— Oui, lequel ?
— J'aurais aimé me rendre à la maison brûlée de la Dame Blanche !
— Je m'en doutais, ça tombe bien, tes amis sont justement là-bas.

Nous nous rendons donc jusqu'à la maison brûlée tout en continuant notre conversation sur IFLIR et ses pouvoirs… elle m'apprend qu'à l'époque c'était l'une des plus grandes sorcières que le monde ait connu mais elle a été brûlée vive lors des chasses aux sorcières et comme elle était du côté des hommes elle a refusé de se défendre…

— Nell, tout va bien ?

Tous ont l'air inquiet.

— Oui je vais bien, que faites-vous ici ? Robby ?
— C'est Aline elle a été guidée vers cette maison, ça va faire environ un quart d'heure qu'elle est inerte devant, elle ne nous entend pas. On dirait un zombie.

Aline est debout devant la porte de cette maison, ne bouge pas, elle a sûrement dû se faire envoûter.

— Aline, Aline c'est moi Nell réponds-moi. Que t'arrive-t-il ?

Je me dirige vers elle, lui fais face en tournant le dos à la maison. Je me dis que si elle est persuadée que j'arrive à lire ses pensées en général, pourquoi n'y arriverais-je pas maintenant ?

Je ferme les yeux, me concentre sur elle, entre dans son esprit, je peux enfin lui parler…

— Dis-moi, que se passe-t-il ?

— Elle est derrière toi, elle s'est servie de moi pour t'emmener sur son territoire. Pardonne-moi je n'ai rien pu faire.

— Ne t'en fais pas je ne pense pas que nous risquions quoi que ce soit ?

Je sens quelqu'un dans mon dos mais je n'entends personne. Aline me fait signe qu'elle se trouve juste derrière moi.

Je prends Aline dans mes bras, nos jambes quittent le sol, mon tatouage me brûle de plus belle.

— Que me veux-tu ?

— Rien pour le moment, juste te mettre en garde que quoi que tu fasses, j'arriverai à te nuire.

— Peut-être mais pour le moment je ne pense pas que tu arriverais à quoi que ce soit.

— C'est vrai, toi et ton amie vous me troublez, ce que tu viens de faire avec elle, c'est la même fusion que j'ai avec la Dame Verte.

— Puis-je m'en aller maintenant ?

— Je t'en prie vas-y, nous nous reverrons bientôt je pense.

Nous retouchons le sol.

— Aline quand j'ouvrirai les yeux tu feras de même et tout sera fini !

Effectivement je ne me suis pas trompée, tout se calme, surtout la douleur de mon tatouage.

— Nell ? Aline ?
— Fée Morgane.
— Vous allez bien ?
— Oui nous allons bien mais je me demande ce qui nous attend dans l'avenir.
— Nous avons entendu ce que Blanche vous disait, la seule chose que nous n'entendions pas sont tes réponses, tu lui parlais par l'intermédiaire de l'esprit d'Aline. Je ne pensais pas que tu avais une telle fusion avec Aline, ce qui, je pense, va encore lui faire plus peur.
— Donc si je ne me trompe pas, je sais rentrer en contact avec des personnes par la pensée ?
— Oui c'est bien ça, mais avec Aline c'est encore différent, elle sait le faire aussi, quand vous vous touchez tu fusionnes avec elle, c'est-à-dire que tu lui transmets tes dons.

Ce que j'apprends ne me surprend plus tellement.

Nous partons car il est plus que l'heure d'aller chercher Arwenn…

— Andrew, je ne rentre pas directement avec vous, je vais rester un peu avec les filles et je dois voir son mari pour le boulot aussi.
— Ok pas de soucis, s'il veut me rencontrer pour travailler je suis libre. À bientôt Nell, Aline c'est quand tu veux. À plus.

Nous déposons Aline chez elle, je pense qu'elle a besoin de repos et surtout de reprendre ses idées. Nous tardons cependant à aller chercher la petite, je veux me calmer avant, je suis certaine qu'elle ressent quand je ne suis pas bien.

— Tu crois qu'Aline va bien ?

— Je n'en sais rien, je lui téléphonerai plus tard, je lui laisse d'abord reprendre ses idées. Elle m'a dit qu'elle allait bien mais je crois qu'elle disait ça pour me rassurer. On verra bien tout à l'heure.

Robby ?

— Mmm !!!!

— As-tu déjà connu quelqu'un nommé IFLIR ?

— Oui j'en ai entendu parler, il y a quelques légendes sur cette personne ?

— J'aimerais que tu fasses des recherches pour moi à propos d'elle.

— J'ai déjà demandé à Andrew de le faire. Nous avons tous les trois entendu votre conversation. Oublierais-tu que nous avons une ouïe très développée ?

— Oui et tout ça j'en avais presque oublié que tu es un vampire. Dis-moi, avant votre transformation, vous étiez de la même famille ?

— Non, Andrew et moi étions amis, nous avons été attaqués par le même vampire lors d'une sortie entre amis, à l'époque nous ne contrôlions pas ce que nous faisions, le vampire qui nous a transformé, nous a dit que notre seul moyen de vivre était de boire du sang humain et nous avons attaqué un couple qui n'est autre que Gillian et Matthew, mes parents.

Kathlyn a été mordue par notre créateur, c'est grâce à elle que nous nous sommes rendus compte que tout ce qu'il racontait n'était que mensonges, elle a voulu essayer le sang animal et depuis nous ne l'avons plus jamais vu. Ca va faire presque quatre-vingts ans.

— Quoi ? Tu as déjà, si je compte avec ton âge et si je compte correctement, presque cent sept ans ?

— Presque oui, ça te pose un problème ?

— Non du tout je ne pensais pas que… que tu étais si âgé. Ça te dérange si on va chercher Arwenn, j'aimerais rentrer et en plus Dimitri va t'attendre.

— Pas de soucis.

Ma fille et moi sommes enfin à la maison, Robby est chez Dimitri, enfin le calme.

Mon téléphone sonne, sûrement Aline.

— Allô ?

— Nell, c'est Kathlyn, j'aimerais te voir mais sans mon frère si c'est possible ?

— Je te propose de venir jusqu'ici, il est avec Dimitri, je pense qu'ils en ont encore pour un bon moment.

— Je serai là dans quelques instants je viens sans voiture.

— Ok à tout de suite.

De quoi veut-elle me parler, je ne comprends pas pourquoi son frère ne peut pas être là !

Dix minutes plus tard, Kathlyn arrive.

— Désolée de venir comme ça, mais j'aimerais te parler de Robby.

— Que se passe-t-il ?

— Rien je voulais juste te parler, mais je ne veux pas qu'il sache qu'on s'est vue pour ça. Mon frère te cherche depuis plusieurs années. Tu es importante pour lui, il a peur de te perdre, alors j'aimerais te demander de ne pas faire de folies.

— Ok pour ton frère mais de quoi me parles-tu, qu'est-ce que je pourrais faire comme folie ?

— J'ai lu dans tes pensées quand nous étions au bois tout à l'heure et ce que j'ai vu m'a inquiétée. Tu ne dois pas aller voir cette sorcière seule.

— J'y ai pensé c'est vrai mais je ne compte pas le faire j'ai trop à perdre ici en la défiant maintenant. Ton frère vous avait parlé de moi ?

— Oui depuis le premier jour de votre rencontre il parle de toi. Je vais maintenant te laisser car je vois que tu as beaucoup de choses à faire.

— Merci pour cette réponse et merci de t'inquiéter.

— Ce n'est rien, vous devriez venir cher nous un de ces jours, ça vous permettrait de rencontrer nos parents, ils entendent parler de vous trois et ils voudraient bien mettre un visage sur les noms.

— Pourquoi ne pas arranger ça ? Je te laisse faire à bientôt.

Après son départ nous allons voir Aline. Nous décidons de sortir entre filles voir un bon film pour se changer les idées. Dimitri va sûrement garder Arwenn avec Robby.

Que penser de tout ça, de tout ce qui se passe en ce moment… J'ai vraiment besoin de me changer les idées, je suis à bout de nerf.

Je tourne comme un lion en cage dans cet appartement, d'ici vingt minutes je dépose ma princesse chez son père et vive les sorties !

Chapitre 5 :

LA FAMILLE

Notre film était génial et très marrant, ce qui nous change de toute cette tragédie qui nous entoure. Comme prévu Dimitri et Robby sont restés avec Arwenn, ils ont de toute façon du boulot à rattraper. Après la séance, nous ne rentrons pas directement, nous allons manger un bout en ville, ensuite nous rentrons à pieds, en papotant, notre conversation tourne principalement autour de Robby et de Dimitri.

— Nell, pourquoi ne veux-tu pas avoir une conversation avec Robby, ce serait peut-être plus simple après ?

— Je ne crois pas non ! Il a des sentiments à mon égard et…

— … Et toi aussi c'est ça ?

— Je ne sais pas si c'est ça ou si c'est juste de la fascination pour ce qu'il est ! De toute façon, j'aime aussi quelqu'un d'autre et avec qui j'ai une petite fille merveilleuse… Je ne veux faire souffrir ni l'un, ni l'autre…

— Oui je comprends, c'est vrai tu as un fiancé adorable.

— Mon choix se tourne vers Dimitri, je ne vais pas envoyer en l'air six ans de ma vie, parce qu'il m'a recherchée et qu'il aurait des sentiments pour moi.

— Tu n'as peut-être pas tort après tout, laisse faire les choses, nous verrons bien, il y a plus important à régler pour le moment.

— Je crois que nous devons rentrer maintenant avant qu'ils n'alertent la police ou les pompiers.

Nous prenons un taxi pour rentrer, nous avons tellement traîné à bavarder qu'il n'y a plus de transports en commun.

J'ai d'abord déposé Aline chez elle, le taxi m'a ensuite déposée à la maison.

Lorsque j'entre dans l'appartement, il fait calme, les garçons regardent un de ces vieux films chinois qui est censé être tragique mais qui en réalité est super marrant. J'embrasse Dimitri et me dirige vers la cuisine.

— Tout s'est bien passé avec la puce pendant mon absence ?

— Oui, elle a mangé ensuite nous l'avons mise au lit, tu aurais dû nous voir, deux hommes et un couffin, on a bien ri. Et toi mon amour ton film ?

— Pas mal, nous aussi, nous avons bien ri.

— Vous avez été à quelle séance ?

— Dix-neuf heures trente…

— Et tu ne rentres qu'à cette heure-ci ?

— Nous avons été mangés un morceau et nous sommes promenées comme au bon vieux temps.

Je m'éclipse assez vite dans la salle de bain, je suis mal à l'aise avec Robby qui n'a pas l'air très content que je sois rentrée si tard, sans protection avec tout ce qui se passe.

À mon retour dans le salon, ils sont toujours en pleine discussion.

— Tu fais comme on a dit alors, comme ça demain matin on part directement au bureau.

— Pas de souci, on y va vers quelle heure que je sois prêt ?

— Vers neuf heures.

Mais de quoi parlent-ils ? Encore une fois, je loupe la conversation ! Robby me regarde encore comme si j'avais commis un crime.

— De quoi parlez-vous ?

— Robby dort ici, si ça ne te dérange pas, ça lui permettra de ne pas se lever trop tôt demain matin.

— Non, pas de souci.

— Viens-tu te coucher avec moi ou restes-tu encore devant la télévision.

— Je pense que je vais rester un peu ici, je te rejoins tout à l'heure, j'aimerais me mettre devant l'ordinateur. J'ai deux ou trois mails à envoyer pour le boulot.

— Travaille bien mais ne vient quand même pas trop tard, n'oublie pas que notre hôte a besoin de repos, il a une longue journée qui l'attend.

— Je m'en souviendrai, tu viens me dire bonsoir ? Tu n'aurais pas été au lit sans le faire ?

— Bien sûr que non, je viens de suite mon ange.

Après mon câlin avec Dimitri, il se met au lit, je m'installe comme prévu devant mon ordinateur.

Depuis mon retour du cinéma, je n'ai toujours pas dit un mot à Robby, il n'est plus devant la télévision, mais derrière moi, il met ses mains sur mes épaules.

— Nell ? Puis-je te poser une question ?

— J'ai bien vu que tu es de mauvaise humeur ! Vas-y !

— Pourquoi as-tu eu soudainement envie d'aller au cinéma ce soir ?

— Question facile, comme beaucoup de personnes j'aime aller voir un bon film entre amies !

— J'ai cru que tu voulais m'éviter.

— Pourquoi donc aurais-je fait ça ?

Je lui tourne toujours le dos, je ne veux pas me retourner maintenant la tournure des choses irait beaucoup trop vite pour moi.

— Je ne sais pas.

— Ne te fais pas de fausses idées ! J'ai voulu sortir avec Aline afin que l'on se change les idées.

À mon tour maintenant ! Je peux aussi te poser une question ?

— Je t'en prie !

— Pourquoi m'as-tu lancé un tel regard quand je suis rentrée, tu avais l'air tellement fâché ?

— Je l'étais, en fait je le suis toujours. Tu ne te soucies vraiment pas du danger qui plane au-dessus de ta tête.

— Mais je ne craignais rien, tu la vois vraiment attaquer toute une salle de cinéma juste pour moi. Arrête un peu s'il te plaît.

À ce moment-là, il prend la poignée de la chaise où je me trouve, la fait pivoter pour que je me retrouve face à lui.

— J'ai quelque chose pour toi, j'aimerais que tu fermes les yeux.

— Ha… Et qu'est-ce que c'est ? Je lui réponds mais ne peux empêcher mon cœur de battre la chamade, déjà saisie auparavant et en plus nous sommes trop proches à ce moment précis.

— Ferme les yeux sinon tu n'as rien ?

Comme demandé, je ferme les yeux.

Mais que fait-il ? Je sens sa respiration sur mon visage, il ne va pas… si… il le fait, il m'embrasse, je ne me débats pas, au contraire je me laisse faire, je me surprends à lui rendre son baiser. Qu'est-ce que je fais, non, je ne peux pas !

Je me recule pour lui échapper. Mon cœur bat la chamade, ma respiration est beaucoup trop rapide, mes jambes tremblent.

Je n'ai jamais embrassé quelqu'un d'autre que Dimitri depuis que nous sommes ensemble, qu'est-ce qui me passe par la tête de ne pas l'avoir repoussé directement. Je redresse la tête, il me regarde avec un air satisfait !

— Excuse-moi. Non, je n'ai pas à m'excuser, qu'est-ce qui t'a pris ? Tu te rends compte de ce que tu viens de faire ?

— J'ai eu envie ! Tu ne veux pas que l'on discute, donc je te fais comprendre.

— Merci pour la démo, vraiment, mais j'avais déjà compris.

Je suis en colère de son manque de tact. Je sais qu'il a des sentiments, je lui demande juste d'attendre. Est-ce de ma faute s'il a agi comme ça ?

— Chut… parle moins fort, Dimitri va t'entendre.

— Je t'ai demandé d'attendre que tout ce qui se passe en ce moment soit plus calme, on en aurait discuté plus tard, quand j'aurais l'esprit plus disponible !

— Si tu regardes bien, je n'ai pas été à l'encontre de ta demande, je t'ai juste donné un avant-goût !

Là, il n'a pas tort, je me fais encore avoir ! Il m'énerve !!!!!!

— On arrête là les avant-goûts pour ce soir. D'accord ?

— Je te fais quand même remarquer, que tu m'as rendu mon baiser.

— Tu arrêtes ! Ou je vais me coucher ?

— C'est bon j'arrête, tu viens regarder la télévision avec moi ?

— Dans cinq minutes ! Je termine mon mail…

Je n'en reviens pas, il a osé, chez moi, avec Dimitri dans la pièce à côté. Et moi andouille que je suis, je le laisse faire. Si je me mets dans le fauteuil, va-t-il recommencer ? Zut… tant pis je me décide je sais qu'il y a d'autres fauteuils mais je me mets à côté de lui, c'est de là qu'on voit le mieux la télévision.

— Je suis épaté ? Tu viens te mettre près de moi.

— Ne crois pas ça, c'est la meilleure place.

Je m'installe de l'autre côté du fauteuil histoire d'être près de lui mais le plus éloigné aussi.

Nous regardons le film, j'ai tellement mal à la nuque que je ferme les yeux, je sens que je m'endors.

Robby me réveille pour que j'aille me mettre au lit. Je suis allongée avec ma tête sur ses genoux, contre son torse. Il essaie de me réveiller, encore et encore, pourtant je me blottis, je suis bien. Soudain, je réalise et me redresse !

— Quelle heure est-il ?

— Tard, tu devrais vraiment aller dormir, il est deux heures du matin, ce n'est pas que tu me déranges loin de là ; j'aimerais que tu restes mais si Dimitri se lève tu vas avoir des problèmes.

— Tu as raison tant que je peux les éviter !

— Avant que tu n'ailles te mettre au lit, permets-moi encore juste de t'embrasser une fois. Ensuite, promis, je ne t'ennuie plus avec ça pour un bon moment.

— Je ne sais pas trop. Ce n'est pas bien Robby. Je l'aime…

Sans attendre, il se lève et m'embrasse, c'est un baiser doux et tendre, ses lèvres ont une texture aussi douce que des pétales de rose.

Après quelques minutes qui me semblent une éternité, il relâche son étreinte.

— Pardon.

— Je te laisse, courage demain. Je quitte la pièce en le laissant debout derrière moi.

Toute la matinée, je repense à cette soirée, le baiser de Robby ne me laisse vraiment pas indifférente, je ne peux pas ! La sonnerie de mon téléphone interrompt mes pensées…

— Nell, mon ange je te téléphone pour te demander de bien vouloir me faire un sac de vêtements pour environ une semaine, je dois faire un déménagement à l'étranger et je ne sais pas très bien quand je rentre.

— Bien sûr, tu pars où ?

— Hollande. Ça ne te dérange pas ?

— Bien sûr que non, tu vas juste me manquer.

— Je me suis déjà arrangé avec la famille de Robby, je n'aime pas vous savoir seules. Toi aussi tu vas me manquer mon amour ce sera long sans toi.

— Robby ne part pas avec toi ?

— Non pas cette fois, je fais un déménagement pour une autre société. Au moins je sais que quelqu'un veillera sur vous. De plus tu vas aimer leur maison, elle est superbe !

— Tu y es déjà allé ?

— Oui j'y suis, c'est comme ça que je me suis arrangé avec ses parents pour que tu passes de temps en temps là-bas. Je te laisse maintenant, je serai là dans une heure environ.

— À tout à l'heure, je t'aime.

— Moi aussi.

Je n'en reviens pas, que de nouvelles surprises, il est là-bas, il pouvait demander à n'importe qui d'être près de moi et il demande ça à la seule personne avec qui c'est difficile !

Moins d'une heure après, il rentre, son sac est déjà prêt, un des ouvriers l'attend en bas de chez nous avec le camion. Le temps de prendre ses affaires et de nous souhaiter une bonne semaine et le voilà parti !

Après son départ, je donne à manger à Arwenn, la laisse jouer un petit quart d'heure, le temps de digérer et la met au lit pour sa sieste. Je m'allonge ensuite sur mon lit avec une de ces migraines, à m'arracher les cheveux.

Je ne sais pas exactement combien de temps j'ai dormi, mais ma migraine semble avoir disparu.

Non ce n'est pas possible ! J'ai dormi près de quatre heures et ma fille ne pleure toujours pas ! Là, ce n'est pas normal.

— Arwenn, mon ange je crois qu'il est temps de te lever.

Je distingue le son de sa voix mais elle ne vient pas de sa chambre.

— Arwenn, mon cœur où es-tu ?

Je me dirige vers le salon elle est là mais une autre personne y est aussi présente, Blanche…

— Blanche… laisse ma fille tranquille, dépose-la à terre.

— Tu as une si jolie petite fille, elle te ressemble tant. Ce serait si malheureux que tu la perdes, un accident est si vite arrivé.

— Tu vois, encore une fois j'avais raison. Tu es lâche.

La colère monte en moi, mais je ne veux pas la montrer devant la petite. J'entends la voix de Robby, elle est proche, d'après la fée Morgane je suis capable de parler par la pensée, c'est le moment d'essayer.

« Robby, aide-moi, je t'en prie, elle est chez moi. Elle tient ma fille, je t'en prie. »

Je ne sais pas exactement s'il m'entend, au moins j'essaye.

— Arwenn vient chez maman, allez ma puce vient.

Elle commence à se débattre pour que Blanche la lâche, mais celle-ci la retient avec force, soudain la pièce est éblouie d'une immense lumière. Arwenn se fâche comme je ne l'ai jamais vu, elle court dans mes bras.

— Non ce n'est pas possible, elle ne peut pas avoir ta force, elle est trop jeune.

Elle a l'air apeurée, elle s'enfuit par la fenêtre, c'est comme si elle n'avait jamais été là. Robby et Andrew arrivent à cet instant dans l'appartement.

— Nell, on a vu une lumière dans l'appartement, que s'est-il passé ? Où est-elle me dit Robby inquiet ?

Je suis assise à terre, ma fille dans les bras, les larmes aux yeux à l'idée qu'elle ait pu lui faire du mal, estomaquée par ce qui s'est passé.

— Arrête de l'ennuyer avec toutes tes questions, dit Andrew. Viens Nell, venez toutes les deux dans le fauteuil, raconte-nous ce qui s'est passé.

— À vrai dire, je ne sais pas trop, j'ai essayé de rentrer en contact avec Robby, la petite a commencé à se débattre dans les bras de cette sorcière et, au moment où elle s'est énervée cette lumière est apparue, la seconde d'après elle était dans mes bras. D'après la Dame Blanche c'est Arwenn qui a causé ça, elle m'a dit que ce n'est pas normal qu'elle puisse avoir les mêmes pouvoirs que moi à son âge, ensuite elle s'est enfuie.

Je leur explique ce qui s'est passé depuis le début et fond en larmes.

— Tout va bien, ne t'en fais pas.

— Robby, tu te rends compte. Elle aurait pu lui faire du mal ?

— Oui mais elle n'a rien fait, d'après ce que tu as pu voir c'est elle qui a peur ! Calme-toi, je suis là maintenant.

— Manman, manman.

Arwenn est devant moi les bras tendus pour faire un câlin. Notre câlin dure cinq bonnes minutes, elle me serre très fort dans ses petits bras, comme pour me rassurer, je me sens bien.

— Nell, nous allons vous emmener chez nous, vous y serez plus en sécurité toutes les deux.

Maintenant c'est Andrew qui n'a pas l'air d'être très à l'aise, ce qui ne me rassure pas plus, ses pensées me remontrent la scène que je lui ai expliquée, ce qui ne l'aide bien sûr pas ! Mieux vaut ne pas lire ça pour le moment.

— Dimitri m'a dit qu'il a déjà arrangé ça avec vous, pour une fois je ne suis pas contre ses décisions.

Robby a la petite dans ses bras, il l'a fait rire, essaye de lui changer les idées, j'ai comme l'impression qu'Arwenn est moins inquiète que moi. Je prépare nos affaires et nous partons.

Andrew me regarde dans son rétro.

— Que se passe-t-il Andrew ?

— Je me disais juste que tu es bien à l'aise pour quelqu'un qui est parmi des vampires. Tu ne t'inquiètes pas plus que ça ?

— Je t'assure que c'est vraiment la dernière chose qui me tracasse. J'ai de plus gros soucis en ce moment, je ne vais pas m'inquiéter pour ça !

— Oui je m'en doute !

— Et surtout, ton frère m'a tout dit sur vous, enfin presque tout.

Arwenn s'endort dans mes bras. La voiture entre dans une allée pleine de fleurs. Trois personnes nous attendent sur le perron. Robby m'aide à prendre Arwenn pour que je sorte de la voiture, elle se réveille au contact de sa peau. Quant à lui il me regarde avec douceur, son regard m'apaise.

Les trois personnes sont Kathlyn, son père et sa mère.

— Bonjour Nell, je suis Gillian, je te présente mon mari Matthew et ma fille que tu connais déjà.

Gillian est une femme grande et élancée, blonde aux cheveux mi-longs, pour ce qui est de ses yeux, ils sont de la même couleur que ceux du reste de la famille. C'est une femme très élégante.

Matthew quant à lui est châtain, un peu plus grand que sa femme, il donne l'impression de sortir d'un film, il est d'une perfection à couper le souffle.

— Je suis enchantée de vous rencontrer et vous remercie pour votre accueil.

— Mieux vaut que vous soyez ici en sécurité, Andrew nous a téléphoné pour nous dire ce qui s'est passé, Robby nous a déjà expliqué les derniers événements. Je vous en prie, installez-vous, toi et ta fille.

— Est-ce qu'il y a un endroit où je peux la coucher pour qu'elle se rendorme ?

— Bien sûr mets-la dans la chambre de Kathlyn, c'est une des parties les plus calmes de la maison.

Kathlyn s'avance, me demande de la suivre, je n'ai jamais vu une fille si calme et posée, comme si rien ne l'inquiète, ni ne lui fait peur. Nous arrivons dans une chambre éclairée, décorée de rouge et blanc vraiment pas la chambre que j'aurais choisie pour un vampire.

— Merci, Kathlyn.

— Pourquoi me remercies-tu ?

— Pour votre gentillesse à tous.

— Ne t'en fais pas. Je descends, je te laisse l'endormir. Tu nous rejoins après ?

— Oui, dès qu'elle dort je descends. À tout de suite.

Je prends ma fille dans mes bras, la berce pour qu'elle s'endorme tout en pensant à ce qui s'est produit dans mon appartement.

Elle s'endort après de longs câlins et des petites berceuses qui me reviennent à l'esprit, je la dépose sur le lit, je reste un peu près d'elle en m'assurant qu'elle ne risque pas de tomber.

Je descends, Robby m'attend assis au bas de l'escalier.

— Tu chantes bien, c'est mignon.

— Ha, ha, arrête d'écouter aux portes.
— Je n'ai même pas bougé d'ici.
— Je sais, c'est une façon de parler.
— Que veux-tu faire ? Tu as une idée en tête ?
— À vrai dire, non, pour le moment la seule chose que j'ai en tête est de me reposer un peu, cette après-midi m'a vraiment retournée.
— Tu veux que l'on sorte un peu ?
— Oui, ça me fera du bien.
Robby demande à sa mère de faire attention si Arwenn se réveille, de nous prévenir. Nous allons nous installer dans les fauteuils au jardin.
— Dis-moi Robby, les légendes sur les vampires, à propos du soleil ! C'est de la foutaise ?
— Comme tu peux le voir par toi-même. Mais c'est plus facile pour les humains de se dire qu'on ne vit que la nuit, que l'ail nous repousse et qu'un pieu dans le cœur peut nous tuer.
— Tout ça c'est faux alors.
— Oui nous sommes comme tout le monde hormis notre immortalité, nous avons besoin de sang mais pas impérativement de celui des humains, nous sommes rapides et avons l'ouïe très développée. Et si avant de mourir en tant qu'être humain, on a des capacités particulières pour certaines choses cela augmente une fois devenu vampire et ça devient plus un don.
— J'ai pu comprendre quand tu m'as expliqué ce dont certains membres de ta famille sont capables.
Notre discussion est coupée par l'arrivée de Gillian :
— Nell, Andrew a fait quelques courses pour toi et Arwenn, il a pris du lait, des petits plats, douze/dix-huit mois, pour toi il a pris un peu de tout. Ce n'est pas tout, c'est Andrew et Matthew qui te feront à manger ce soir, j'espère que tu as l'estomac solide !
— Oui ne vous en faites pas.
— J'aimerais que tu me fasses plaisir, tutoie-nous.
— Pas de problème, je vais essayer du moins.

Gillian nous laisse, je suis à nouveau dans mes idées noires, apparemment cette Blanche m'en veut réellement, je suis une menace pour elle et Arwenn encore plus, d'après ce que je peux en constater.

— À quoi penses-tu ? Aurais-tu peur pour ton dîner ?

Lui seul aujourd'hui réussi à me faire sourire.

— Non, ce n'est pas ça. Je me disais juste que d'après ce que j'ai pu voir, Arwenn est une menace plus importante pour elle que je ne le suis, elle détient les mêmes pouvoirs que moi, apparemment très forts pour son jeune âge. Il faut que je mette cela au clair, je pense que Morgane est en possession d'informations qui pourraient expliquer ça.

— Tu veux la faire venir ?

— J'ai pensé aller jusqu'à elle, mais la faire venir ce ne serait pas plus mal. Ça te dérange ?

— Non pas du tout, après promets-moi de te reposer.

J'acquiesce. Il part aussitôt…

Matthew vient me prévenir que ma fille est réveillée, Gillian est déjà auprès d'elle.

— Coucou ma chérie, tu es bien ? Je te présente Gillian c'est la maman de Robby.

— Nous nous sommes déjà présentées, elle a l'air de bien m'aimer !

— C'est le principal, comment vas-tu ma puce ? Maman va t'expliquer quelque chose : si tu revois encore cette dame qui était chez nous tout à l'heure, il faut que tu me le dises directement. Elle est méchante, je ne veux pas que tu l'approches. Je ne sais pas si tu as tout compris mais au moins je te l'ai dit.

— Je pense bien qu'elle t'a compris.

— Je l'espère, si on descendait, qu'elle puisse aller jouer.

Nous allons au jardin où nous y attendent, le père et le frère de Robby.

— Où est Kathlyn ? Ai-je demandé à Andrew.

— Je pense qu'elle est partie rejoindre Robby.

— Hooo, j'espère qu'ils vont revenir bientôt, avec cette femme qui traîne dans les parages je ne suis pas à mon aise.

— Je ne pense pas qu'ils craignent quelque chose en ce moment, ta fille lui a fait suffisamment peur !

Andrew a raison et pourtant…

Durant les trois-quarts d'heure qui ont passé, Arwenn et moi jouons avec les membres de la famille de Robby. Elle les fait tourner en bourrique avec son beau sourire et les mets dans sa poche en moins de cinq minutes.

Matthew nous apporte ensuite notre dîner, un biberon de lait biscuité pour Arwenn et pour moi un poulet au curry qui a l'air très appétissant.

— Alors, tu gouttes, je suis impatient d'avoir le verdict.

Ça m'amuse de voir Matthew impatient, par contre je ne suis pas certaine d'aimer, nous n'avons pas les mêmes goûts humains et vampires.

Je prends une bouchée, et bizarrement, je trouve que c'est vraiment bon.

— Tu veux vraiment que je te dise ?

— C'est mauvais c'est ça ?

— M mm…, non c'est bon, tu m'épates. Pour quelqu'un qui n'a plus fait à manger depuis plusieurs années, c'est très bon

— Septante-neuf ans.

Surprise j'en avale presque le morceau de poulet de travers.

— Excuse-moi.

Je ne me suis pas encore faite à l'idée que tous sont si âgés. Encore un peu et je m'étouffe avec le poulet.

— Ça va faire septante-neuf ans que je n'ai plus fait à manger, mais à l'époque demande à Gillian, c'est moi qui faisait à manger pour nous. D'après ses dires je ne me débrouillais pas si mal, je prenais des cours pour devenir cuisinier.

— Maintenant tu auras quelqu'un à qui faire à manger. Pourquoi ne recommences-tu pas tes cours ? Il n'est jamais trop tard, tu as tout le temps devant toi.

— Oui tu as peut-être raison, j'ai pensé à travailler dans beaucoup de domaines, j'ai repris des cours pour énormément de choses mais je n'ai jamais pensé à reprendre la cuisine.

— Que fais-tu comme métier actuellement ?

— Je suis avocat !

— Ah ok. Je trouve ça bien moi un vampire cuistot avocat, ça ne se trouve pas à tous les coins de rue.

Bon, je vais aller mettre Arwenn au lit.

— Tu restes près de nous le temps du voyage de Dimitri. Andrew a mis des affaires à vous dans la chambre de Kathlyn.

— Encore merci pour votre gentillesse.

— De rien, tu es la bienvenue ici quand tu le souhaites, ta famille aussi, même si mon fils a des sentiments pour toi, il n'aura qu'à faire avec, c'est comme ça quand on aime quelqu'un dont le cœur est déjà pris.

— C'est vrai, il m'a connu avant mais nos vies ne sont pas les mêmes.

J'entends des voix derrière moi qui approchent, je pense que ce sont eux qui reviennent en tout cas je l'espère.

— Laisse Nell, je vais aller la mettre au lit. Me dit gentiment Gillian.

Robby est revenu avec Kathlyn et Morgane.

— Non, elle a l'habitude de moi et je vais te dire aujourd'hui bizarrement j'ai besoin de sa présence plus que de normal.

— Je m'en doute bien ! je te laisse y aller alors !

— Fait à ton aise, me dit Morgane, je t'attends ici.

Je monte mettre ma fille au lit, je nous sens en sécurité ici, je ne pense pas que la Dame Blanche va oser nous attaquer sur un territoire vampire. Comme tous les soirs je mets Arwenn en pyjama, joue avec elle, la chatouille, ensuite une grosse séance de câlins.

Je la mets au lit et lui explique que maman est en bas avec Robby, que si elle a besoin de moi, elle doit juste m'appeler et je remonte.

En bas la fée Morgane m'attend en compagnie de la famille de Robby, elle leur explique qui je suis réellement.

— Ma jolie Nell, ton vampire m'a expliqué ce qui s'est passé chez toi, je n'aurais pas cru qu'elle irait jusque-là pour voir de quoi tu es capable. La voilà bien maintenant, elle t'a cherchée une première fois et s'est vite rendue compte que tu es plus puissante que ce qu'elle ne pensait, à la deuxième fois elle a pu constater que toi et Aline pouviez fusionner vos pouvoirs, ce qui l'inquiète et voilà que pour en rajouter une couche, elle a voulu t'attaquer au travers de ta fille et c'est elle qui s'est enfuie devant les pouvoirs de cette jeune enfant. Dis-moi est-ce que tu connais l'origine du prénom de ta fille ?

— Oui ça veut dire la belle blanche.

— Et ceci ne t'évoque rien.

J'ai eu, en une fraction de seconde, un flash qui me montre la Dame Blanche gentille, en fait non, c'est ma fille.

— Non, tu ne vas pas me dire que mon enfant est son héritière ? !!

— Pas tout à fait elle possède ses pouvoirs mais dans un esprit bon, tu as su lui montrer les bons côtés de la vie, voilà pourquoi elle est encore plus forte.

— Si je comprends bien, ma fille est la réincarnation si je puis dire de Blanche mais en gentille, c'est ça ?

— Oui tout à fait. Ton prénom sais-tu ce qu'il signifie ?

— À vrai dire non ? Je sais pour Arwenn, pour moi je n'ai jamais cherché.

— Vient avec moi allons faire des recherches dans les livres, tu comprendras mieux.

— Je pense que ce serait plus simple en utilisant un ordinateur.

Il y a comme une touche d'ironie dans ma phrase, j'aime bien les livres mais je n'en possède pas beaucoup sur le sujet par contre l'ordinateur oui !

— Ah oui, tu oublies que je ne suis pas de ton époque…

— Attends je vais te montrer. Robby puis-je utiliser l'ordinateur cinq minutes ?

— Bien sûr, il est dans le salon.

Toutes deux, nous nous dirigeons vers l'ordinateur. J'ouvre la page de démarrage.

— Regarde ce n'est pas très compliqué, tu tapes dans le moteur de recherche ce que tu souhaites savoir, comme, signification du prénom Nell.

L'ordinateur met quelques minutes à trouver.

— Regarde Nell, c'est là je te laisse lire :

« Il y a deux maîtres nombres dans Nell qui nous mettent en présence d'une forte personnalité, profondément humaine et altruiste, possédant une forte sensibilité doublée d'une intuition remarquable. Ces hautes vibrations la poussent à vouloir promouvoir un monde meilleur et à s'occuper des plus déshérités.

Les contingences matérielles ne sont pas son domaine de prédilection. Elle peut montrer de l'inspiration et de la créativité. Mais ses puissantes vibrations ne sont pas toujours vécues au plus haut niveau. À un échelon plus simple, Nell se contentera de douces et innocentes rêveries, mêlant l'hypersensibilité, la fragilité émotionnelle, la dépendance, la suggestibilité et l'esprit de sacrifice sur un fond de passivité. L'équilibre nerveux est parfois fragilisé chez cette idéaliste dont les aspirations utopiques s'adaptent mal au quotidien.

Dans l'enfance, Nell est adorable et attachante, tout au désir de faire plaisir, particulièrement réceptive à l'ambiance familiale. Qu'un déséquilibre ou une mésentente surgisse et la voilà complètement perdue, n'agissant plus dans le présent et se repliant sur elle-même, dans son monde de rêves, toujours très peuplé. Aussi est-il souhaitable de favoriser son autonomie et son sens.

Nell cultive les idéaux, et possède de hautes valeurs altruistes La grande force intérieure qui l'anime la pousse à s'intéresser aux mouvements spirituelles et occultes. Elle est prête à s'associer et à collaborer avec les autres, avec une ouverture d'esprit et une bonne foi totales.

En amour, c'est une sentimentale, une romantique qui tend à idéaliser l'être aimé, à le placer sur un piédestal, avec tous les risques de déception et de désillusion que cela comporte… Féminine, elle se réalisera pleinement dans la maternité, mais aura sans doute besoin d'autre chose qu'une simple vie de mère de famille. Les valeurs affectives sont prépondérantes à ses yeux, mais le domaine purement matériel et concret est loin d'être son fort…

Avec le quarante-sept comme nombre actif, Nell peut espérer une belle réussite, et les voies royales seront surtout sociales ou artistiques. Ainsi est-elle susceptible de devenir enseignante, psychologue, sociologue, conseillère, assistante sociale, puéricultrice, sage-femme, secrétaire dévouée…, artiste, musicienne…, astrologue, graphologue, médium… »

Je me donne quelques moments de réflexion avant de parler de ce que j'ai bien pu voir, et c'est là que je me rends compte que le destin de chacun est bel et bien tracé à l'avance, pas de hasard dans cette histoire.

— Ce que dit ce texte correspond en beaucoup de points de ma personnalité et de ma vie. Donc si je comprends bien, on ne donne jamais un prénom au hasard.

— C'est bien ça ! Être ce que tu es, est ta destinée.

— Pourquoi n'ai-je pas su cela avant, je n'aurais pas appelé ma fille comme ça, si cela avait pu la mettre à l'abri !

— Ne crois pas que c'est de ta faute, tu y es destinée, il est presque certain que ta fille aussi. Depuis la mort d'IFLIR plus personne de ta famille n'a eu de pouvoirs comme ça, il faut bien que l'héritage de ta famille renaisse.

— De toute façon, je ne sais plus faire autrement.

— Tu n'es pas comme les autres, c'est d'ailleurs pour ça que tes amis sont entre autres des vampires, tu es liée à un monde surnaturel et occulte par ton sang. Eux l'ont bien senti depuis quelques années.

— Que faire, elle reviendra ! ?

— Certainement, je ne te le cache pas mais ce jour-là, tu seras prête avec l'aide de tes amis pour protéger ta famille.

— Le seul problème est que mon mari n'est pas au courant pour Robby et sa famille, encore moins pour moi et Arwenn, c'est le seul être normal de cette famille. Je risque de lui faire peur si je lui raconte... je ne veux pas le perdre, je ne pense pas lui dire quoi que ce soit.

— Il le faut pourtant, tu risques de mettre sa vie en danger si tu ne le lui dis pas.

— Je ne le ferai pas pour tout l'or du monde.

— Fais comme tu le souhaites, j'espère juste que tu reviendras sur tes positions et que tu mesureras le risque en ne lui en parlant pas, tu l'exposes à un réel danger.

— Je mesure le risque. Je le ferai quand j'estimerai que c'est le moment, en attendant pas un mot à propos de ça.

Je me retourne et m'aperçois que toute la famille écoute notre conversation sur le pas de la porte, Gillian intervient en ma faveur.

— Je pense que Nell, n'a pas tort, nous ne connaissons pas la réaction de son mari, j'admets que nous ne sommes plus à l'époque de la chasse aux sorcières et aux vampires, mais il vaut mieux éviter quand même pour l'instant. Nous devons avant tout les protéger, pas les exposer.

— Pour ça je ne peux être que d'accord.

Sur ce Nell, je te laisse en charmante compagnie, n'hésite pas à faire appel à moi si le besoin s'en fait sentir.

— Je n'y manquerai pas, encore merci pour votre aide fée Morgane.

— Avec plaisir mon enfant, je serai là aussi longtemps que tu en auras besoin.

La fée Morgane prend congé et disparaît dans la nuit, nous laissant sur le perron. Gillian nous laisse aussi prétextant qu'elle doit aller ranger, Andrew, Kathlyn et Matthew l'ont suivie, nous laissant Robby et moi à l'extérieur.

Je m'avance pour m'asseoir dans l'herbe, Robby reste derrière moi.

— Tu n'oses pas venir que tu restes là, tout seul ?

— Je ne sais pas si tu veux que je vienne ou si tu veux que je te laisse un peu seule pour réfléchir à tout ce que tu as appris ce soir ?

— Ne t'en fais pas que tu sois là où pas, ça me tracassera quand même, autant que je ne sois pas seule.

Il s'assied à mes côtés, je ne sais pas si c'est cette soirée ou si j'ai peur mais je suis contente qu'il soit présent.

Nous restons assis l'un à côté de l'autre pendant près d'une heure sans parler, le calme et le bruit des arbres sont tout ce que je désire en ce moment.

— Viens Nell, allonge-toi, tu as l'air complètement épuisée.

Je me suis allongée la tête sur ses jambes, lui aussi s'est allongé, je ne sais pas exactement combien de temps nous sommes restés ainsi, mais le moment est paisible et agréable. Il caresse mes cheveux de ses longs doigts fins et froids.

Je commence tout doucement à m'assoupir, mes paupières deviennent de plus en plus lourdes.

Je me réveille, le décor me rappelle la chambre de Kathlyn, le réveil affiche neuf heures trente. Mince il faut que je me lève.

Ils sont tous dehors, Arwenn mange. Elle remarque directement ma présence.

— Manman, manman, est là !!

— Oui mon petit cœur je suis là, vous auriez dû me réveiller !

— Tu dormais si bien, ça fait un bon moment que tu avais besoin d'une bonne nuit de sommeil.

Je prends ma fille dans mes bras, je la serre si fort contre moi qu'elle se met à protester.

— Ne t'en fais pas, elle n'est pas revenue.

— Je sais sinon mon tatouage me ferait mal, mais je m'inquiète pour ma fille après tout ce que j'ai appris hier, je me demande ce que l'avenir nous réserve, tout ce que je peux faire c'est faire en sorte qu'il soit meilleur.

— Et nous serons tous là pour t'aider, ne t'en fais pas.

— Je ne peux pas demander ni à ta famille ni à toi de risquer quelque chose avec elle dans les parages, vous êtes peut-être très rapides, vos sens plus développés. N'empêche que vous ne pouvez pas grand-chose contre elle, nous l'avons vu dans la forêt !!

Matthew me coupe alors la parole.

— Ne t'en fais pas, nous travaillons sur ce point-là, nous ne te laisserons pas tomber.

Un court silence s'installe. Matthew reprend la parole.

— Sais-tu combien de temps nous avons été à la recherche de quelqu'un comme toi, je ne parle pas de ce que Robby a vécu, mais de quelqu'un capable de nous comprendre et avec une force aussi puissante, nous savions que de telles personnes existaient mais nous n'aurions jamais pensé que Robby nous l'amènerait…

— Je ne savais pas que vous connaissiez l'existence de ma famille.

— Nous n'avons pas fait le lien, mais hier avec toutes ces explications nous avons compris qui tu étais vraiment. Tu fais partie des légendes, pour être plus précis ta famille en fait partie.

— Je n'en savais rien, pour être franche avec vous il y a quelques années, je me suis intéressée fortement à tout ce qui se rapporte à la magie. J'ai même créé des sortilèges. Puis un jour une amie proche m'a demandé de faire quelque chose pour elle car son copain l'avait trompée et quittée alors qu'elle était enceinte…

Rien que d'en parler j'ai déjà des frissons, tous sont là à me regarder et attendent la suite de mon récit.

— Continue Nell, vas-y ?

— Je n'avais que seize ans, ce soir-là je n'arrivais pas à dormir, je répétais une incantation pour chercher ce que je pouvais bien créer, mais le malheur est que j'ai répété trois fois la même chose.

À ce moment-là je n'ai pas cru qu'il pourrait y avoir quoi que ce soit et je me suis endormie. Le lendemain matin mon amie m'a réveillée pour m'annoncer que son ami avait eu un accident de voiture, rien de grave, mais de quoi bien l'ennuyer. Elle me remerciait comme si cela venait de moi.

— Rien ne dit que c'est toi.

— Si justement car je lui ai demandé ce qu'il avait et si on connaissait les causes de l'accident, les séquelles. Le reste était tout ce que j'avais demandé le soir d'avant, après ça j'ai arrêté pendant longtemps. J'ai recommencé quelques années plus tard, quand j'ai connu Aline, nous sommes d'ailleurs devenues sœurs de sang. Par la suite j'ai connu Dimitri, j'ai mis tant bien que mal mes vieux démons au placard et maintenant tout me revient comme un boomerang.

— Nous remarquons effectivement que tu n'as rien fait pour provoquer ça.

Soudain, j'arrête la conversation, je sens une force qui n'est pas loin de nous. Je me mets à courir, Robby et Andrew me suivent à travers les routes et les bois.

— Que se passe-t-il ?

— Je ne sais pas, j'ai senti une force pas loin de nous, je ne pense pas que ce soit elle, mais ce pourrait bien être son acolyte.

Nous cherchons la puissance que j'ai sentie mais qui, entre-temps s'est évaporée. Nous rentrons, j'expliquai aux autres mon départ si soudain.

Les deux jours suivants ont été très calmes, rien d'étrange mis à part bien sûr que je loge chez des vampires.

Dimitri me téléphone presque tous les jours pour prendre de nos nouvelles, pour nous dire aussi qu'il revient dans deux jours.

Mes journées sont faites essentiellement de promenades et de jeux avec Arwenn.

Robby toujours égal à lui-même et présent, ne cherche plus à discuter de nous.

Aline est aussi venue nous rendre visite, Andrew reste beaucoup avec nous ce jour-là.

Sinon on essaie tous de ne plus trop parler de mes problèmes, nous passons de bons moments tous ensembles avec la petite Arwenn qui apprend énormément.

Ça fait longtemps que je n'ai plus passé de moments comme ceux-là.

Chapitre 6 :
COMPRÉHENSION

Comme promis, Dimitri rentre deux jours plus tard, je suis heureuse de le revoir, sa présence me manquait. Bien évidemment, je ne lui parle pas de ce qui s'est produit chez nous, je lui explique juste que la famille de Robby nous a toutes les deux invitées pour quelques jours, par mesure de sécurité.

Robby ne comprend pas la joie que j'exprime en retrouvant Dimitri, il est vrai que lui et moi, nous sommes fort rapprochés en son absence. Cette relation est cependant difficile et compliquée pour moi quand ces deux hommes sont en ma présence.

La famille de Robby nous invite à passer le reste de la journée chez eux. Je pense que même si ça devient de plus en plus dur pour Robby d'être en ma présence, il ne le montre pas, il préfère que je sois là avec Dimitri que pas du tout.

Il faut que j'aille faire un tour seule, j'ai besoin de respirer, j'ai besoin de réfléchir à cette situation au calme. Dès que l'occasion se présente et que personne ne sait me suivre, je m'éclipse.

Matthew remarque vite que quelque chose me tracasse.

— Nell, peux-tu venir avec moi un instant ?
— Bien sûr, que se passe-t-il ?
— Je t'expliquerai dans mon bureau, suis moi !

Dimitri s'occupe de la petite, elle lui a tellement manqué ! Je le préviens que je m'absente un moment. Un baiser de court au revoir et j'aperçois Robby qui nous regarde d'un air triste, se rend-il compte que je ne laisserai pas Dimitri. Il remarque que je m'éclipse avec son père.

Je monte les escaliers et me trouve devant la porte de son bureau, je suis inquiète, je ne sais pas de quoi il veut parler.

— Entre, je t'en prie ?

Comme proposé, j'entre, Matthew m'attend, assis dans son grand fauteuil, sous cet air d'homme marrant, il y a quand même ce côté sérieux qui m'effraye.

Il me regarde d'un air sérieux et plein de compassion.

— Assieds-toi ma très chère Nell.

Kathlyn est venue me voir pour me dire que tu penses t'éclipser, je me doute que cette situation n'est pas des plus faciles.

Pourquoi veux-tu aller te promener seule ?

— J'ai besoin de réfléchir à certaines choses, en fait à plusieurs même, j'ai surtout besoin de calme !

— De quoi donc t'inquiètes-tu ?

— Ce n'est pas pour moi que je m'inquiète, je veux juste réfléchir à la meilleure manière de ne pas faire souffrir Robby.

— Ne t'en fais pas pour lui, il le savait quand il t'a revue, il savait que tu étais avec quelqu'un, tu n'es plus la jeune écolière qu'il a connue, il doit se résoudre à ça.

Je te comprends tout à fait, tu aimes ton conjoint sinon tu n'aurais pas fait d'enfant avec lui.

— Je me rends compte que d'être en ma présence quand Dimitri est dans les parages devient difficile.— Puis-je te poser une question indiscrète ? Tu n'es bien sûr pas obligée de me répondre !

— Bien sûr ?

— Est-ce que tu l'aimes ? Tes réactions me font croire que tu n'es pas indifférente !

— Je ne sais pas si c'est de l'amour ! Je ne sais pas non plus si c'est de la fascination pour ce que vous êtes ? Nous sommes proches c'est certain, j'ai des sentiments, je ne peux pas me le cacher mais la chose dont je suis certaine c'est que j'aime mon Dimitri et ma fille.

— Je comprends, je sais que tu feras le bon choix et prendras les bonnes décisions. Tu es une personne aimante avec un bon fond, en ce qui concerne Robby je te fais confiance. Je te demanderai juste, tout à l'heure, quand tu t'en vas de me prévenir, que je sache en cas de problème si je dois te chercher. Pour que tu aies plus facile à t'éclipser j'enverrai les garçons faire une course pour moi, nous nous occuperons de ta fille, mais préviens-moi.

— Je te remercie de cette conversation, ça fait plaisir de voir que quelqu'un comprend mon sentiment. Pour info, quand je mettrai Arwenn au lit ce sera le moment de les envoyer en balade.

— Pas de problème, à tout à l'heure.

— Matthew ?

— Oui !

— Merci, merci pour tout.

Je quitte son bureau le cœur un peu plus léger. Contente que quelqu'un comprenne mes sentiments.

Je redescends environ vingt minutes après les avoir quitté. Tout le monde est dans le jardin, il n'y en a qu'un qui manque à l'appel, Robby, mais ou peut-il bien être ?

Je reste dans l'entrée, je regarde mes amis et ma famille jouer ensemble.

Je cherche Robby des yeux, je ne le trouve pas ! Kathlyn me regarde, me fait signe de la tête qu'elle ne sait pas où il est ! Il faut que je m'habitue au fait qu'elle sache lire dans les pensées.Une respiration plus rapide et plus froide est derrière moi, mon cœur s'emballe encore. Je ne me retourne pas, je n'y arrive pas.

— Ne me cherche plus, je suis là !
— Je ne te cherchais pas.
— Arrête tes balivernes, garde les pour quelqu'un d'autre !
— Es-tu fâché ? Pourquoi me réponds-tu comme ça ?
— Je ne suis pas fâché, loin de là, j'aimerais juste qu'en ma présence, plutôt quand nous sommes que tous les deux, que tu sois toi-même. Que tu arrêtes de te cacher la vérité.

Il attrape ma main, me tire à lui loin du regard des autres, sans me laisser l'occasion de réagir, m'embrasse, pas d'un baiser fougueux comme il m'en a déjà laissé l'expérience mais un baiser calme et doux. Il relâche son étreinte et me donne une enveloppe.

— Qu'est-ce que c'est ?
— Un petit mot doux que je viens de t'écrire, ça va sûrement t'aider à comprendre certaines de mes réactions.
Tu évites à longueur de temps la conversation, c'est pour cela que je te l'ai écrit.
— Je le lirai tout à l'heure dans un lieu sûr !!
— Pas de problème. As-tu encore deux petites minutes à m'accorder ?
— Je t'écoute.
— Non suis-moi.

Il monte à l'étage, je le suis, je pense que l'on se dirige vers sa chambre.

— Où m'emmènes-tu ?
— Il faut que je te montre quelque chose, ça ne prendra pas longtemps.

J'ai visé juste, sa chambre.

Par rapport à celle de sa sœur, elle est tout à fait différente, beaucoup plus grande et claire, tout est décoré de couleur pèche et blanche. Son lit est splendide, il est tout blanc, les armatures, les draps…

— Alors, que voulais-tu me dire de si important dans ton antre.

— Le plus important : être près de toi, sans que ma famille nous espionne.

— Et pourquoi devrait-elle nous espionner ?

— Pour ce que je vais faire ?

J'aimerais que tu fermes les yeux, j'ai un petit présent à te donner.

Il cherche quelque chose dans son tiroir, je m'assieds sur son lit, m'allonge quelques instants en fermant les yeux.

— Pour une fois que tu fais quelque chose sans te questionner. Tu es vraiment incroyable. Me dit Robby.

Lorsque j'ouvre les yeux, Robby est déjà installé sur le lit à côté de moi, sa tête par-dessus la mienne.

— Le présent que j'ai pour toi n'est pas quelque chose d'énorme, mais je tenais à ce que tu le portes.

Il tient dans sa main un collier avec un pendentif en forme de croix celte. Le pendentif semble être en argent, sa couleur en est presque blanche.

— Robby, mais c'est magnifique, ça a dû te coûter une fortune.

— À vrai dire, rien n'est trop cher pour la femme dont mon cœur est épris, si je puis dire !

— Tu n’aurais pas dû ! Je ne mérite vraiment pas un tel cadeau. Et sans compter le prix.
— Ne t’en fait pas pour ça, ma famille et moi ne devons pas nous inquiéter pour l’argent.

Je suis toujours allongée, je contemple le bijou qu’il m’a offert.

— D’après ces origines ce bijou est magique, il te protégera toute ta vie.
La légende de ce pendentif c’est qu’il aurait été créé par des elfes, pour protéger les âmes innocentes.
— Je te donne vraiment l’impression d’être une âme innocente ?
— Ce n’est qu’une légende, laisse-moi continuer, d’après ce que l’on m’a dit ce serait un homme qui l’aurait fait pour protéger sa bien-aimée de tous les dangers qu’elle pourrait rencontrer dans sa vie.

Je relève la tête et m’aperçois que son visage est très proche du mien. Nous nous regardons durant une bonne dizaine de minutes.

— À ce train-là, je ne vais pas résister longtemps tu sais, en tout cas merci, vraiment car il n’y a pas de mot pour décrire ce que je tiens en main.
— Ne résiste pas, je ne te le cache pas, je ne sais plus vivre sans toi.

De ma propre initiative je me suis approchée de lui, comme si plus rien n’existe aux alentours, je dépose délicatement mes lèvres sur les siennes, nous nous embrassons d’un baiser tendre. Je me suis vite rendu compte de ce que nous faisons.

— Je ne peux pas ! Comprends-moi ! pardon !

Je lui tourne le dos pour m'en aller, il m'attrape la main.

— Lit ma lettre, tout sera plus clair par la suite. Encore une chose ne t'excuse pas, je sais bien que tu es prise entre deux feux. Et j'ai aimé que tu le fasses de ton initiative. Qui sait peut-être qu'un jour !!!

Tous les deux, nous redescendons, ma fille réclame son goûter auprès de son père, Andrew va dans tous les sens pour que le goûter de madame soit vite près.

Dimitri m'accueille en bas, il me taquine pour savoir où j'ai traîné. Tout simplement je lui réponds que j'ai voulu voir ce que Robby a comme musique.

Matthew me regarde, je lui fais un signe de tête pour lui dire que c'est le moment.

— Les garçons est-ce que ça vous dérangerait d'aller faire une ou deux courses pour moi, en même temps profiter de la présence de Dimitri pour qu'il vous montre quelques endroits que vous ne connaissez pas encore.

Nous, nous restons ici avec Arwenn, il est l'heure de sa sieste je pense.

— Ça ne te dérange pas, si nous y allons entre hommes mon ange ?

— Hoooo, non, je t'en prie, moi je vais prendre un petit peu de temps pour moi. Un bon bain me fera le plus grand bien.

Les garçons partis et Arwenn au lit, j'en profite pour partir m'aérer en remerciant Matthew et Gillian.

Je me dirige vers le bois situé en face de leur propriété, la lettre de Robby à la main, des idées en tête et pleins de souvenirs.

J'ai l'impression d'avoir marché durant une heure. Je m'installe à l'orée d'une clairière, j'entends un bruit d'eau pas loin, sûrement une rivière.

Je tiens la lettre de Robby en main, j'ai peur de lire ce qu'elle contient.

MA très chère NELL,
Je sais qu'en ce moment rien n'est facile pour toi.
Je voudrais juste te dire combien je t'aime, combien je tiens à toi depuis le jour de notre première rencontre, je n'ai plus eu d'autres idées que de te retrouver, maintenant que c'est fait, c'est toi qui a refait ta vie.
Mon cœur, mon avenir te seront à jamais destinés.
Aimer c'est facile, mais le plus difficile est de se faire aimer par celle qu'on aime.

Je ne veux en aucun cas te brusquer, je comprends l'amour que Dimitri a pour toi, je ne peux pas lui en vouloir, j'éprouve les mêmes sentiments depuis pas mal d'années. Tu es une personne qu'on ne peut retirer de sa vie.
Si tu es prêt de moi, même en tant que simple amie, je ne pourrai jamais être triste. Je préfère de loin être ton ami plutôt que ne plus du tout te voir.
Il y a des choses dans la vie qu'on ne peut pas éviter.
Le soleil se lèvera et se couchera, la marée se déclenchera et se retirera, les saisons changeront, les oiseaux voleront vers le sud pour l'hiver et retourneront au printemps, la chenille se transformera en un très beau papillon. Et durant tout ce temps mon amour pour toi restera intact.

Nell à partir du moment où nous nous sommes rencontrés, j'ai su que tu étais mon amour immortel, il y a quelque chose de précieux et d'éternel en toi.

Ma NELL, je pense que notre amour est l'union de deux esprits destinés. Ainsi, tu es vraiment devenue l'étoile de ma vie, qui m'apporte la lumière dans un monde obscur. Tu m'offres la promesse d'un renouveau, la joie de vivre, la paix de l'esprit. Tu me redonnes l'âme que j'ai perdue en devenant ce que je suis.

Je te chérirai et t'aimerai à jamais.

Robby

J'ai les larmes aux yeux, je me rends compte à quel point son amour est sincère.

J'aime deux hommes en même temps. Je ne contrôle pas ce que je fais quand je suis en sa présence, je le contrôle de moins en moins.

Pourquoi Robby ne me rend-il pas la tâche plus facile, pourquoi m'avoir dit qu'il a des sentiments sachant que je suis déjà avec quelqu'un.

Je peux comprendre si c'est un amour de passage, mais avec Dimitri on a un enfant qui découle de notre amour, je ne peux pas gâcher la vie de tout le monde sur un coup de tête.

Je suis allongée, le visage réchauffé par le soleil, je pense que m'octroyer une petite sieste me fera du bien pour éclairer mon esprit.

Je m'endors, j'entends le vent dans les arbres, mais le plus étrange, j'entends un chant celte, des personnes me le chante, c'est tellement beau, je ne cherche pas à comprendre maintenant d'où cela provient.

Je ne sais pas depuis combien de temps je suis là, je me réveille car la chaleur du soleil manque à l'appel.

Après consultation de ma montre, je me rends compte que j'ai dormi presque deux heures, je pense qu'il est temps de retourner vers la maison.

Les garçons ne sont pas encore revenus, Matthew à un air inquiet.

— Où étais-tu ? Les garçons m'ont téléphoné et je ne te voyais pas revenir. Ils seront là d'ici dix minutes.

— Je me suis endormie, je ne pensais pas partir si longtemps ! Arwenn va bien ! où est-elle ?

— Elle est dans la chambre de Robby avec Kathlyn.

— Ok je monte à tout à l'heure.

— Sinon tout s'est bien passé, pas de mauvaise blague ?

— Non je me suis juste posée un moment sur un arbre et je me suis endormie.

— Ok pas un mot aux garçons alors !!

Je monte les escaliers quatre à quatre ! J'entends Arwenn rire aux éclats.

— Manman !!!

— Oui ma chérie je suis là, désolée mon petit cœur, maman s'est endormie, je n'ai pas vu le temps passée. Tu t'es bien amusée ?

— Vi, vi, Tyne est à ?

— Oui mon cœur, Kathlyn est là !

— Ou étais-tu passée Nell ? Nous nous sommes inquiétés ! Si les garçons étaient rentrés avant toi, tu peux me dire ce que nous leur aurions raconté !

— Tout simplement que j'ai été prendre un peu l'air.

— T'es-tu réellement endormie ?

— Oui, j'ai lu la lettre de Robby, je me suis appuyée contre un arbre et ensuite je me suis assoupie. Par contre au moment où je me suis endormie, j'ai entendu des personnes chanter une chanson, on aurait dit une musique celte, en tout cas c'était vraiment beau à écouter.

— Ça par contre c'est bizarre.

— Je ne sais pas comment expliquer ça, mais c'est comme si cette chanson était chantée pour moi, c'est l'impression que j'ai eue.

— Tu penses que c'était pour te vouloir du mal ou que ça aurait pu en causer ?

— Je ne pense pas. Si ça aurait été le cas, je ne serais pas encore là ! je demanderais à la fée Morgane à l'occasion.

Mais je pense qu'il est temps de parler d'autre chose, ils sont rentrés, nous devrions descendre.

— Tu les as entendus arriver ?

— Oui, bien sûr, je ne suis pas comme tout le monde tu sais !

— Ça je l'ai bien remarqué, je le découvre de jour en jour.

Arwenn dans mes bras, nous redescendons avec Kathlyn en rigolant de notre dernière phrase. Tout le monde est déjà en bas, Dimitri et Andrew regarde un match de catch, Robby est sur le perron, Gillian et Matthew font le dîner, ce qui va d'ailleurs être bien marrant car nos hôtes vampires devront manger avec nous pour donner le change à Dimitri.

— Mon cœur, je te confie Arwenn cinq minutes, je vais prendre un peu l'air, je commence à avoir trop chaud ici ! Au passage pourrais-tu lui préparer son biberon ?

— Pas de problème mon ange, prend le temps qu'il faudra.

Je rejoins Robby à l'extérieur. Il a l'air soucieux.

— Et… Que fais-tu ici tout seul ?

— Pas grand-chose ! Je réfléchis.

— Si je ne suis pas trop indiscrète, peux-tu me dire à quoi ?

— À toi ?

— Tu te demandes si j'ai déjà lu ta lettre ?

— Entre autre ? J'aimerais aussi savoir ce que tu faisais dans les bois ?

— Comment sais-tu que j'y étais ?

— Car tu as rêvé et j'ai vu tes derniers instants éveillée.

— Je ne me souviens même pas avoir rêvé ?

Alors monsieur je sais tout dis-moi de quoi j'ai rêvé ?

— Tu ne t'en souviens pas ?
— Si je te le demande, à ton avis !
— Tu as rêvé d'un accident de la route, tu étais dans la voiture.
— Si je ne me souviens pas, ça ne peut pas être un rêve prémonitoire, ne t'en fais pas.
— Et ce chant que j'ai entendu, qu'est-ce que c'était ?
— Je ne sais pas. J'éclaircirai ça au plus vite.

Sinon j'ai lu ta lettre, elle m'a émue, je te comprends mais fais-moi juste signe le jour où ça deviendra trop dur pour toi. Je tiens à toi malgré tout… je ne veux en aucun cas te faire de mal.

— Promis ! Écoute on se fait une promesse tous les deux si tu es d'accord bien sûr ! le jour où tu voudras admettre tes sentiments tu me le diras et le jour où je ne tiendrai plus à ce rythme-là, je te le dirai, ça te va comme ça ?
— Oui ça me va !

Nous tombons dans les bras l'un de l'autre comme de bons amis et retournons à l'intérieur ! Je m'installe aux côtés de ma petite famille.

Dimitri est au téléphone, je ne sais pas avec qui mais apparemment ça parle boulot, il ne tarde d'ailleurs pas à raccrocher.

— Mon cœur, je dois à nouveau partir, mais pas avant lundi, cette fois-ci j'aurai besoin de Robby et Andrew car c'est un déménagement pour la société mais vers la France.

— Ne t'en fais pas, je le savais quand tu as ouvert la société que tu travaillerais beaucoup. C'est bien que tu les prennes tous les deux avec toi, au moins tu auras quelqu'un que tu connais près de toi.
— Ça ne vous dérange pas les gars de partir en France ?
— Tu rigoles… bien sûr que ça ne nous dérange pas.

Andrew est super content de pouvoir enfin faire quelque chose de ses journées.

— Et si tu prenais tes congés, un petit mois, va chez ta sœur, elle sera contente de vous voir, propose à Aline de venir avec vous. Et nous nous ne serons pas très loin, rien ne nous empêche de venir jusque-là.

— Dimitri, tu ne te rends pas compte un mois ! Ton travail là-bas ne mettra jamais autant de temps ?

— Si au contraire, c'est un déménagement de deux villas en une et pour tout faire à notre aise ça mettra environ trois semaines, par la suite si ça ne dérange pas ta sœur nous viendrons vous rejoindre.

— Pourquoi pas ? mais je ne partirai pas directement car j'aimerais régler différentes choses ici avant, nous partirons dans une semaine.

— Marché conclu, j'aime faire des affaires avec toi mon amour !!!

Le dîner sent bon, je commence même à avoir faim, Andrew lui commence à changer de couleur à l'idée de devoir manger.

— Si nous passions à table, nous propose Matthew.

Je ne peux retenir un fou rire, rien qu'à l'idée de les voir se forcer à manger. Kathlyn, grogne rien qu'à lire mes pensées. Et je rigole de plus belle, j'en pleure même, je pars dans un fou rire qui n'est pas prêt d'en finir là.

Lors du dîner mon sourire est toujours là, il m'empêche de rire, personne ne comprend l'échange entre Kathlyn et moi. Andrew est le seul à ne pas pouvoir cacher son dégoût.

— Pourquoi rigoles-tu comme ça depuis tout à l'heure ?

Pauvre Dimitri il ne comprend pas et je ne peux malheureusement pas lui expliquer.

— Pour rien c'est entre Kathlyn et moi, nous nous comprenons bien ! juste un petit fou rire que nous avons depuis tout à l'heure !
Au fait Andrew, comment trouves-tu le plat de ton père ?
— Je trouve que ça a un goût de… de… de caoutchouc !

Je me remets à rire de plus belle, la plupart des personnes à table ont enfin compris mon euphorie.

— Je crois que je vais aller prendre un peu l'air, ça me fera du bien sinon je n'en terminerai jamais avec mon fou rire !

Je sors, j'aperçois une lueur qui me fait arrêter de rire. Je m'avance vers elle, je fais bien attention de ne pas me faire remarquer par les autres.
Blanche est là, elle nous épie.

— Que fais-tu ici ? Veux-tu te joindre à nous ce sera peut-être mieux que de nous regarder au loin ou trouves-tu que le film est bien ?
— À vrai dire je trouve cette petite famille vraiment bien surtout que ton fiancé est là, c'est ça qui me fait encore le plus plaisir ! Aurais-je enfin l'honneur de le rencontrer ?
— Ne te fais pas de faux espoirs veux-tu ? tu n'es pas la bienvenue ici ? Quand à Dimitri tu vas lui foutre la paix ainsi qu'a ma fille !
— Sinon quoi ? tu n'oseras rien tant qu'ils seront dans les parages !
— Ne crois pas tout savoir, tu ne me connais pas.
— Je te connais plus que tu ne le crois.
— Je n'en suis pas si certaine, jusqu'à présent tout ce qui s'est passé en ma présence, tu ne t'y attendais pas.

— Pour ça je te donne raison. Mais je suis certaine que si je t'attaque maintenant tu resteras inerte de peur que ton futur mari puisse se rendre compte de quelque chose, surtout de qui tu es ?

Je ne vois pas venir son attaque, pourtant rien ne se passe, elle ne m'effleure pas. Je ne comprends pas trop ce qui se passe mais c'est pas mal je trouve, elle s'énerve, maintenant, je dois m'inquiéter.

Je me concentre sur elle, mon énergie se dégage, le vent devient brutal, les arbres s'agitent.

Pourquoi ne pas tout simplement essayer de créer un sort que je prononcerai en tête, si je suis réellement tout ce que tout le monde prétend je dois pouvoir le faire sans problème.

Les yeux fermés, je récite mon incantation en tête.

« L'amour que je porte en moi,
Ainsi que ma gentillesse, ma force et ma foi,
Auront raison de toi.
Retourne dans la forêt d'où tu viens,
Tu n'auras pas victoire sur les miens »

J'ouvre les yeux une brillance d'une blancheur extrême se dégage de moi, je suis éblouie. La lumière se dissipe enfin, je l'aperçois, devant moi, affaiblie et moins fière, elle crie.

— Que m'as-tu fait, je n'ai rien vu, que m'as-tu fait ?
— J'ai fait en sorte que tu laisses ma famille et les miens en paix !
— Je n'aurais pu croire que tu oserais, tu évolues si vite. Ne pense pas en avoir fini avec moi !

Elle disparaît dans la nuit en même temps que la lumière. J'ai difficile à tenir sur mes jambes mais je ne laisse rien paraître. Ils l'ont tous sûrement vu.

Effectivement, ils sont tous sur le pas de la porte à regarder dans ma direction.

— Nell que s'est-il passé ? m'ont-ils tous demandé à l'unisson.

— Je ne sais pas trop, je l'ai vu aussi, peut-être un éclair, c'est étrange, en tout cas c'est fini. Rentrons avant qu'Arwenn n'attrape un coup de froid. Continuer à manger j'arrive, je monte quelques instants, je vais à la salle de bain.

Je m'effondre la tête entre les mains, je m'allonge sur le carrelage blanc et froid, je suis si fatiguée, je vais rester là quelques instants, ça me fait du bien. Il est temps que j'apprenne à contrôler mes pouvoirs !

— Kathlyn au cas où tu lirais dans mes pensées en ce moment, je vais bien ne t'en fais pas, je vais juste m'allonger ici quelques instants. Rien de grave je t'expliquerai.

Je ne sais pas dans combien de temps mon état de faiblesse passera, je ne sais pas encore ce que je vais dire à Dimitri quand je descendrai. En tout cas, ça me fait du bien d'être allongée sur le sol froid, je tremble de tous mes membres.

— Nell…

— …. Je vais bien ne t'en fais pas Robby, pourquoi es-tu monté ?

— Kathlyn m'a dit que tu ne te sentais pas bien depuis que tu es rentrée !

— Je vais bien, je suis juste un peu épuisée ! Au fait, tu ne vas pas me dire qu'elle t'a dit ça devant tout le monde !

— Non, nous étions à deux dans la cuisine, elle m'a demandé de débarrasser la table pour que nous soyons seuls.

— Que s'est-il passé dehors, je sais que tu me mens en me disant que tout va bien !

— Elle était là.

— Qui ? la dame Blanche !

— Oui !

— Et pourquoi ? Que voulait-elle ?

— Elle nous espionnait, je ne savais pas qu'elle était là quand je suis sortie, je ne l'ai aperçue qu'une fois à l'extérieur. Elle m'a dit que ce qui était encore plus marrant c'était le fait que Dimitri soit présent pour agir. Je crois, que comme ça, elle pensait nous faire du mal à tous car mon seul point faible pour le moment est que Dimitri ne sait rien.

— Que s'est-il passé ensuite ?

— Elle a cru que je ne ferais rien pour vous protéger, étant donné que Dimitri est présent. Je l'ai prévenue, elle ne me connaît pas et ne sait rien de moi !

— Tu veux dire que tu l'as attaquée ? mais pourquoi ne nous as-tu pas fait signe ? nous serions venus à toi ?

— Je ne pouvais pas le faire, ça s'est passé tellement vite.

Elle a voulu m'attaquer et sans qu'elle ne remarque quoi que ce soit, j'ai réagi à son attaque. Je me suis dit que si effectivement j'étais la personne que tout le monde décrit, je suis capable de la contrer en formulant une incantation en pensée, comme tu peux le voir je suis ici donc c'est que ça a fonctionné.

— Tu es incroyable et inconsciente, ça n'aurait pas fonctionné tu aurais fait quoi ?

— Je ne sais pas à vrai dire, mais je ne me pose pas la question, tout ce que je sais c'est que je vais bien.

— Non ! non, tu ne vas pas bien, tu es allongée par terre, tu ne sais plus te mettre debout, tu trouves que tu vas bien toi ?

— Dans l'ensemble oui, je ne suis pas blessée, Dimitri ne sait rien, Arwenn va bien ainsi que vous, donc oui pour moi tout va bien.

— Si tu vois ça de ce point de vue-là, pourquoi pas. Mais tu dois faire un peu plus attention à toi.

Tu crois que ça va aller? Je peux rester près de toi, si ça ne va pas?

— Non vas-y, je m'en sortirai toute seule, je veux juste reprendre un peu?

Prépare-moi quelque chose à boire en bas s'il te plaît, j'ai besoin de sucré!

— Pas de problème. À tout de suite alors!!

Robby sort, je reste encore allongée sur le sol froid quelques instants.

J'ai eu la peur de ma vie, je n'ai jamais cru que ça allait fonctionner, il a raison, je m'en sors bien.

Dès qu'ils seront partis pour la France, je demanderai à Aline un coup de main pour apprendre à gérer mes pouvoirs, à cette allure-là, je vais me tuer toute seule.

Je redescends plus ou moins vingt minutes plus tard, Robby, Andrew et Dimitri parlent boulot, ils mettent en place leur départ de lundi. Kathlyn et ses parents sont dans la cuisine et parlent de moi. Pour moi la conversation dans la cuisine est la plus intéressante, parler déménagement ce n'est pas pour moi.

— Que s'est-il passé là tout à l'heure dans le jardin?

— Rien de plus que d'habitude, car ça en devient une habitude!!

— Tu nous expliques ou pas. Me demanda le père de Robby.

— Elle était là, la dame Blanche, elle nous épiait depuis un petit temps je pense, elle a voulu m'attaquer, j'ai riposté.

— Tu vois Matthew, dit Kathlyn, c'est bien ce que j'ai compris. Nell était en haut pour reprendre des forces.

— Tu ne crois pas qu'il est temps d'apprendre à te servir de tes pouvoirs pour ne pas être affaiblie après.

— Oui j'y pensais justement.

Ça me fait toujours bizarre de les entendre appeler leur père par son prénom, je suis d'accord il ne les a pas créés, mais bon, quand même !!!

— Nell, mon ange on doit y aller je pense, Arwenn s'endort dans les bras de Robby.

— Oui, nous y allons, je vous remercie pour tout.

— Ne t'en fais pas, si tu as besoin de quoi que ce soit n'hésite pas.

La maman de Robby est vraiment une femme merveilleuse en plus d'être belle, elle est adorable.

Nous disons au revoir à tout le monde et nous partons. C'est étrange de rentrer chez soi après une si longue absence, en même temps, ça va me faire du bien d'être dans mon chez moi.

Robby est triste que je rentre, mais il comprend c'est le principal. Sa lettre a vraiment fait du bien à mon moral.

— Tu as passé un bon séjour en leur compagnie ?

— Oui, très bon, ils sont vraiment tous adorables.

— Oui et les garçons ont l'air d'être contents de travailler !

— Tu ne le serais pas toi ? Quand tu arrives d'un autre pays ce n'est pas toujours facile.

— C'est certain, vous avez fait quoi en mon absence ?

— Promener, jouer avec la petite, travailler.

— Je reconnais, je ne pense pas que tu aies eu le temps de t'ennuyer avec eux ?

Robby et Aline ça donne quelque chose ou pas ?

— Ce n'est pas Robby qui l'attire, je pense plutôt à Andrew !

— Non !!!!

— Si je te jure, quand ils sont dans la même pièce ces deux-là, il y a des ondes qui passent dans l'air.

— Si tu veux j'approfondirai la question avec lui.
— Pourquoi pas ça peut être mignon.

Nous arrivons chez nous, notre fille dort à point fermé, même en la mettant dans son lit elle ne réagit pas.

Nous regardons la télévision jusqu'à minuit ensuite nous allons au lit.

Notre nuit est câline et torride. Ça fait un petit temps que nous n'avons pas eu de moments comme ça.

Je m'endors dans les bras de mon fiancé et me réveille au même endroit.

C'est dimanche, tout le monde dort encore, je me lève pour préparer le petit déjeuner. Au menu ce matin, je fais des pains au chocolat ça plaira à tout le monde

Je mets le déjeuner en route, m'installe au soleil sur la terrasse, les yeux fermés pour vraiment profiter du calme qui rode dans l'appartement.

— Hello ma belle.
— Tu ne me surprends plus, je savais que tu viendrais quand je serais au calme.
— Ne crois pas que je voulais te surprendre, je faisais juste une visite de routine si on peut dire.
— Une visite de routine, mouai, pourquoi pas !
— Que comptes-tu faire de beau aujourd'hui ?
— Je ne sais pas encore, n'oublie pas que je ne suis pas seule à décider ?
— Non je sais, tu crois que ça dérangerait si je passe une partie de la journée près de vous ?
— Je ne pense pas.

— Je te laisse, Dimitri arrive.

Sur cette phrase il saute de la terrasse pour atterrir quelques étages plus bas !

Dimitri est bel et bien réveillé.

— Tu es debout depuis longtemps mon cœur ? demande Dimitri.

— Non, quinze minutes environ, je ne t'ai pas réveillé au moins ?

— Non du tout, mon téléphone a sonné.

— Et c'était qui ?

— Andrew car il n'arrive pas à joindre Aline !

— Il essaye depuis combien de temps ?

— Depuis une bonne heure, ils ont rendez-vous ensemble !

— Si après le déjeuner il ne l'a toujours pas jointe, je ferai un saut jusque-là !

— Ne t'en fait pas, elle a peut-être oublié. Je suis certain qu'elle dort encore.

— Oui je pense aussi mais sait-on jamais qu'elle ne soit pas bien.

Je deviens anxieuse pour un rien avec tout ce qui se passe pour le moment.

Andrew a finalement téléphoné quinze minutes plus tard pour nous dire qu'il était avec Aline.

Notre journée s'est vraiment bien passée. Pas de mauvaise surprise.

Nous avons été au parc une bonne partie de la journée, Arwenn passe vraiment de bons moments avec son papa qu'elle voit de moins en moins vu le travail qui s'accumule.

Robby nous rejoindra mais pas directement, Dimitri éprouve le besoin de rester seul avec nous, il nous rejoint en milieu d'après-midi.

Andrew et Robby passent la soirée avec nous pour mettre à jour leur départ qui a lieu le lendemain pour la France.

Arwenn et moi allons dans la chambre en début de soirée pour que je la mette au lit. Quant à moi je ne me suis pas trop attardée parmi eux.

Demain le grand départ pour ce long déménagement, j'espère que tout se passera bien en leur absence.

Chapitre 7 :
SORCELLERIE

Le départ des garçons est prévu pour neuf heures, je suis déjà prête pour aller travailler.

Dimitri attend Robby et Andrew, quant à moi je prépare Arwenn, j'ai le cœur lourd à les laisser partir si longtemps. Les deux hommes dont je suis le plus proche partent, je ne les verrai plus avant un bon moment.

On sonne à la porte, certainement les garçons.

— Oui ?

— C'est nous Nell, ouvre !

C'est Andrew, il est en pleine forme d'après ce que je peux entendre ! Je retourne à mes occupations, Dimitri leur ouvre la porte le temps que je termine de préparer notre fille.

De la chambre, je n'entends qu'Andrew qui devient très impatient à l'idée de partir et de faire enfin quelque chose de ses journées.

— Voilà ma chérie, tu es prête nous pouvons aller voir papa.

— Hooo… Robby qu'est-ce que tu fais là ! Je ne t'ai pas entendu arriver. Tu es là depuis combien de temps ?

Robby est à l'entrée de la chambre, Arwenn non plus ne l'a pas entendu.

— Pas longtemps !

— Que se passe-t-il ? Ça n'a pas l'air d'aller !!

— Je m'inquiète à l'idée de vous laisser seules, après ce qui s'est passé avant-hier chez nous, je ne pense pas que vous soyez en sécurité !

— Nous serons en sécurité, ta famille est là, fée Morgane n'est pas loin, j'en profiterai pour passer du temps avec mes parents un de ces soirs. Ne t'en fais pas, tout ira bien.

— Me permets-tu de te téléphoner le soir ou de temps en temps. Je reviendrais bien jusqu'ici mais je ne pense pas que ça passerait très inaperçu.

— C'est certain mais on ne sait jamais que l'occasion se fasse sentir.

— Tu insinues quoi ? Tu voudrais que je vienne.

— Je n'insinue rien ! Laisse tomber ce que je viens de te dire.

— Je ne laisse pas tomber, j'ai bien compris, nous verrons. En attendant je m'éclipse cinq minutes pour téléphoner, ça au moins, ça paraitra normal.

— Viens retournons de ce côté-là, je dois bientôt partir, j'aimerais être encore un peu près de Dimitri.

Andrew est pire qu'une pile électrique, Dimitri lui, court dans tous les sens pour que tout soit prêt, quant à Robby, il rumine dans le fauteuil.

Il est temps de partir sinon c'est moi qui vais être en retard.

— Mon ange, je suis partie, il faut vraiment que j'y aille. Arwenn, vient mettre ta veste !

— Je te téléphone quand nous sommes arrivés, faites attention à vous, je suis désolé de partir si longtemps.

— Ne t'en fais pas tout ira bien, tu n'oublies pas, téléphone-moi !

— Ne t'en fais pas, je ne risque pas de t'oublier.

Dimitri m'enlace, me donne un baiser dont il a le secret. Il me chuchote des mots doux à l'oreille.

— Je t'aime, vous allez me manquer toutes les deux. Je te téléphonerai tous les jours, je penserai à toi toutes les heures, à bientôt mon amour, on se retrouve chez ta sœur !

— À moi aussi tu vas me manquer ! Tu manqueras encore plus à ta princesse.

— Mais ne vous en faites pas mes amours ça passera vite, prenez un peu de temps pour vous.

— Bon, maintenant je suis partie.

Je prends mon pull et nous leur disons au revoir à tous les trois.

Je ne m'attarde pas afin de ne rien laisser transparaître, que je ne sois pas près d'eux durant quelque temps me permettra peut-être de remettre mes idées en place.

Après avoir déposé Arwenn chez ma mère, je téléphone à Aline pour l'inviter à manger au soir et lui faire part de ma proposition de voyage. Elle me dit que nous en reparlerons lors du dîner.

La journée s'est passée calmement, mon moral ne m'a pas permis d'être plus en forme.

Comme tous les lundis, je pars à midi, je vais chercher ma fille. Je passe l'après-midi avec mes parents, ma mère me propose que nous allions nous promener ! Je crois que ça me fera le plus grand bien que l'on passe l'après-midi ensemble car malgré son mauvais caractère à certains moments c'est une maman géniale, douce et attentionnée.

— Ma chérie, que comptes-tu faire durant l'absence de Dimitri ?

— Je ne sais pas trop encore, Dimitri m'a proposé de partir voir Bess et de prendre congé tout le mois.

— Tout le mois mais ça ne va pas être trop long comme congé tu n'auras plus rien après, si tu veux te reposer !

— Pour ça je ne m'en fais pas, j'ai un mois de congé annuel et un mois environ de congé d'heures supplémentaires.

— Tu as déjà téléphoné à ta sœur pour lui demander !

— Non, je le ferai tout de suite. J'espère juste que ça ira pour elle, ça me fera du bien d'être là-bas. Je ne partirai de toute façon pas avant fin de semaine je dois encore aller voir pour un billet d'avion, ça ira plus vite pour Arwenn. Rappelle-moi de téléphoner à Bess quand nous rentrons tout à l'heure.

— Bien sûr, maintenant allons boire quelque chose car je pense qu'Arwenn doit avoir faim. Tu as pris son goûter avec toi ?

— Oui il est dans son sac !

Nous nous installons toutes les trois à une terrasse, ma mère donne le goûter à la petite. Quand je suis près d'elle je ne pense pas trop ! Ça m'aide bien.

— Ce Robby, ça a vraiment l'air d'être un gentil garçon. En tout cas il est très serviable de te déposer comme ça presque tous les matins, c'est très gentil de sa part.

Ne crois-tu pas qu'il a des sentiments pour toi ? Moi je pense bien tu sais.

— Oui, il en a, il ne me l'a pas caché. Il m'a fait remarquer que nous nous connaissions depuis un bon moment, nous nous sommes rencontrés il y a quelques années.

— Ho… Et pour les sentiments qu'il éprouve pour toi, Dimitri est au courant ?

— Non, surtout pas ! Il ne comprendrait pas. De toute façon Robby et moi en avons parlé, je lui ai dit que Dimitri est mon avenir ainsi que notre fille, qu'il n'en sera pas autrement.

— Et que t'a-t-il répondu ?

— Qu'il comprend, qu'il attendra le temps qu'il faut ! Il m'a dit qu'il préfère rester près de moi, même si on n'est pas ensemble plutôt que d'être séparés. Je ne suis pas certaine que ce soit une bonne idée, mais je ne me tracasse pas avec ça pour le moment. Je lui ai juste demandé de me prévenir quand ça deviendrait trop dur pour lui. Quand ce moment arrivera, je pense que ce sera le moment de mettre un terme à notre amitié. Je ne veux faire de mal ni à mon fiancé, ni à ma fille, ni à lui. La chose plus importante dans cette histoire est Arwenn. Tout ce que je fais est pour la protéger.

— Je suis certaine que tu agiras au mieux pour tout le monde. Si nous rentrions tout doucement ta fille va bientôt s'endormir.

Nous nous promenons encore, nous faisons quelques magasins, je trouve quelque truc pas mal à me mettre. Nous rentrons à notre aise en parlant de tout et de rien et comme nous l'avions prédit Arwenn s'est endormie, une fois mise au lit, je compose le numéro de ma sœur.

— Bonjour grande sœur.
— Bonjour ma belle, comment vas-tu ?
— Je vais bien, que dirais-tu, si Arwenn et moi passions du temps près de toi et de ton mari ?
— Je te répondrai, que vous êtes les bienvenues quand tu le souhaites.
— Alors nous viendrons fin de semaine, je réserve le vol tout de suite.
— Vous seriez là quand plus ou moins ?
— Je pense vendredi, si ça te va ?
— Oui vendredi c'est parfait.
— Je te dis au revoir alors, à vendredi.
— Fait un bisou à ma poupée douce pour moi. Je te fais plein de bisous.
— Nous aussi nous t'en faisons pleins.

Je suis vraiment soulagée de l'avoir entendue, vivement vendredi ça me fera du bien. Nos billets d'avion sont commandés, mon mail aussi est envoyé pour les congés quatre semaines de congés c'est parfait, si tout se passe bien je passe au moins deux semaines là-bas. Ma fille dort toujours, un vrai petit ange.

Mon père lui, est parti se promener pour profiter du beau temps, A notre retour il est déjà parti, il est vraiment gentil de nous laisser de temps en temps entre filles.

— Voilà maman, je lui ai téléphoné, nous partons vendredi. Elle est enchantée à l'idée de nous voir.
— Tu m'étonnes, c'est une belle surprise pour elle ?
— Surtout que ça fait maintenant quelques mois que nous ne nous sommes vues !
— Et vos billets tu y as pensé ? Si tu ne l'as pas fait il est temps !
— Ils sont commandés, payés, imprimés.
— Veux-tu dîner avec nous ce soir ?
— Non merci je mange avec Aline ce soir, mais demain pourquoi pas ! je vous invite même à manger dehors.

— Mais non ma chérie, nous pouvons manger ici.

— J'ai dit que je vous invitais papa et toi.

— Alors merci ma chérie. Ça te dérangerait que je garde Arwenn cette semaine ? Je ne vais plus la voir durant si longtemps, comme ça tu peux profiter de ton amie et préparer vos affaires.

— Pourquoi pas, tu veux qu'elle dorme aussi ici c'est ça ?

— Oui, je te la prends quelques jours.

— Ok, je viendrai la voir durant la journée. J'attends qu'elle se réveille, ensuite je pars. Ça fera le plus grand bien à ma mère de profiter de la petite et moi une bonne excuse pour passer du temps auprès d'eux.

Elle s'est réveillée environ vingt minutes après. Je lui dis au revoir, lui explique qu'elle reste près de sa grand-mère jusque mercredi ou jeudi, de toute façon je reviens normalement demain.

Je suis ensuite partie rejoindre Aline jusqu'à son travail, nous mangeons au restaurant chinois, je profite pleinement de ma soirée.

Durant la soirée, je lui explique brièvement tout ce qui s'est passé ces derniers jours.

De son côté, elle me fait part de son début de relation avec Andrew. Elle l'aime bien, elle pense que ça peut donner quelque chose de bien entre eux, je le pense aussi, ils sont pareils tous les deux, ce sont des personnes complètement dingues mais adorables.

— Dis-moi ma belle Aline, serais-tu prête à m'aider à contrôler mes pouvoirs ? J'ai trois jours tout à fait seule pour m'y mettre, ma mère garde ma fille jusqu'à mercredi ou jeudi je ne sais pas encore tout dépend du temps qu'il me reste pour préparer mes affaires.

— Je me ferai porter malade ces quelques jours, comme ça je passe un peu de temps près de toi !

— Merci. Est-ce que tu as su te renseigner pour venir avec nous chez ma sœur.

— Oui mais ça ne va pas être possible. Pour le moment, il y a trop de personnes en congé. Ça m'ennuie car j'aurais aimé voir ta sœur, je ne verrai pas Andrew non plus, mais il m'a promis de me téléphoner le soir.

— Mouai, moi aussi j'en ai deux qui m'ont dit qu'ils me téléphoneraient le soir.

— Ça ne s'arrange toujours pas avec Robby.

— C'est compliqué, disons ça comme ça ? Je n'ai pas trop envie de rentrer dans les détails pour le moment.

— Pourquoi pas !

— Disons juste qu'il veut rester près de moi, même si je ne suis pas avec lui.

— Ils ont le don d'être compliqués ces hommes.

— Ça te va si on se rejoint demain vers neuf heures ?

— Je te propose plutôt que nous restions ensemble cette nuit, nous déjeunons à notre aise, ensuite nous nous y mettons.

— Ça ne me paraît pas mal comme idée. Et nous déjeunerons où madame ?

— Dehors ! Je ne sais pas encore où ? Mais nous sortirons.

Notre soirée est vraiment chouette, ça fait longtemps que nous ne nous sommes pas retrouvées rien que toutes les deux.

Comme promis ils m'ont tous les deux téléphoné, d'abord Dimitri en début de soirée et ensuite Robby aux alentours de vingt-trois heures, il a sûrement attendu que Dimitri s'endorme, il me demande si tout se passe bien, me dit que je dois faire attention à moi, ne pas prendre de risques.

Quand à Andrew, il passe près d'une heure au téléphone avec Aline.

Nous ne nous couchons pas très tôt, il doit être dans les alentours de trois heures du matin quand je m'endors, au petit matin je me suis fait réveiller à sept heures trente par mon téléphone, ma maman veut savoir si je viens, et si oui, à quelle heure.

Je n'ai effectivement pas réussi à me rendormir par la suite. Aline me rejoint vers huit heures trente. Nous nous apprêtons, allons déjeuner au même endroit où Robby m'a emmenée la dernière fois. Nous

nous rendons ensuite chez ma mère faire un coucou à ma Arwenn, nous ne restons d'ailleurs pas très longtemps, une journée chargée nous attend.

Une fois toutes nos tâches accomplies, nous nous rendons au bois afin que j'y apprenne à contrôler un peu plus mes pouvoirs. Au rendez-vous se trouve la Fée Morgane, elle nous attend à l'orée du bois.

— Bonjour toutes les deux, comment allez-vous ?

— Jusqu'à présent bien.

— J'ai entendu que Blanche a de nouveau essayé de te faire des misères il n'y a pas si longtemps.

— Oui, je pense qu'elle a été surprise cette fois-ci ! Il n'y avait qu'elle et moi.

— J'ai entendu ce qui s'est passé, elle s'inquiète depuis, promets-moi de faire attention, elle ne va pas être loyale !

— C'est pour ça que nous sommes ici aujourd'hui. Aline est venue afin de m'aider à mieux comprendre, contrôler et apprendre mes pouvoirs.

— Alors je te propose aussi mon aide, tu sais la magie et la sorcellerie sont deux choses tout à fait égales, il n'y a pas de magie blanche ou de magie noire, c'est la personne qui le crée qui l'est, la magie qu'on utilise est comme la personnalité qui l'utilise. Certaine chose que tu ne sais peut-être pas, tout ce que tu retrouves autour de nous est magie, grâce à certaines plantes et fleurs tu sais faire des potions, quand tu invoques les quatre éléments comme tu l'as déjà fait, tout ça est et sert à la magie. La magie, la sorcellerie sont des éléments très vastes à ne pas prendre à la légère.

La chose la plus importante maintenant c'est que tu saches canaliser ton énergie, tu es beaucoup trop affaiblie quand tu l'utilises.

— Je pense aussi que c'est le plus important pour le moment.

— Tout d'abord tu n'es pas sans savoir, que quand tu utilises tes pouvoirs avec Aline, vous les combinez, elle gère avec toi, donc les jours où tu n'arrives pas à canaliser ton énergie, essaye avec elle.

Deuxièmement, le meilleur moyen de ne pas être si affaiblie, est de te concentrer mais pas trop, il faut que tu gères tes pouvoirs comme si tu les utilises depuis ta naissance, le pourquoi tu es fatiguée c'est parce que tu forces, tu ne devrais pas, c'est inné chez toi, c'est naturel.

Si nous faisions d'abord un essai avec Aline, vous devez fusionner comme vous l'avez déjà fait.

Aline et moi nous nous mettons face à face, je lui demande de fermer les yeux. Je me concentre ensuite en touchant son bras mais pas de trop comme Morgane me le conseille.

Après dix minutes d'essai, nous n'y arrivons toujours pas. Nous faisons un autre essai, et là par contre nous ressentons une amélioration, j'arrive à pénétrer ses pensées mais bien sûr pas longtemps.

— Aline, j'aimerais que tu penses à quelque chose. Mais je ne veux pas savoir quoi ?

— Pas de problème. Mais cette fois-ci je te propose qu'on ne ferme pas nos yeux en tout cas moi, j'aimerais essayer comme ça !

— Pourquoi pas, tous les moyens sont bons pour y arriver.

Nous nous faisons face, je ferme les yeux pour le début de l'expérience, sentant la confiance enfin en moi, je les ouvre.

Je pénètre plus rapidement son esprit cette fois-ci, j'y suis, elle pense à Andrew, elle est marrante, elle pense à leur premier rendez-vous ! Je sens que nos pieds ne touchent plus le sol, je me sens plus libre, plus légère.

Et vlan… nous retombons au sol comme des pierres. Je crois même m'être broyé quelques os. Après vérifications il n'y a rien de cassé, juste quelques bleus.

— Pas mal les filles, on y arrive. Dis-moi Nell qu'as-tu vu ?

— Andrew ! C'était mignon et marrant, j'ai vu leur premier rendez-vous.

— Aline ? Nell avait-elle déjà pu voir ça auparavant ?

— Non, personne n'était présent lors de cette sortie.

— Alors nous sommes dans le bon, réessayez avec un peu plus de concentration !

Nous recommençons, là tout se passe sans accro. Je pénètre dans ses pensées comme si pour moi c'est quelque chose que je fais tous les jours, ça me semble aussi facile que de changer les couches de ma fille.

Aline possède mes pouvoirs aussi car maintenant elle aussi sait lire dans mes pensées le dialogue entre nous s'établit très vite.

Nous clôturons ensuite nos dialogues de pensées et redescendons au sol, comme des plumes.

— Bravo ! Bravo, vraiment les filles vous vous êtes super bien débrouillées. Comment te sens-tu Nell ?

— Ça va, bien même ! Juste quelques contusions de notre chute mais je suis assez fière de moi, pas de fatigue qui se fait sentir donc c'est cool.

— Et toi Aline ?

— Je vais bien, je ne pensais pas que nous y arriverions si vite.

— À vrai dire, je pensais que les premières fois seraient plus rudes aussi ! C'est bien la preuve que c'est inné chez elle. IFLIR est bien en toi plus de doute possible. Nous allons quand même faire une pause de cinq minutes.

Lors de notre pause je m'allonge dans l'herbe, quant à Aline, elle en profite pour joindre Andrew et lui dire qu'ici tout se passe bien et que l'on gère à merveille.

— Nell, tu es prête pour recommencer ?

— Bien sûr ! Nous faisons quoi maintenant ?

— Tu vas essayer toute seule. Il faut absolument que tu y arrives. Essaye de me jeter un sort, celui que tu voudras.

Je ne sais absolument pas quoi faire ! Quel genre de sort est-ce que je peux bien lui jeter ?

— Que voudrais-tu que je fasse ? Je ne peux quand même pas te faire de mal ?

— Tu ne me feras aucun mal, je sais que tu feras le bon choix.

Je me décide finalement à lui jeter un sort qui je pense ne peut lui faire aucun mal.

Je récite l'incantation en silence.

« Moi Nell, demande aux animaux de cette forêt de bien vouloir être cléments avec moi et de m'aider à apporter à la fée ici présente une fleur de votre choix,

Je vous remercie tous d'avance pour le coup de main que vous m'apportez. »

— Non Nell, je n'ai absolument rien senti.

— C'est normal, ce n'est pas vraiment à toi que j'ai fait le sort mais plutôt pour toi.

— Je ne comprends pas trop de quoi tu parles. Le doute s'installe entre moi et Morgane, elle ne sait absolument pas de quoi je lui parle.

— Attend, tu comprendras dans quelques instants.

Effectivement, quelques minutes plus tard nous pouvons apercevoir, écureuils, sangliers, belettes, renards et d'autres animaux arriver avec une fleur et la déposer aux pieds de Morgane.

Aline et Morgane restent sans voix devant le spectacle, Aline ne trouve même plus de mots pour parler avec Andrew, avec qui elle est toujours au téléphone.

— Je vous remercie de votre aide, je n'en attendais pas autant merci.

Tous les animaux présents me saluent en baissant la tête devant moi. Ensuite ils retournent un à un dans les bois.

Aline sans voix dit à Andrew qu'elle le rappelle plus tard, je t'expliquerai plus tard ce qu'elle a fait.

— Nell, je n'en reviens pas, tu as réussi dès la première fois

— Franchement je ne pensais pas y arriver ! Je suis contente de moi.

— Nous aussi. Essaye encore quelques sortilèges, ensuite je pense que ce sera bon pour aujourd'hui.

Nous passons encore deux bonnes heures à tester mes pouvoirs, je jette des sorts de fascination, de protection sur Aline, des sorts contre la fatigue, ainsi que plusieurs autres mais les plus importants ont quand même été pour dévoiler le futur amoureux d'Aline qui s'est avéré être Andrew et pour finir je me suis jeté un sort pour accroître mes dons psychiques.

— Je peux constater que tu n'es plus aussi épuisée que les autres fois.

— Non, je me sens même bien, je suis fatiguée mais plus autant que les dernières fois, ma fatigue est même sereine.

— Je constate que tu t'en sors très bien, mais maintenant aller vous reposer toutes les deux.

— À demain ? Vous serez présente, lui demande Aline.

— Oui, je serai ici quand vous serez en route. Nell ne fait plus trop de folies ce soir, car je sens qu'elle attend le bon moment et vous êtes vulnérables ce soir.

— Pas de problèmes, de toute façon nous restons à la maison,

— Fée Morgane, comment faisons-nous pour vous prévenir demain.

— Ne faites rien, je le saurai.

Nous nous mettons en route pour retourner chez mes parents, nous mangeons avec eux ce soir à l'extérieur ! Il fait assez bon pour dîner à une terrasse.

Je ne fais pas long feu à notre retour chez moi, je m'allonge dans le fauteuil, la fatigue prend le contrôle sur moi.

Le lendemain matin, Aline m'informe que Dimitri et Robby ont tous deux essayé de me téléphoner. Elle me dit aussi avoir expliqué à Dimitri que nous avons eu une longue journée, ce qui explique que je dors tandis qu'avec Robby pas besoin de prendre des gants. Notre journée s'est aussi bien passée que la précédente, mes sortilèges commencent à prendre de plus en plus forme, je suis contente de moi pour ne rien cacher.

La fusion que j'ai avec Aline se développe de plus en plus au fur et à mesure de nos essais, je lis dans ses pensées comme dans un livre ouvert, ma concentration est beaucoup moins qu'hier. J'essaye encore différents sorts sur Aline et fée Morgane, tous se sont montrés très positifs sur mon évolution. Je n'ai pas travaillé autant aujourd'hui car j'ai des bagages à préparer, ils ne vont pas se faire tous seuls.

Morgane me dit de bien faire attention à l'évolution de mes pouvoirs, surtout à ceux d'Arwenn qui risquent d'évoluer de jour en jour. Il est vrai que jusqu'à l'attaque de la dame Blanche je n'ai jamais cru ma petite fille capable de telles choses, mais une chose me tracasse, c'est la première et seule fois où j'ai pu voir Arwenn s'énerver ainsi, pourquoi ? Sent-elle que nous sommes en danger ? J'espère pouvoir trouver des réponses à ces questions très rapidement.

Aline et moi commençons à préparer les bagages, je ne prends rien de trop chaud car chez Bess les températures sont hautes. Aline me passe pas mal de robes et de petits chemisiers, elle pense tellement fort que je n'arrive pas à me concentrer.

— Aline arrête de t'inquiéter ! Ok ?

— Oui, c'est vrai, j'oublie que je ne peux plus te cacher mes pensées !

— Je sais que tu te demandes ce que je pourrais bien dire à ma sœur ! Je lui dirai tout simplement la vérité toute nue, sans mensonges ni secrets, elle ne peut que comprendre.

— Tu vas aussi lui dire pour Robby et sa famille.

— Je pense bien. Elle a le droit de savoir qui vient chez elle ! Non tu ne penses pas ?

— Mais que crois-tu qu'elle pourrait bien dire. Elle va avoir peur.

— Elle non, elle aime toutes ces bizarreries autant que moi.

— Et tu pars quand exactement ?

— Si mes souvenirs sont bons, vendredi en début d'après-midi.

— Penses-tu que tout ira bien ? Tu n'as pas peur de partir toute seule, ne crois-tu pas qu'elle va profiter que toi et la petite soyez seules pour agir ?

— À vrai dire j'essaye de ne pas trop y penser, je sais que maintenant je contrôle mieux mes pouvoirs mais pas encore assez, si elle m'attaque par surprise. Je ne sais lire que dans ton esprit jusqu'à présent.

— Veux-tu que nous nous entraînions encore demain ?

— Non, demain si ça ne te dérange pas, j'aimerais mettre un peu d'ordre par ici, aller voir les parents de Robby, ensuite aller voir ma mère et récupérer Arwenn.

La fin de journée est très, très cool, nous nous sommes fait livrer une pizza, une glace et des boissons.

Nous regardons la télévision, enfin regarder est un grand mot ! Aline passe les trois-quarts de la soirée au téléphone avec Andrew, quant à moi j'ai d'abord été au téléphone avec Dimitri qui trouve le temps long sans ses deux femmes malgré qu'il soit en bonne compagnie, ensuite je discute avec ma sœur à propos de notre départ pour que tout soit en ordre, j'ai Robby au téléphone qui s'inquiète de savoir comment je vais, du fait qu'il n'a pas su me joindre la veille.

Après tout ce remue-ménage, je laisse Aline, toujours au téléphone avec Andrew et m'installe dans mon lit, malgré le fait que je gère tout ça un peu mieux, je ressens toujours une certaine fatigue.

Au cours de notre dernière journée ensemble, nous faisons tout ce que j'ai prévu, saluer les parents de Robby, à qui j'explique que je gère mieux mes pouvoirs. Je termine mes bagages, nous nous rendons ensuite chez mes parents, je passe une partie de la soirée avec eux, quand à Aline, elle n'est pas restée près de nous ayant encore pas mal de choses à faire avant de recommencer à travailler.

Arwenn et moi rentrons à la maison, ma mère me fait promettre de lui téléphoner au moins tous les deux jours.

La journée du vendredi est mouvementée, au matin rapide petit déjeuner, ensuite vérifier que nous avons bien tout pris, nous préparer, notre avion décolle à quinze heures, nous devons donc y être pour treize heures. Départ de la maison à midi. Je fais faire une sieste à Arwenn, ça me permet de me reposer également un peu.

Il est onze heures trente, il est grand temps de lever Arwenn, de se mettre en route, notre taxi devrait arriver d'ici trente minutes. Les bagages sont déjà descendus, il n'y a plus qu'à prendre les sacs à main et y aller.

Chapitre 8 :

VOYAGE

Nous voilà à l'aéroport, les bagages sont enregistrés, ils ne nous restent plus qu'à attendre.

Le temps devient long, voilà presque une heure trente que nous patientons ici, notre avion décolle dans plus ou moins trente minutes, ils ne tarderont sûrement pas à nous appeler pour l'embarcation.

Arwenn a difficile à rester sur place, au moment où je m'apprête à la prendre un peu dans mes bras pour la calmer, l'annonce passe qu'il est temps pour les passagers allant à bordeaux d'embarquer.

Notre vol ne dure que quarante-cinq minutes, même pas le temps de se reposer un peu et nous revoilà dans un aéroport, je prends nos bagages, heureusement que j'ai une âme charitable qui m'aide pour les bagages car je suis un peu débordée entre tout ce que j'ai pris pour moi et la petite.

À ma grande surprise Bess est déjà présente, je l'aperçois au travers des vitres.

Bess court à notre rencontre, ça fait tellement longtemps que nous nous sommes plus vues. Même pas le temps de se dire bonjour, elle me serre fort contre elle, prend la petite dans ses bras pour lui faire un gros câlin.

— Comment allez-vous toutes les deux ? Le voyage s'est-il bien passé ?

— Oui, ne t'en fait pas tout va bien ! un peu long dans l'aéroport mais ça a bien été.

— Comment se fait-il que tu te sois décidée à venir comme ça !

— C'est Dimitri qui m'a donné l'idée. En fait ils font un déménagement dans le coin comme je te l'ai déjà expliqué, il m'a proposé de venir reprendre des forces en ta compagnie et je vais t'avouer qu'il a eu une idée grandiose. Tu me manquais.

— Toi aussi petite sœur, au moins comme ça je passerai un peu de temps avec vous deux. Et les garçons arrivent quand ? Il ne me semble pas connaître vos deux amis ?

— Non, tu ne les connais pas, ça ne fait que quelque temps qu'ils sont présents près de nous, ce sont des amis et…

— … et ??

Mince encore un peu et j'en dis trop pour le moment, il n'est pas encore temps de tout lui dire en tout cas pas en cet endroit.

— J'ai tellement de choses à te raconter ! tu as manqué pas mal de choses dans ma vie tu sais !

— J'ai hâte que tu m'expliques tout ça ?

— Surtout, que, enfin voilà tu vas aimer mon récit, mais tout ça sera pour plus tard. Et ton mari, il n'est pas là ?

— Non, il nous attend à la maison.

— Nous rentrons comment dans ce cas-là, car si je ne me trompe pas c'est quand même lui qui a le permis ?

— Moi aussi, très chère, depuis deux mois.

— Hooo, félicitations dans ce cas-là.

— Et toi, toujours pas ton permis ?

— Quelle question ! Non, pas encore, je sais il est temps que je le passe.

— Plus que temps. Bon allons-y ! Nous avons encore pas mal de choses à faire. J'ai un siège auto pour Arwenn, une amie m'a l'a prêté. Je n'en reviens pas comme elle a grandi, une vraie petite demoiselle.

Nous avons encore une bonne heure de route pour arriver jusque chez elle.

Arwenn s'endort quelques minutes après notre départ de l'aéroport, nous parlons de nos parents, de ma vie loin d'elle, car même si ce n'est que la France c'est quand même loin pour se voir plus souvent !

À notre arrivée, je décharge les bagages, quant à Bess elle s'occupe d'Arwenn. Je salue mon beau-frère qui travaille dans son atelier ! Le temps que la petite se réveille, nous nous installons à la cuisine avec une bonne tasse de café.

— Quand ta fille est réveillée, nous irons faire quelques courses si ça te tente, si tu n'es pas trop fatiguée bien sûr !

— Ne t'en fais pas ce n'est pas un petit voyage comme ça qui risque de me fatiguer.

— Je te laisse cinq minutes je vais avertir mon chéri que nous ne restons pas, je vais voir s'il veut nous accompagner.

Que ça me fait du bien d'être ici près d'elle et dehors quel paysage magnifique avec cette chaleur qui m'envahit tout entière. J'en oublie presque ce que je suis devenue.

Mais comment vais-je pouvoir parler de ça avec Bess, je sais bien qu'elle comprendra mieux que personne mais quand même, le plus dur sera d'entrer en matière.

— Et bien ma belle, tu es si pensive ?

— C'est vrai qu'en ce moment je pense à tellement de choses.

— Raconte-moi !

— Pas maintenant. Ce n'est pas trop le moment, c'est long à expliquer.

— OK, je ne chercherai pas à savoir aujourd'hui, mais demain je veux que tu m'expliques tout.

— Va pour demain alors.

— Nous irons nous promener dans la vieille ville et tu me diras tout !

— En espérant pour toi que ton mari ne nous accompagne pas, sinon je ne pense pas te dire quoi que ce soit !

— Il ne peut pas savoir ?

— Entre autre et il ne comprendrait pas, toi c'est différent.

— Tu commences à m'inquiéter là !

— Pas de quoi s'inquiéter mais c'est un secret important donc voilà !

— Si nous y allions maintenant car j'entends ta poupée douce qui se réveille, décidément elle ne dort vraiment pas beaucoup.

La fin de journée fut rapide entre les courses, le bain d'Arwenn, le souper et moi accrochée à mon GSM car autant Robby que Dimitri veulent savoir si tout se passe bien.

Je me prélasse ensuite plus d'une heure dans mon bain à presque m'endormir.

Pour me réveiller, je sors et je prends l'air. Je ne sais pas pourquoi mais j'ai l'impression qu'on m'observe, si je ne me trompe pas je crois que c'est Robby.

— Va-t'en Robby, je vais aller dormir !

— Comment savais-tu que j'étais là ?

— Haha !!! Tu aimerais le savoir, j'ai progressé sur quelques points. Pourquoi es-tu venu jusqu'ici ?

— Je voulais m'assurer que tu allais bien ! Me dit-il tout en sortant de l'ombre.

— Mais je te l'ai dit par téléphone il y a moins d'une heure !

— Je sais mais par téléphone je ne vois pas ton visage !

— J'aurais dû me douter que c'était ça !

— Ça devenait long sans te voir ! Tu me manquais, ton visage et ton sourire me manquaient !

— Je suis contente de te voir aussi ! Mais maintenant il faut que tu t'en ailles, ma sœur ne doit pas te voir !

— Je suis parti, à bientôt alors !

— Vous arrivez dans combien de temps ?

— Je ne sais pas exactement, nous avons pris du retard car les clients ne nous avaient pas tout expliqué !

— Bien, tenez-moi au courant !

— Nell ? Me permets-tu de venir te voir de temps en temps ?

— Je n'ai rien à te permettre Robby, soit prudent au regard des autres si tu sais, c'est tout ce que je te demande ?

Ma nuit fut douce et calme ; je ne me suis pas endormie directement. Je suis fâchée sur moi-même car je ne contrôle pas les battements de mon cœur quand il est présent, c'est comme avec Dimitri !

Ce n'est pas possible, je ne peux aimer deux hommes en même temps, pour ma fille je ne peux pas le faire ! Je vais devoir mettre un terme à cette relation, je m'arracherai le cœur à faire ça mais je ne peux faire autrement !

Le lendemain, mon beau-frère me propose de garder ma fille le temps que je passe un moment seule avec Bess. Je pense qu'il comprend, qu'il perçoit que je dois me confier à elle.

Nous sommes donc parties toutes les deux nous promener, nous sommes dans les bois et je sens comme une sensation de réconfort, ici je suis dans mon élément !

— Alors ma belle, qu'avais-tu à me dire ?

— Il y a tellement de choses, que je ne sais pas par où commencer.

— Je ne sais pas, commence par le début ce sera déjà pas mal.

— C'est malin ça, le truc c'est que tout s'est si vite enclenché en si peu de temps que je ne suis même pas sûre de ce qu'est le début.

— Essaye de me raconter, ce n'est quand même pas si dramatique ou si dur que ça ? Si ?

— Non dramatique pas mais étrange. Te souviens-tu des cadres que tu exposais dans ta chambre et dans ton premier appartement ?

— Oui, très bien même il m'en reste encore quelques-uns, ici même à la maison. Il y avait les cadres de film et des images de vampires. En quoi ton histoire concerne mes cadres ?

— Réfléchis bien, tu viens juste d'en parler.

— Quoi de vampires ? Tu n'en es quand même pas un ?

— NON… moi pas ! J'ai quelqu'un dans mon entourage qui l'est.

Je l'observe, je scrute la moindre petite parcelle de peur, mais rien ! Elle me regarde d'abord pendant quelques secondes, avant de reprendre là où nous en sommes restées.

— Tu essayes de me dire que dans tes amis il y a une personne qui est vampire, que tu ne l'es pas et que tout se passe bien comme ça !

— Oui en quelque sorte c'est ça ! J'ai un ami et sa famille qui sont des vampires. Tout ce qu'on raconte sur eux n'est pas réel dans certains cas, quelques mythes le sont mais pas tous, comme tu peux le voir je les côtoie souvent et je ne suis toujours pas devenue « vampire ».

— Je n'en reviens pas que ça t'arrive ou plutôt que ça existe. Je n'ai jamais pensé que ça existait réellement… comment l'as-tu appris ? Enfin comment as-tu réagi ? Tu n'as pas eu peur en apprenant ça ? J'ai tellement de questions à te poser à propos d'eux.

— Je m'en doute, je me suis dit que toi seule pouvait comprendre cette histoire. Mais ce n'est pas tout ! Il y a encore autre chose que je voulais te dire.

— Il y a encore autre chose ? Tu veux que je ne dorme plus la nuit ?? Non vas-y raconte-moi.

Toujours rien, aucun symptôme de peur, ou quoi ce soit d'autre. Elle est tout simplement très excitée par tout ce que je lui raconte en ce moment

— J'ai appris il n'y a pas longtemps, que nous avions dans la famille une descendance qui pratiquait la sorcellerie, pour plus de détails en fait nous avions une grande sorcière dans la famille, elle se nommait IFLIR.

— Ben c'est une chouette découverte mais ton histoire de vampires est mieux.

— C'est certain, mais le truc dont j'ai hérité, ce sont ses pouvoirs, je l'ai appris il n'y a pas longtemps.

— Tu es une sorcière ?

— Oui, est-ce que le terme « Dame Blanche » signifie quelque chose pour toi ?

— Effectivement, elle est annonciatrice de mort, elle est très puissante. Enfin c'est ce que j'ai pu lire dans les textes.

— C'est bien ça et bien, elle m'en veut personnellement ainsi qu'à mes proches.

Donc voilà, pour te résumer tout ce que je t'ai dit et ce que tu as manqué en quelque mois, j'ai des amis vampires, je suis une sorcière, la Dame Blanche m'en veut et ma famille est en danger, car je suis plus forte qu'elle. Pour en finir Arwenn est une sorcière puissante aussi, je l'ai appris lors d'une attaque de Blanche contre moi, elle a voulu nous défendre. Ah oui et je lis dans les pensées enfin quand j'y travaille.

— Waouh... waouh... waouw... laisse-moi cinq minutes, cinq petites minutes.

Il lui faut un bon moment pour se remettre, elle s'assied, grommelle certains trucs pour enfin me dire...

— je suis fière de toi petite sœur, tu assumes tout ça, moi je serais terrifiée.

— Tu crois que j'assume mais non c'est difficile, j'ai peur pour ma famille, heureusement que j'avais Robby et sa famille pour me protéger car Dimitri n'est au courant de rien et il ne comprendrait pas !

— Tu veux dire que ton vampire, c'est le gars qui travaille avec Dimitri.

— C'est bien ça, lui et son frère.

Nous avons pris du temps pour que je lui explique tout depuis le début. Elle est enchantée de bientôt pouvoir connaître des vampires. Elle me rassure que tout se passera bien. Je lui apprends aussi que mon vampire m'aime pour en rajouter une couche et le pire dans tout ça c'est qu'il ne me laisse pas indifférente.

Tout en continuant à discuter nous reprenons le chemin vers la maison, c'est très agréable d'être ici, la température est proche des trente-cinq degrés, les oiseaux chantent, le ciel est si bleu qu'on pourrait penser à un vaste océan.

Ce qui me change bien de mon petit pays où il fait souvent gris et lorsqu'un rayon de soleil nous honore de sa présence je resterais toute la journée dehors pour en profiter un maximum.

Nous arrivons chez Bess, il fait très calme, pas un mot, pas un bruit dans la maison. Nous trouvons alors mon beau-frère et ma fille allongés dans le fauteuil dans les bras l'un de l'autre, nous en profitons pour nous installer sur la terrasse avec un verre de vin, nous profitons du calme qui règne en ce lieu. Nous n'avons plus abordé le sujet Robby et sorcellerie, le mari de Bess ne comprendrait pas lui non plus.

Nous parlons de mon boulot, de ma vie avec Dimitri, de la société qui prend de l'ampleur. Nous discutons enfant, amour, nous rions tellement toutes les deux à en réveiller nos deux marmottes.

Nous passons l'après-midi tous ensemble à nous promener.

Je m'impatiente à l'idée de les voir arriver, ce ne sera pas des plus faciles avec les deux hommes présents mais je vais gérer au mieux, je sais que je vais devoir mettre un terme à notre relation instable mais je ne sais pas comment faire, je ne sais pas si je suis capable de le faire. Dès que possible dans un moment de calme, je demanderai conseil à Bess.

Le soir même Robby est de nouveau venu me rendre visite, il a passé plus ou moins trente minutes près de moi, ensuite il est parti avant que quelqu'un se pose des questions car même son frère ne sait pas qu'il me rend visite.

Plusieurs jours se sont écoulés depuis mon arrivée ici, ma sœur est aux anges, elle pouponne comme jamais, je n'ai pas encore su avoir un peu de temps près d'elle.

Je profite de la présence de mon beau-frère pour qu'il s'occupe de ma fille, le temps que j'ai une petite discussion avec Bess. Toutes les deux, nous repartons en direction du bois.

— De quoi voulais-tu me parler ?

— Qu'est-ce qui te fait dire que je voulais te parler de quelque chose ?

— Tu es ma sœur ne l'oublie pas je te connais !

— Je voulais te parler de Robby et de Dimitri. Je ne sais pas comment faire, dois-je mettre un terme à notre relation ou dois-je la conserver ?

— L'aimes-tu plus que Dimitri ?

— Non, je ne sais pas en fait, j'éprouve des sentiments réels pour lui mais ce n'est pas la même chose qu'avec Dimitri, ce n'est pas la même relation que nous avons tous les deux. Je les aime tous les deux et c'est ça le plus pénible car quoi que je décide l'un ou l'autre aura mal.

Je me laisse péniblement tomber sur un rondin de bois, attendant une vraie solution, une vraie réponse qui, je le sais, ne viendra pas. Tout ce que Bess peut faire c'est me donner quelques conseils.

— Oui mais toi, toi dans cette histoire, ta décision compte aussi. Tu sais ma belle, l'amour le vrai on ne le trouve pas à tous les coins de rue. Si tu n'as pas connu l'amour, la vie ne vaut pas la peine d'être vécue, je ne sais pas pour toi mais ne lâche pas cet amour.

— Et Dimitri dans l'histoire j'en fais quoi ? Il ne mérite pas ça. Quant à Arwenn elle ne comprendrait pas pourquoi son papa n'est plus avec nous. Maintenant ce n'est pas à moi que je dois faire attention mais à mon entourage.

— Maintenant que tu ne vois plus Robby, ça te laisse le temps de réfléchir à tête reposée.

— Ne croit pas ça, il passe tous les soirs ici, il vient me voir. Je ne sais pas trop comment réagir, il a des choses que Dimitri n'a pas, et vice versa.

— Ne te casse pas trop la tête maintenant, voit comment ça tourne et suit ton cœur, je pense en tant que sœur que c'est la chose la plus importante pour toi.

— Je te remercie même si ça ne m'aide pas des masses.

À cause de la grimace que je lui fais, elle se met à rire, son rire est tellement communicatif que j'en ris avec elle.

— Je rêve ou tu rigoles de moi ? Lui ai-je demandé toute souriante.

— Non, tu ne rêves pas, tu aurais dû voir ta tête.

— Andouille. Je ferais attention à mon cœur, j'écouterais ce qu'il me dicte. Mais tu vois je ne sais pas si ce que j'aime en lui c'est sa manière d'être ou si c'est le fait qu'il soit ce qu'il est.

— Seule toi détiens la réponse ma petite sœur, n'hésite pas à me le présenter à l'occasion.

— J'y penserai, au fait je viens de me rendre compte que je réussis à creuser dans ta tête, je réussis à lire certaines de tes pensées, ce n'est pas encore ce que j'appellerais un travail de professionnelle mais c'est déjà pas trop mal.

— Si tu veux nous ferons quelques exercices, une petite heure chaque jour, quand tu repartiras d'ici plus personne n'aura de secret pour toi. Si nous rentrions maintenant car surprise nous ne mangeons pas à la maison ce soir. Nous sommes invitées au restaurant par mon chéri.

— Allons-y alors, qu'attendons-nous ?

Notre dîner se termina aux alentours de vingt-deux heures, Arwenn aillant succombé durant le repas, il me suffit juste de la mettre au lit.

Robby est déjà dans la chambre à nous attendre, je ne lui dis mot, de peur que la petite se réveille.

— Qu'est-ce que j'ai bien pu te faire ? Me demande-t-il dans le couloir.

— Pourquoi crois-tu m'avoir fait quelque chose ?

— Je ne sais pas, tu es rentrée dans la chambre, tu m'as seulement donné un bref coup d'œil ensuite tu ne m'as pas dit un mot, pas de bonjour, te voilà, comment tu vas ? Rien de tout ça n'est sorti de ta bouche.

— Tu deviens paranoïaque maintenant ? Je ne voulais juste pas risquer de réveiller la petite.

— C'est tout ?

— Oui ! Je n'ai pas de raison de t'en vouloir pour quoi que ce soit je pense.

— C'est bien ce que je me suis dit.

Je m'approche de lui, joue avec son t-shirt car je ne sais pas s'il acceptera ma requête.

— J'aimerais te présenter quelqu'un, qui aimerait te rencontrer.

— Qui ? Ta sœur ?

— Oui. Quelle perception et non elle ne va pas s'en faire et oui elle sait qui tu es.

— Je n'en reviens pas. Tu as réussi à lire dans mes pensées, tu progresses de jour en jour, je suis épaté. Au fait elle sait ce que je suis,

— Bien sûr ! La moindre des choses c'est que je lui explique.

— Elle n'a rien dit ?

— Que veux-tu qu'elle dise ? Ne t'inquiète pas, elle ne compte pas faire la chasse aux vampires ! Elle n'a pas non plus de pieux pour toi.

— Haha haha ! C'est vraiment très marrant.

— En ce qui me concerne, oui je trouve, lui ai-je répondu tout en camouflant un rire. Arrête alors de poser de bêtes questions et d'avoir des pensées comme celles que tu as en ce moment, j'arrêterai de te taquiner.

— Bon allons-y, que les présentations commencent ou préfères-tu que ce soit un peu plus tard ?

— Je vais d'abord voir si son mari est présent car lui ne doit en aucun cas rien savoir, il est au même régime que Dimitri.

— Oui, tu as raison, il est juste au-dessus de moi, je les entends parler mais il ne va pas tarder à aller se coucher il est fatigué, il sort d'ailleurs une bouteille de vin rouge, un grand cru pour vous deux. Il attend que tu remontes pour te dire au revoir.

— Je ne tarde pas alors, rejoins-moi.

— Je viendrai quand le moment sera venu. Quand il dormira !

— Je t'attendrai.

En montant les escaliers j'aperçois un sourire qui s'affiche sur son visage à ma réaction.

Je salue mon beau-frère, le remercie pour cette charmante soirée. Je me change, je me mets plus à l'aise avec ma robe blanche.

Je rejoins ma sœur qui m'attend sur la terrasse en compagnie d'une bouteille de vin.

— Que tu es belle dans cette robe ma petite Nell.

— Tu sais rien de grandiose, j'ai juste envie de me mettre à mon aise.

— Tu crois que ton vampire viendra aujourd'hui ? Étant donné que je suis près de toi il ne montrera pas le bout de son nez.

— Il est déjà là ! Il attend juste que ton époux se soit endormi pour venir, je lui ai dit que tu aimerais le rencontrer, en réponse à ta question non formulée il m'attendait dans la chambre.

— Tu m'énerves ! Je ne sais presque plus rien te cacher.

— Apparemment il n'y a pas que toi que ça agace, lui aussi en bas est resté sans voix quand j'ai répondu à ses pensées. À vrai dire je trouve ça très marrant.

— Si nous buvions un petit verre, il faut que tu gouttes ce vin. C'est un ami qui le produit. Tu m'en diras des nouvelles.

— Pourquoi pas. Ça fait longtemps que je n'ai plus bu un bon vin maison.

Notre soirée est déjà bien entamée ça fait une bonne heure que nous sommes sur la terrasse quand j'aperçois les pensées de Robby qui n'ose pas venir jusqu'à nous.

— Vient Robby nous t'attendions, je pensais même que tu ne viendrais plus.

— Bien sûr que je serais revenu, tu ne pensais tout de même pas que je serais parti sans te dire au revoir.

Il sort de l'ombre, ma sœur interloquée me regarde avec un regard plein de questionnement. Ses pensées sont beaucoup trop intenses et je n'arrive pas à retenir mes questions.

— Que se passe-t-il Bess ? Tu te souviens de lui ? Mais quand ?

— Il y a longtemps déjà. Je le croisais partout où nous étions toutes les deux.

— Tu vois Robby tout compte fait tu n'étais pas aussi discret que tu aurais pu le faire paraître.

— Je ne suis pas parfait.

— Tu as raison Bess, Robby et moi nous nous connaissons depuis un bon moment il t'expliquera tout ça si tu le souhaites. En attendant je te présente Robby ; Robby je te présente ma grande sœur Bess. Au moins maintenant vous êtes officiellement présentés.

— Je suis enchantée de te connaître. Si tu veux bien m'expliquer depuis quand et comment vous vous connaissez, ça m'intéresse ma très chère sœur a omis de m'expliquer ce passage.

— Tu ne lui a pas expliqué, ce n'est pas grave je vais y remédier de suite. Tout d'abord Bess puis-je vous poser une question ?

— Bien sûr. Moi ce n'est pas vous mais tu !

— Nell, m'a dit que vous saviez ce que je suis, ça ne t'effraie pas ?

— Non, pourquoi elle m'a tout expliqué et ça ne me pose aucun problème ! Tant que ma petite sœur se porte bien.

— Ok, alors voilà, mon histoire commence il y a quelques années…

Lors de son récit, je m'allonge, je les écoute parler, se questionner, j'assiste à des échanges de rire, des déclarations de la part de Robby à mon égard, il explique à quel point ses sentiments sont forts et puissants.

Quant à moi qui connais déjà l'histoire, je reste allongée, mon verre de vin en mains, les yeux ouverts à contempler le ciel qui est si clair, il me fait penser aux yeux de Robby.

— À quoi penses-tu ? Me demande Robby.

— À rien de spécial, je contemple le ciel, en même temps que je t'écoute. Au fait les garçons ne vont pas s'inquiéter de ne pas te voir ?

— Non, j'ai enfin avoué à Andrew que je venais te voir de temps en temps, je ne regrette pas du tout de lui en avoir parlé, il m'a aidé à être plus convainquant auprès de Dimitri.

— Et tu es censé te trouver où, ce soir ? Je deviens taquine avec lui ! ce qui ne va pas m'aider car je m'accroche à cette personne plus que de raison.

— En boîte de nuit. Comme nous ne sommes pas censés travailler demain c'est repos, quartier libre.

— Tu as de la chance que Dimitri ne se soit pas proposé pour venir avec toi.

— Je l'ai joué autrement, sachant qu'il est fatigué, je lui ai proposé de m'accompagner, il m'a répondu que non, trop fatigué, il s'est d'ailleurs demandé où je trouvais une telle énergie.

— Pas mal, donc ils ne t'attendent pas, Intéressant.

— À quoi penses-tu ? Tu as un regard de peste.

— Je me disais juste que tu pourrais rester plus tard que d'habitude, c'est tout.

— Tu le désires ?

— Je ne sais pas en fait. Je ne sais plus ce que je veux ou ne veux pas alors pas trop de questions en ce moment, ok ? Déjà que ce vin, qui est très bon, me fait tourner la tête et me fait peur. Je délire là, je lui en dis trop.

— Il te fait peur ? me demande-t-il un grand sourire aux lèvres !

— Oui il me fait penser à du sang, ne cherche pas à comprendre je délire, ça doit être ta présence qui me rend comme ça ?

— Je prends ça pour un compliment.

Ma sœur se met à rire, elle regarde notre échange sans dire mot.

— Pourquoi rigoles-tu comme ça ?

— Pour rien ma belle, je me rends compte de certaines choses à votre égard, vous êtes les deux mêmes. Vous êtes mignons même si vous ne devriez pas l'être étant donné la situation. Je sais juste une chose c'est que vous prendrez les bons choix, sur ce je vais vous laisser, je vais dormir.

— Je te souhaite une bonne nuit, grande sœur.

— Bonne nuit à toi aussi, Robby j'ai été très contente de te rencontrer.

— De même pour moi, à bientôt alors.

Ma sœur étant partie, je me retourne vers lui pour lui demander ce qu'il a en tête.

— Je pensais que nous pourrions aller nous allonger, pour passer un moment de calme à discuter.

— Ce n'est pas une mauvaise idée, tu veux aller où ?

— C'est à toi que je pose la question, moi ça m'est égal, je ne sens pas les sensations de douleurs ou d'engourdissement, à toi de savoir où tu te sentiras le mieux pour te reposer.

— Allons dans ma chambre alors. Sans sous-entendu bien sûr.

— Je n'ai rien dit ! M'a-t-il répondu très fier de lui. Et je n'ai absolument rien pensé non plus, tu es bien placée pour le savoir.

— C'est une chose certaine, tu ne sais rien me cacher. J'aime !!!

— Tu es incroyable, allez viens, allons-y.

Nous nous allongeons sur le lit chacun la tête sur un coussin face à face, nous parlons de tout et de rien.

Je ne sens pas que je m'endors, j'ai ma tête sur son torse. Au bout de cinq minutes où j'émerge péniblement, il se rend compte que je suis éveillée.

— Je ne t'ai pas réveillée au moins ?

— Non, pardon j'ai dormi et moi qui voulait qu'on passe un moment à discuter.

— Ne t'en fais pas, pour ma part, moi j'en ai profité.

— Comment ça tu en as profité.

— Je disais juste que moi ça ne m'a pas dérangé, tu peux rester là toute la nuit si tu le souhaites. Tu croyais que j'insinuais quoi ?

— Je ne sais pas, ne t'en fais pas.

— Alors tu veux faire quoi te rendormir ou parler ?

— Il est quelle heure ? J'ai dormi longtemps ? Ai-je demandé tout en frottant mes yeux et en cherchant mon téléphone pour y regarder l'heure.

— Il est deux heures du matin. Tu as dormi une petite heure.

— Si ça ne te dérange pas je crois que je vais me rendormir.
— Mon torse est à ton service si tu le souhaites.

— Pas pour le moment c'est gentil. Tu restes ici cette nuit ou pas.
— Une grosse partie de la nuit oui, je te quitterai au petit matin pour retourner discrètement près des autres.
— Préviens-moi quand tu pars.

Je m'allonge sur le côté face à lui, il caresse ma main. Quant à moi je ne vais pas tenir longtemps éveillée je pense.

J'entends des oiseaux chanter, il fait toujours noir dans la chambre.

— Robby, il est quelle heure ?

N'ayant pas de réponse j'ouvre les yeux, il n'est plus là, juste une lettre sur l'oreiller.

Je ne t'ai pas réveillée, tu dormais si bien mon bel ange.
J'espère que ta nuit t'a plu, tu as beaucoup rêvé cette nuit,
Au fait, es-tu au courant que tu parles en dormant ?
Je ne t'en dis pas plus pour le moment, je t'expliquerai tout ça
Quand se voit-on ?
Passe une agréable journée. À bientôt ma Nell.
P.S. : you're the witch of my dreams.
Robby

Je souris en lisant sa lettre, je me demande bien de quoi j'ai bien pu parler durant la nuit. Il m'énerve pourquoi ne m'en a-t-il pas dit plus ?

Il est grand temps de me lever je pense car j'entends ma fille qui joue, je ne pense pas qu'il soit très tôt.

Ma douche prise, je m'habille et me rends à la cuisine, personne n'est à l'intérieur, j'entends des voix qui s'animent à l'extérieur, il y a plus de voix que d'habitude, je pense reconnaître la voix de Robby, mais ce n'est pas possible, mon vin n'est toujours pas digéré ou quoi ?

J'entends la puce dire « papa, papa, viens », impossible. Ils ne sont pas censés déjà avoir fini leur chantier, Robby m'a dit qu'il y avait du retard.

Je me décide finalement à sortir voir ce qui se passe, je vois ma fille dans l'herbe avec son père.

Je suis sur la terrasse qui est plus haute pour accéder au jardin, il me faut descendre une vingtaine d'escaliers.

Je reste là-haut, assise sur une chaise, mes bras enroulant mes jambes. Je les regarde, ils sont tous là, personne n'a remarqué ma présence, je suis presque certaine que Robby la remarque ainsi que son frère, mais ils ne disent rien.

Après dix minutes d'observation, c'est Arwenn qui me remarque.

— Maman, maman est là.

Tous se sont retournés vers moi.

— Ma belle, pourquoi n'es-tu pas venue nous rejoindre. me demande ma sœur.

— Je vous observais, c'était beau à voir. J'arrive.

— Bonjour mon amour, tu ne t'y attendais pas.

— Non, tu m'avais dit que ça durerait plus longtemps. Je ne vous attendais pas avant quatre à cinq jours.

— Nous avons terminé plus tôt, comme ça, ça nous laissera un peu plus de temps ici près de vous, ta sœur me manquait !

— Ma sœur, pas moi ?

— Humm… oui, bien sûr que tu m'as manqué et notre jolie princesse aussi.

— Tu as de la chance mon ami. Tu as bien répondu.

— Sinon quoi, tu m'aurais fait quoi.

— J'aurai commencé par te faire tomber ensuite je t'aurais jeté à l'eau.

Ma phrase terminée, il me prend et me jette sur son épaule.

— Non, arrête, n'y pense même pas.

— Tu ne sais pas ce que je pense.

— Si je le vois à ta tête, laisse-moi loin de l'eau.

C'était tout juste là, encore un peu et c'est moi qui lâche le morceau.

Tout le monde autour de nous rigole. Dimitri finit quand même par me lâcher.

Nous passons le reste de notre séjour à nous promener, visiter, mais aussi avec des périodes de calme et de repos.

Robby essaye tant bien que mal de ne pas montrer ses sentiments.

Il s'occupe beaucoup d'Arwenn, est très silencieux, je lis parfois dans ses pensées, bien sûr c'est à moi qu'il pense le plus clair de son temps, bizarrement sa sœur lui téléphone beaucoup en ce moment mais il bloque ses conversations, il essaie de ne pas penser à ça quand je le regarde, c'est frustrant.

À ma grande surprise ma sœur et mon beau-frère font le trajet de retour avec nous, elle me dit qu'elle a besoin de voir notre mère.

Robby et Andrew prennent le camion, Dimitri et mon beau-frère prennent la voiture, quant à ma sœur, elle nous accompagne en train.

Je ne regrette pas mon séjour chez elle. Ça m'a fait le plus grand bien. Nous avons eu une conversation dans le train à propos de Robby. À propos de la nuit où il est venu chez elle. Je l'ai rassurée en lui disant qu'il ne s'est rien passé, juste que je me suis endormie comme une marmotte.

À notre retour j'accompagne ma sœur chez ma mère en compagnie de ma fille, les garçons eux ne rentrent que dans la nuit.

Chapitre 9 :
LE SECRET

Depuis mon retour de France, ma relation avec Robby à l'air de s'être rapprochée, il me téléphone tout le temps, essaye d'être le plus présent possible.

Quant à Dimitri, j'essaie pour lui de faire en sorte qu'il ne remarque rien.

Il travaille presque tous les jours pour Dimitri, mes bonnes résolutions en ce qui concerne notre relation se sont évaporées en une nuit.

Dimitri part de nouveau cette semaine pour un rendez-vous d'affaires, il devrait être absent pratiquement toute la semaine. Je me demande bien ce que ça va donner.

Quant à moi je n'ai toujours pas recommencé à travailler, je suis toujours en vacances, je les ai prolongées encore pour quelques semaines, j'ai tellement de choses en tête que je n'ai plus trop envie d'aller travailler. Je recommencerai mais je ne sais pas encore quand, il faut tout d'abord que tout se règle pour moi avant toute autre chose.

Pour le moment je suis seule chez moi, ma sœur prolonge son séjour chez nous, elle part souvent avec Arwenn chez notre mère, je les rejoindrai plus tard mais j'ai d'abord quelques petites choses à faire ici. « Tout d'abord je dois m'occuper de l'appartement qui est dans un état déplorable ».

Je fais la vaisselle, un verre explose dans mes mains, il y a du sang partout, je prie le ciel pour que Robby et son frère n'arrivent pas à ce moment-là !

— Bonjour bel ange, me lance une voix derrière moi.
— Ne reste pas là, je me suis coupée.
— Laisse-moi voir !
— Non, ce n'est rien de grave, je ne veux pas que tu aies difficile avec tout ce sang à proximité.
— Il n'y aura rien, je te l'ai déjà dit le sang humain n'est pas vital pour nous. C'est vrai que l'odeur me fait quelque chose, malgré tout je me contrôle.
— Je ne dis pas le contraire, mais je ne veux en aucun cas que ça soit difficile pour toi, alors s'il te plaît ouvre cette fenêtre et prend l'air.
— Mais je te dis que ça va !
— Je m'en fiche fais-moi plaisir, arrête de discuter.
— OK madame, je m'exécute.

Je mets plus ou moins quinze minutes à tout ranger, nettoyer, me soigner. À mon retour dans le salon, Robby est toujours à la fenêtre. Il ne se retourne pas en ma présence.

— Robby, tout va bien, tu m'as l'air pensif.

Pas de réponse de sa part, il ne me regarde pas.

— Robby, que se passe-t-il ?
— Rien, laisse tomber.
— Dis-moi, j'ai dit ou fait quelque chose de mal.
— Non, tu as juste cru que je ne saurais pas me tenir devant le sang.

— Ce n'est pas ça, je ne sais pas ce que tu ressens, je n'ai pas su lire tes pensées non plus, je ne veux pas que ce soit difficile pour toi. C'est la seule raison de ma réaction, maintenant si tu ne comprends pas, tant pis.

Ma phrase terminée, je me dirige vers le fauteuil, je n'ai pas le temps de m'asseoir que Robby est à côté de moi, me prend dans ses bras pour me demander pardon.

— Excuse-moi pour ma réaction, mais je n'avais pas envisagé les choses sous cet angle-là.
— Ne pense pas que je te crois incontrôlable.
Tu as un sale caractère, je ne t'avais pas encore vu comme ça ! Toi non plus tu ne me fais pas confiance !
— Je te fais confiance mais nous n'avons jamais vraiment approfondi la question du sang.
— Et je ne veux pas le faire maintenant, je te fais confiance mais il faut que tu me fasses confiance aussi.
— OK, oublions ça si tu le veux bien. Comment va ta main ?
— Regarde par toi-même.

Il me prend la main, hésite, pour enfin retourner ma paume vers lui. Il me regarde d'un air hébété ne comprenant pas ce qu'il voit.

— Mais tu n'as plus rien, comment ça se fait, ce n'est pas possible.
— Magie, j'évolue vite, je n'ai pas eu le temps de réagir pour toi mais voilà plus rien, nous pouvons maintenant changer de conversation.
— Tu es bizarre aujourd'hui, tu as l'air nerveuse dis-moi !
— J'ai fait un rêve qui me tracasse, je ne sais pas comment l'interpréter, si c'est prémonitoire ou si c'est un désir.
— Tu ne veux pas m'en dire plus ? Je pourrais peut-être t'aider ?

— Non pas maintenant, je ne veux pas en parler pour le moment. De toute façon ta sœur doit passer ici aujourd'hui et je suis certaine qu'elle t'en parlera.

— N'en parlons plus alors si tu ne le désires pas.

Pour lui c'est normal de ne plus en parler, il saura déjà assez vite ce qui se passe, heureusement pour lui que sa sœur est là car elle lui dit beaucoup de choses à mon sujet.

— Tu fais quoi tout à l'heure, on pourrait se voir, après le boulot.

— Je compte aller voir Romain car ça fait un petit moment que je ne l'ai plus vu, ensuite je rejoins ma sœur qui est chez ma mère avec Arwenn.

— Je peux venir avec toi ou je te rejoins chez ta mère ?

— Pourquoi pas, ma sœur sera contente de te voir ? Rejoins-moi plus tard.

— Moi aussi je serai content, elle est chouette. Vers quelle heure vas-tu chez Romain ?

— Je ne sais pas, je vais lui téléphoner tout de suite. Je vais voir si je sais y aller quand tu pars.

— En attendant que faisons-nous ? Moi je pars dans trente minutes plus ou moins.

— Que veux-tu faire ?

— J'ai envie de rester un peu au calme, près de toi.

— Près de moi, je pense que moi aussi j'aimerais ça, mais je n'aime pas ça ?

— Tu n'aimes pas quoi, être près de moi ? Ou la sensation que ça procure ?

— C'est le fait, que j'ai envie qui ne me plaît pas.

— Nous allons arrêter là la conversation, ce n'est pas le moment.

— Maintenant c'est toi qui ne veux pas en parler.

— Ce sont tes désirs ma belle, nous pourrons parler de ça plus tard.

— Mouai, tu m'écoutes maintenant c'est nouveau ça.

Il ne répond pas à mes insinuations, je ne lui donne pas tout à fait tort, je n'ai pas envie non plus d'entamer le sujet.

Nous nous installons dans le fauteuil, allongés, lui derrière moi, moi dans ses bras, il met quand même par précaution une couverture entre nous, à mon avis il a peur que j'attrape froid à cause de la froideur de son corps.

Je suis paisible, rien ne me tracasse, pourtant tout ça devrait être le contraire. Je ne cherche pas non plus à pénétrer ses pensées, je ne suis pas certaine de vouloir entendre ce qui se cache dans sa tête.

— À quoi penses-tu ? me demande-t-il très calmement.
— À rien, je me sens bien !
— Ha…
— … quoi ?
— je me suis promis d'être moins proche de toi, que ce serait plus facile pour tous les deux, mais je n'y arrive pas, j'ai besoin de ta présence, de sentir ton odeur, de sentir ton corps contre le mien comme maintenant, je ne demande pas plus, mais m'éloigner de toi est trop dur, ce serait pour moi comme une deuxième mort. Mon cœur se briserait.
— Pourquoi t'es-tu promis cela ?
— J'aurais dû faire le premier pas à l'époque, tout serait beaucoup plus simple.
— Ne te fais pas de reproche la vie est comme ça ! Nous n'y pouvons rien ! maintenant le tout est de gérer correctement.
— Ça paraît si simple pour toi. Je ne sais pas comment tu fais. Il rapproche son visage de mes cheveux et reste figé un moment près de moi.
— Je deviens raisonnable c'est différent.

Un long silence s'installe dans la pièce, je regarde la télévision, quant à lui il reste calme derrière moi sans dire un mot, tout en pensant encore à nous.

Je ferme les yeux, profite du moment sans me casser la tête comme lui à l'instant.

— Nell, regarde-moi, tourne-toi.
— Tu rigoles là, si je me retourne, je me retrouverai par terre aussi vite fait que dit. Tu sembles oublier qu'il s'agit d'un fauteuil et non d'un lit.
— Je te retiendrai. Je ne te laisserai pas tomber. S'il te plaît retourne-toi, je veux te voir, je veux voir ton visage.

Sans trop me presser, je me retourne, maintenant il a un bras en dessous de ma nuque, l'autre est posé sur mon visage le long de ma joue.

Du bout des doigts il caresse doucement mon visage, il me regarde mais ne dit rien.

Son regard est si doux, je me perds dedans, son visage et ce teint si clair me font penser à un ange comme on les voit dans les films.

Son regard se pose sur moi, il me donne souvent la sensation de me voir comme personne d'autre ne me voit.

Je me prête au jeu de ses doigts, ils sont si doux sur ma peau, le froid ne me gêne pas.

Je me surprends à fermer les yeux, il faut que je réagisse, que je dise quelque chose.

— Que fais-tu ?

— Je prends soin de toi, je me pose diverses questions, je voulais voir ce que ton regard me dirait, il m'a dit ce que je voulais savoir.
— Ah bon, que t'a-t-il raconté ?
— Je te le dirai en temps voulu, je vais y aller, il faut que je retourne travailler.
— Et moi je vais me mettre en route, sinon je ne bougerai plus du fauteuil.

Nous partons tous deux chacun de notre côté, je me rends chez Romain sans téléphoner, je ne sais pas s'il sera présent dans le pire des cas je continue mon planning de la journée.

Juste un coup de sonnette avant que Romain n'ouvre la porte. Il est surpris de me voir, mais ne me pose pas de question, il me propose d'entrer.

Ça me manque un peu de passer moins de temps par ici, il fut une époque où je dormais presque tous les soirs chez lui.
C'est un ami loyal et honnête, sur qui je l'espère je pourrai toujours compter.

— Que me vaut ta présence, il se passe quelque chose ?
— Je ne peux pas venir voir un vieil ami sans qu'il y ait un problème.
— Bien sûr, que racontes-tu de beau en ce moment ?
— Ho, rien de plus que d'habitude, je reviens de chez ma sœur, j'y ai passé quelque temps.

Nous passons un moment à discuter tous les deux de tout et de rien, pour une fois ce qui me fait plaisir c'est que notre conversation est surtout basée sur lui.

Mon téléphone sonne, c'est Robby, il veut savoir d'ici combien de temps je suis libre pour venir me chercher. Romain pense tellement fort, que j'ai dur à me concentrer sur ma communication téléphonique.

À ce moment-là, je ne sais absolument pas pourquoi je réagis de la sorte mais je réponds à ce qu'il pense.

— Tu n'en as pas marre de critiquer, il n'est pas méchant, il m'aide tant qu'il peut quand Dimitri n'est pas là.

— Comment sais-tu cela. Je n'ai rien dit.

Et voilà, je me suis mise dans les problèmes, toute seule, tout ça car je n'aime pas ses pensées. Le tout est de récupérer le coche pendant qu'il en est encore temps.

— Si tu as parlé là tout de suite, quand je répondais à Robby, tu ne t'en rends même plus compte.

— Non, Nell je suis certain de n'avoir rien prononcé. J'avais des soupçons sur le fait que tu me caches certaines choses mais maintenant j'en ai la certitude.

— Alors vas-y, dis-moi ce que je peux bien te cacher.

— Je ne sais pas trop comment formuler ça. En tout cas une chose est certaine c'est que je n'ai pas prononcé un mot, je n'ai fait que le penser.

Il m'a eu sur ce point-là, je ne sais quoi répondre, un blanc s'installe entre mon ami et moi. Comment ai-je pu faire une bourde pareille ?

— Alors comptes-tu me dire ce que tu me caches ?

— Tu l'as deviné, alors pourquoi devrais-je le dire ?

— Si je formule bien ça, tu lis dans les pensées c'est ça ?

— Oui, j'en ai bien peur.

— Mais je ne comprends pas pourquoi tu ne m'en as jamais parlé ? Tu ne me fais plus confiance ou quoi ? Une lueur de tristesse apparaît sur son visage.

— Ce n'est pas le problème, le problème est plus vaste que ça ?

— Alors quoi, je t'ai toujours fait confiance, je t'ai toujours tout dit, je ne comprends pas.

La colère monte en moi comme son ton monte. Il faut que je me contrôle afin de ne pas dire des choses que je risque de regretter.

— Que veux-tu que je te dise, oui je lis dans les pensées, tu veux que je te dise quoi encore, que je suis une sorcière, qu'une autre grande sorcière et son acolyte en veulent à ma vie et aux miens, que Robby et sa famille m'aident dans cette tâche difficile.

— Il est au courant aussi. Une légère irritation se lit en lui, un blanc de quelques secondes prend place.

Donc tu préfères te confier à un inconnu plutôt qu'à moi.

— Ce n'est pas ça, tout est si compliqué pour le moment.

— Explique-moi ! Raconte ! Vas-y !

— Je ne peux pas. Cette histoire ne concerne pas que moi ! Pardon mais je ne peux pas.

— Si tu n'as pas confiance, alors ta présence n'est plus la bienvenue ici.

— Mais comprends-moi ! Je t'en prie.

— Non, soit tu me dis tout, soit tu peux t'en aller.

Je m'effondre, je ne peux lui révéler le secret des autres. Je risque de le mettre en danger.

Je ne sais pas quoi faire je risque de le perdre si je ne lui avoue pas tout et puis non qu'il aille au diable ce n'est pas à moi de tout lui dire.

— Alors tu as sûrement raison ma place n'est pas ici ! Si tu n'es pas foutu de comprendre ma situation, alors tant pis.

Je tourne les talons, sans dire au revoir. J'essaye de retenir mes sanglots le plus possible, une larme roule sur ma joue, heureusement il ne le voit pas.

Je ferme la porte, j'avance dans la rue les larmes coulent sur mon visage, j'évite les gens autour de moi tête baissée, je me faufile entre les personnes.

Il y a quelqu'un devant moi, cette personne ne veut pas bouger et moi je ne veux pas lever la tête, elle doit être affreuse pleine de larmes.

— Nell, c'est moi ! Tu vas bien ?... ma belle réponds-moi ! que se passe-t-il ? regarde-moi.

C'est Robby, je ne veux pas lever la tête, je ne veux pas qu'il me voit pleurer. Il est la principale raison de la dispute entre Romain et moi. Je ne sais quoi lui répondre.

Il ne me laisse pas le temps de réagir, il lève mon visage vers le sien.

— Que s'est-il passé ? Dis-moi !
— Rien de grave, je me suis prise la tête avec Romain.
— Rien de grave mais tu pleures. Je suis venu à ta rencontre car j'ai senti que quelque chose n'allait pas.
— Pourtant à ce moment-là, ça allait.
— Non tu as raccroché sans dire au revoir, tu ne m'as pas dit non plus quand je devais venir. C'est à ça que je me suis posé des ques-

tions. Viens, on va déjà jusqu'à la voiture tu me raconteras tout ça en détail.

Je ne dis rien, j'avance, il me tient par l'épaule, je suis tête baissée, j'ai encore envie de pleurer, les souvenirs de notre dispute me restent en mémoire, ça fait dix ans que nous nous connaissons et jamais une telle dispute n'a éclaté entre nous. Pourquoi a-t-il réagi ainsi, ce n'est pas dans son habitude.

J'ai l'impression que nous marchons indéfiniment dans cette rue.

Il sert sa main sur mon épaule.

— Nous sommes à la voiture.

Comme un parfait gentleman il m'ouvre la porte, attend que je m'installe et la referme.

Il est assis à côté de moi en une seconde, j'ai tendance à oublier qu'ils sont rapides ces vampires.

— Alors, tu me racontes, il ne t'a pas fait de mal au moins, il ne t'a pas touchée. Si tel est le cas je te promets que je vais le trouver.

— Arrête ! Non il ne m'a pas touchée, nous nous sommes pris la tête car je lui cache des choses.

— Comment sait-il ça ?

— Car j'ai fait une bêtise, mais c'est sa faute il pensait tellement fort, je n'ai pas aimé ce qu'il pensait.

— Tu as répondu à ses pensées !

Il se met à rire, il n'arrive même plus à me parler.

— Arrête, surtout arrête de penser ça !

Il s'imagine la tête que fait Romain. C'est vrai je dois l'admettre ses pensées sont rigolotes surtout qu'il rigole deux fois plus à l'intérieur.

— Je veux bien arrêter mais j'aurais quand même bien voulu voir sa tête. Ce n'est que pour ça que vous vous êtes disputé tous les deux.

— Non, il y a autre chose aussi…, toi !

— Moi, qu'est-ce que j'ai à voir là-dedans ?

— Il m'a dit qu'il sait que je lui cache encore autre chose, il a voulu savoir, j'ai refusé, je lui ai dit que je ne pouvais pas me permettre de lui divulguer certaines choses, qu'il n'y avait pas que moi impliqué là-dedans.

— Oui, je comprends, mais ne t'en fais pas, tout s'arrangera.

— Sans oublier que ses pensées m'ont énervé car c'était contre toi, il est jaloux de toi.

— Et ça t'ennuie, qu'il soit jaloux ? il a des raisons de l'être !

— Il n'est pas jaloux dans ce sens-là, il ne se doute même pas des sentiments que tu as. Il est jaloux que l'on passe autant de temps ensemble, or que lui je ne le vois presque plus.

— Ne t'en fait pas, ça s'arrangera.

— Comment ?

— Je ne sais pas, nous verrons bien comment ça tourne.

Mais yeux sont posés sur lui, il essaye de me réconforter, quant à moi je plonge de nouveau dans des sanglots monstrueux.

Il me chuchote des mots doux à l'oreille pour me calmer, par contre ce que je n'ai pas vu venir c'est son baiser, oui il m'embrasse, je l'embrasse à mon tour, nous partons tous les deux dans un baiser fougueux. Notre baiser est passionné, tendre et câlin, ce qui m'empêche de pleurer.

— Non, nous ne pouvons pas. J'ai vraiment l'impression de tromper Dimitri et je ne le veux pas. Tu as dit toi-même que nous parlerions de ça à un autre moment.
— Je sais ce que je t'ai dit, je ne voulais pas me retenir sans oublier que je n'ai rien dit. Maintenant sèche tes larmes, ta sœur et ta fille vont nous attendre.
— Tu as raison… Robby, merci, merci d'être là, de m'aimer même si je ne te le rends pas comme tu le voudrais.
— De rien, je sais qu'au fond de toi, tu m'aimes aussi mais effectivement les choses ne sont pas aussi simples. N'en parlons plus et mettons nous en route.

La route fut calme, tout en roulant il pose sa main sur la mienne, rien de déplacé, ça l'aurait peut-être été si notre relation n'était pas si proche, mais pour moi ça ne l'est pas.

Effectivement tous nous attendaient. Mes parents sont contents de voir Robby, cela fait un bon moment qu'ils ne l'ont plus vu.
Nous restons chez eux une bonne partie de l'après-midi et partons en début de soirée, ma sœur toujours aussi impressionnée par Robby.

Je les entends parler de moi, je suis dans la salle de bains avec la petite et eux ils parlent de mes sentiments.

Je ne sais plus trop où j'en suis, Robby, Dimitri, la Dame Blanche, Romain et ses crises, sans oublier que je fais depuis deux à trois nuits des rêves étranges, je suis dans une voiture, un camion me percute, je ne sais pas ce qui va se passer, si je suis avec quelqu'un, je ne sais pas comment interpréter cela.

Leurs conversations m'interpellent, sur différents points mais je pense qu'aujourd'hui ma journée a été trop mouvementée pour ne pas approfondir la question.

Je mets Arwenn au lit en prenant mon temps, j'aimerais qu'ils terminent leurs conversations avant que je n'arrive.

Je suis complètement dingue, je n'ose même pas retourner dans mon salon de peur de surprendre la conversation. Après tout il faut quand même que j'y aille.

— Tu en as mis du temps ma belle. Me dit Bess.

— J'ai profité de ma fille, de temps en temps ça me fait du bien, d'être au calme près d'elle.

De quoi discutiez-vous ? C'est une conversation qui avait l'air bien intéressante.

— De rien Robby et moi discutions de l'avenir.

— Mmm !!! pourquoi pas !

Il se lève sans dire un mot, il regarde par la fenêtre, se retourne vers moi. Il me regarde avec un tel regard, on dirait qu'il commence à ne plus se contrôler en ma présence, et pour ma part, j'ai très dur aussi. J'ai l'impression que son regard devient de plus en plus bleu, je me fais peut-être des idées, mais en ma présence je pense que ça change.

— Mesdames, je vous laisse, je reviendrai tout à l'heure, je dois aller chercher Andrew.

— Pourquoi dois-tu si subitement partir ? Le fait que je sois revenue de la chambre te dérange-t-il ?

— Ne dis pas de bêtises, a-t-il dit en se rapprochant de moi, tu oublies que de temps en temps je dois quand même me nourrir. Je ne voudrais pas m'attaquer à toi, tu es trop précieuse.

— C'est vrai, ne fais pas attention à ce que j'ai dit. Tu reviens ?

— Si tu le souhaites, oui. Je ne serai pas de retour avant minuit je pense.

— Je pense que je le souhaite. Au cas où nous aurions déjà été dormir, je laisserai la porte de la terrasse ouverte.

— Merci. À tout à l'heure. Vous devriez penser à manger quelque chose.

Bess et moi nous nous installons devant la télévision, elle se fait un tartine mais pour ma part, je n'ai pas faim, ma journée m'a coupé l'appétit sans oublier que je suis crevée, je ne vais pas tarder à me coucher.

Je suis devant la télévision, mais je ne la regarde pas, j'observe ma sœur, si sereine, si calme. Mais comment fait-elle ? Mais c'est vrai, elle a toujours été comme ça !

— Bess ? comment fais-tu ?

— De quoi parles-tu ?

— Je parle de ta manière d'être si calme, si posée. J'ai tellement de choses en tête que je n'y arrive pas.

— J'y arrive tout simplement car nous n'avons pas la même vie. Moi ma vie est calme, quant à toi, il y a beaucoup trop de choses à gérer en même temps, je serais à ta place je réagirais de la même manière. Je pense que la meilleure chose que tu aies à faire pour le moment est de te reposer. Tu as toujours eu le don d'attirer les ennuis sans le vouloir, ton être aime être en danger. Je crois que tu as besoin de cette adrénaline pour vivre.

— Je crois que tu as raison. Sur ce, je vais me coucher, si tu vois Robby envoie-le moi, je dois lui parler.

— Pas de problème je transmets le message, mais tu sais bien que si je ne le vois pas il viendra d'office à toi.

— Tu n'as pas tort, mais bon. Transmes le message.

— À propos, tu as élucidé le fait que ton tatouage te fasse mal, quand la Dame Blanche est présente ?

— Non pas tout à fait, d'ailleurs tu m'y fais penser, je vais jeter un œil sur le net.

Je suis devant l'ordinateur, je ne sais pas trop par où commencer mes recherches.

Alors page de recherche, les papillons et la mythologie. Je ne trouve pas exactement ce que je veux. Enfin, après maintes recherches, je trouve plus ou moins ce que j'ai besoin.

— Bess, écoute ce qu'ils disent ici. Chez les chrétiens, il s'agit de l'âme débarrassée de son enveloppe charnelle et devenue bienfaitrice et bienheureuse. Légèreté subtile : les papillons sont des esprits voyageurs ; leur vue annonce une visite, ou la mort d'un proche. Un autre aspect du symbolisme du papillon est fondé sur ses métamorphoses : la chrysalide est l'œuf qui contient la potentialité de l'être ; le papillon qui en sort est un symbole de résurrection. En grec ancien, psukhê signifie à la fois « âme » et « papillon ».

— Tu sais ce que ça veut dire ? C'est trouble comme explication.

— Tu as tout à fait raison mais au moins j'ai déjà quelques indices où chercher. Si je déduis bien ce qu'ils disent ça annonce une visite ou la mort mais pourquoi pas la visite d'un mort.

— Car il réagirait en présence de Robby.

— OK, est-ce que ce serait possible que ce soit parce que l'âme d'IFLIR est plus présente en moi au moment où la Dame Blanche est présente.

— C'est effectivement une possibilité à ne pas écarter. Je te propose que maintenant que tu sais vers où te diriger, laisse tes recherches pour ce soir. Va te reposer et je te l'envoie dès qu'il arrive.

— Pourquoi pas, de toute façon j'ai le temps pour ces recherches, par contre ce qui me tracasse c'est qu'elle ne fait plus d'apparition en ce moment, je pense qu'elle manigance quelque chose, nous ferions mieux d'être sur nos gardes. Je te souhaite bonne nuit grande sœur.

— Bonne nuit à toi aussi. Je vérifierai si la petite dort bien. À demain.

Après une bonne douche bien chaude, je me mets en pyjama et suis prête à aller au lit. Pyjama qui d'ailleurs est peut-être un peu trop sexy pour Robby, je porte un short en satin, couleur bordeaux avec un beau haut décolleté carré. Je changerais bien mais le problème, c'est qu'ils sont plus ou moins tous dans le même genre.

Il fait peut-être tout pour se contenir mais j'ai peur qu'il n'y arrive pas avec cette tenue, il reste un homme malgré tout, il me suffit juste d'être certaine que ma couette me couvre bien quand il arrive.

Je ne sais pas exactement depuis combien de temps je dors, je sens quelque chose dans mes cheveux ainsi qu'une musique que l'on fredonne à mon oreille.

Il est là, je le sens maintenant que mon esprit est un peu plus éveillé, je le vois accoudé à côté de moi.

— Toi, tu veux vraiment que je ne sache plus me tenir en ta présence, je veux bien que je suis d'aller chasser et que je me contiens très bien en présence de sang et d'odeur de sang mais à ce point-là, c'est de la torture.

— Pardon, je me suis bien rendue compte que c'était un peu trop osé comme tenue, et que tu n'aurais pas facile, mais après réflexion j'ai aussi pensé qu'il me suffisait d'être en dessous de la couette. Je n'ai pas prévu de gigoter et de me retrouver au-dessus.

— Ne t'en fais pas, n'oublions pas que je t'ai déjà vu nue. Il ne dit plus rien, mais rit. Mais nue et en petite tenue ce n'est pas la même chose, ça change tout.

— Bon ok, j'ai compris attend deux minutes je vais aller me changer.

— Je rigole, reste. Il paraît que tu voulais me voir.

— Effectivement, j'aimerais que tu m'aides à solutionner le problème avec Romain.

— Avec ce rustre qui ne comprend rien à rien, tu rigoles là !

— Je ne rigole pas du tout, sans ton aide je n'y parviendrai pas, s'il te plaît.

— Je ne sais pas, si j'y vais de toute façon ce sera seul. Je vais y réfléchir ! Maintenant il faut que tu dormes.

— Bien sûr comme ça si tu y vas seul, tu en profiteras pour lui mettre ton poing dans la figure.

— Je suis quand même plus civilisé que ça, mais je ne cache pas que s'il se montre mal poli envers toi, je ne me retiendrai pas.

— Bon d'accord mais tu me tiendras au courant.

— Pas de problème, tu seras directement mise au courant dès que je sors de chez lui.

Notre conversation à propos de Romain me rend déjà un peu plus sereine, mais je n'arrive quand même pas à me rendormir, trop de choses me tracassent. Pendant qu'il sera chez Romain j'irai voir la Fée Morgane, certaines choses sont encore à éclaircir, du côté de mes pouvoirs je me débrouille de mieux en mieux, mais, plusieurs questions me chiffonnent et auxquelles elle seule peut répondre.

Je suis allongée à côté de lui et je ne trouve pas le repos, il est toujours accoudé à côté de moi, je sens son regard sur moi.

Heureusement qu'il fait sombre dans la chambre sinon il verrait à qu'elle point mes joues deviennent rouge. Mais je pense que certaines choses ne doivent pas lui échapper, entre autres les battements de mon cœur qui se font de plus en plus rapides.

Je sens la froideur de sa main sur mon bras, il y fait de petits dessins tout le long, doucement ensuite plus rapidement.

— Tu ne devrais pas dormir ! Me dit-il ?

Je ne lui réponds pas directement, je garde les yeux fermés faisant semblant de dormir.

— Je sais que tu ne dors pas.

— Bien sûr que je ne dors pas, je n'y arrive pas. Je ne sais pas pourquoi, mais je ne trouve pas le sommeil.

Je suis une mauvaise actrice c'est ça.

— Tu aurais pu avoir quelqu'un d'autre, mais moi, moi j'entends ton cœur qui bat plus vite, si tu dormirais il se serait apaisé. Tu as tendance à oublier que j'entends certaines choses plus qu'une personne normale.

— Je n'oublie pas, je pensais juste que tu n'y ferais pas attention.

— Tu veux que l'on parle de ce qui te tracasse, tu peux m'en parler si tu veux.

— Je ne sais pas en fait ce que j'ai en tête, il y a tellement de choses. Déjà pour commencer j'ai l'impression de ne pas être honnête dans ma vie de couple ; deuxièmement, l'histoire de mon tatouage me préoccupe ; troisièmement, Romain ; quatrièmement, je ne trouve pas normal de n'avoir toujours pas de nouvelles de la Dame Blanche, je pense qu'elle mijote quelque chose de pas très clair.

Est-ce que ça fait assez de sujets de conversations pour toi. Si tu n'en as pas assez je peux continuer car il y en a encore pas mal.

Il continue à caresser mon bras pour me calmer je pense.

— Je crois qu'il y a assez de sujets pour la nuit, restons-en à ceux-là pour commencer. Me laisses-tu m'exprimer sur tes questionnements ?

— Je t'en prie, si ça peut m'aider à dormir, j'accepte toute aide.

— En ce qui concerne Romain, je t'ai dit que je réglerais ça au plus vite, pour ton tatouage ta sœur m'a parlé de vos recherches, je me renseignerai et demanderai à Kathlyn de voir ce qu'elle peut trouver, en ce qui concerne l'autre sorcière, je pense que tu as raison voilà pourquoi nous devrions la contrer avant qu'elle le fasse, en ce qui concerne ta vie de couple c'est toi qui m'a demandé d'en parler plus tard, je te suis dans tes démarches, je ne peux faire plus pour le moment.

La seule chose que je peux faire c'est rester près de toi, te soutenir, t'épauler, au moins avec cette situation je suis content même si un petit plus dans notre relation ne me ferait pas de mal.

Quoi qu'il en soit c'est toi et toi seule qui gère cette situation.

Mais oui bien sûr comme si je donnais l'impression de gérer quoi que ce soit, il est marrant lui !

— Le problème est que je ne gère absolument plus rien de notre relation, je veux être près de toi tout le temps. Je ne sais pas quoi faire, il y a Dimitri avec qui je suis bien mais tu y mets le doute, ensuite je me dis que la vie est si courte, toi tu restes jeune et immortel, quant à moi si je tarde à me décider il sera trop tard, je vieillis. Quand je t'ai connu tu étais égal à maintenant, quant à moi, tu m'as connue, j'étais jeune et encore à l'école. Regarde-moi maintenant, j'ai vingt-sept ans et je ne rajeunis pas non plus.

— C'est donc ça qui te tracasse, prend le temps qu'il faudra pour moi tu seras toujours cette jeune fille que j'ai rencontrée au magasin.

Il me regarde avec tellement de tendresse ma main dans la sienne, je ne sais pas comment réagir, je me retiens pour ne pas faire l'irréparable. Je suis certaine qu'au fond de lui il rigole, d'entendre mon cœur s'emballer ainsi. Moi je rougis de plus en plus, j'aperçois un sourire s'afficher sur son visage. Quelques instants plus tard son regard devient interrogateur.

— Je ne veux pas perdre de temps, imagine-nous d'ici trente ans, tu seras jeune, ma fille sera dans ta tranche d'âge, quand nous nous promènerons on me demandera si tu es mon gendre. Dans le cas contraire si je deviens comme toi, c'est Arwenn qui se posera des questions du genre « pourquoi maman reste jeune ? » tu crois que c'est normal ?

— La petite n'aura jamais à se poser de telles questions ! Tu crois que c'est facile d'être comme moi, ne croit pas ça, c'est un contrôle de chaque instant pour l'odeur du sang, comme je te l'ai dit le sang humain n'est pas vital mais ce n'est quand même pas facile de se retenir, un contrôle de quelques années permet cela, tu deviendras un danger pour ton enfant, je ne pense pas que tu le souhaites. N'est-ce pas ?

— Non effectivement, donc voilà les options qui restent sont… laisse tomber je ne veux plus en parler maintenant. Je ne sais pas quoi faire, il faut que je réfléchisse à ça, je suis beaucoup trop fatiguée en ce moment.

— Réessaye de dormir un peu. Nous avons tout le temps pour reparler de ça, tout ce que j'aimerais maintenant c'est que nous profitions des moments que nous passons ensemble.

Je ne prononce plus un mot, me laisse aller dans ses bras, ma vie est loin d'être devenue facile, beaucoup trop de choix se posent à moi.

Le soleil entre dans la chambre, il me donne mal aux yeux.

Plus personne près de moi, mais où est-il encore allé !!! Je ne m'en fais pas pour le moment je reste dans mon lit, pas envie de me lever, qu'est-ce que je peux bien faire, je suis un monstre d'égoïsme à vouloir le mieux pour moi et ne penser qu'à moi.

D'après ce que j'ai bien pu comprendre de toute façon il ne veut pas que je devienne comme lui, pourquoi je ne sais pas, est-ce vraiment de peur de mes réactions.

Une jolie petite voix me sort de mes réflexions, la plus belle voix au monde.

— Manman, manman t'es là ?
— Oui mon beau bébé je suis là, tu viens près de moi, dans le lit.

De sa jolie frimousse, elle me fait signe que oui, elle grimpe à côté de moi et nous allongeons front contre front. Il a raison je ne pourrai jamais lui faire de mal, s'il doit lui arriver quoi que ce soit je ne m'en remettrais pas, mais si je deviens comme lui, est-ce que je me rendrais compte si je lui fais du mal…

— Manaman, est tiste.
— Non mon cœur, tu es près de moi alors je ne saurais pas l'être.
— Manman…

Elle se jette sur moi pour me faire un câlin magique et magnifique. J'entends Bess qui vient à nous.

— Je suis désolée de vous déranger toutes les deux mais il y a quelqu'un qui t'attend dans le salon, une dame !
— Une dame ?
— Oui, tu viens, elle ne va pas poiroter ici des heures.

Je me lève et m'apprête vite fait, en me demandant qui peut bien être dans mon salon à cette heure si matinale, mon réveil n'affiche alors que huit heures trente.

Je ne sais pas trop sur qui je vais tomber, est-ce la Dame Blanche prête à me jouer un sale tour, sûrement pas. J'arrive dans le salon, mes craintes se sont vite évaporées en voyant que ce n'est que

Morgane qui est présente, toujours aussi élégante, assise comme une vraie personne dans le salon.

— Morgane que faites-vous ici ?
— Je suis venue voir comment tu allais, ça fait un petit temps que je n'ai plus de nouvelles.
— J'ai eu tellement de choses à régler en plus le voyage chez ma sœur a mis plus de trois semaines. En y pensant je vous la présente, voici Bess.
— Nous avons déjà fait les présentations. Je ne suis pas venue que par simple visite de courtoisie.
— La Dame blanche c'est ça ? ai-je dit inquiète.
— Oui, elle a prévu quelque chose mais je ne sais pas quoi. Je voudrais que tu restes sur tes gardes. Car elle est dangereuse, si elle doit s'attaquer à quelqu'un elle ne le fera pas à toi directement.
— Je voulais justement venir vous voir pour parler de tout ça. Robby et moi nous sommes dits que ce n'était pas normal de ne plus avoir de nouvelles d'elle depuis si longtemps. Je pense aller la contrer sur son propre terrain.
— Si tu fais cela ma belle surtout fait bien attention à ce que tu fais. Je serai là près de toi pour t'épauler mais prend tout en main pour que rien ne t'arrive.
— Je ferai en sorte, je m'exercerai.
— Si tu as besoin de mon aide je serai là, maintenant je te laisse, ton vampire va bientôt arriver. Au fait, je sais que je ne devrais pas t'en parler mais je sens un amour très fort entre vous deux.

Sur cette insinuation, elle s'évapore comme si elle n'avait jamais été présente ici.

Pourquoi a-t-elle dû me dire cette dernière phrase, ce n'est déjà pas suffisamment dur comme ça pour qu'elle en rajoute.

Bess joue avec la petite, elle ne pose pas de questions sur la discussion qu'elle vient d'entendre, je suis assise par terre au milieu de mon salon. Je pense et repense, j'essaye de mettre en place une stratégie pour contrer cette entité malfaisante.

Je n'entends plus rien aux alentours, je les vois mais c'est comme si je n'étais plus présente, je suis dans ma bulle, j'essaye de me concentrer pour être dans la forêt au départ de mon salon, ça paraît bizarre mais si j'y arrive c'est un pouvoir de plus. Et de toute façon plus rien ne me semble bizarre ces derniers temps.

Voilà j'y suis, je suis au milieu de la forêt, là où loge Blanche, je suis devant elle mais elle ne m'entend pas, ne me voit pas, je ne parviens pas encore à faire ce que je veux car je n'entends rien au monde extérieur.

Quelques minutes plus tard, je suis à nouveau dans le salon, Robby est présent et assis face à moi, il a une tête d'enterrement.

— Que se passe-t-il ? Pourquoi me regardes-tu ainsi ?

— Je ne sais pas c'est bizarre, ton corps était présent mais pas ton esprit.

— Je sais et ça n'a rien de bizarre, je viens juste de remarquer que j'avais ce pouvoir en plus, je découvre de nouvelles choses à propos de moi tous les jours. J'ai commencé à ne plus entendre Bess et Arwenn jouer, je les voyais mais ne les entendais pas, ensuite j'ai voulu me trouver dans le bois devant Blanche et j'y étais : le seul hic c'est que je la vois mais ne l'entends pas, par contre le bon point dans tout ça c'est qu'elle ne me voit pas, ne m'entend pas non plus.

Et toi tu étais où ?

— Chez ton bon copain Romain ! Comme tu me l'as demandé hier.

— Et ça a donné quoi ? Tu lui as foutu ton poing dans la figure ou pas.

— Non je lui ai juste avoué qui j'étais, en lui faisant promettre de ne jamais rien dire, sinon je m'occuperais de son cas personnellement.

À ce moment-là je perçois les pensées de Robby, je perçois la tête de Romain au moment où il lui a dit !

— Tu es fou. Pourquoi as-tu fait ça ?
— C'était la seule chose à faire pour qu'il comprenne. Mais il m'a dit que maintenant il comprend pourquoi tu n'as rien pu dire et m'a demandé de te transmettre cette lettre.

Je l'ai prise de ses mains, je ne suis pas sûre de vouloir la lire. Je m'éclipse à la cuisine, j'entends Bess qui lui explique ma conversation avec Morgane.

Nell,
mon amie de toujours,
ma confidente,
pardonne-moi pour cette réaction idiote que j'ai pu
avoir à ton égard, je ne pouvais pas comprendre mais
maintenant je le peux, me pardonneras-tu ?
Robby est venu m'expliquer comme tu t'en doutes si tu lis cette lettre.
Je serai présent pour t'aider si tu le souhaites et quand tu le souhaiteras.
Pardonne-moi, à très bientôt, ta présence me manque.

Romain

Ma réaction est sereine, je me dirige dans le salon vers Robby et le serre fort dans mes bras, s'il avait été comme moi je lui aurais sûrement fait mal.

Nous restons dans les bras l'un de l'autre sans dire un mot, nos gestes veulent tout dire, pour ma part un remerciement réel et honnête, pour sa part, je sais qu'il fera tout pour me rendre heureuse.

Bess est au téléphone avec Dimitri elle lui dit que je suis sous la douche, que je le rappelle après.

Chapitre 10 :
BLANCHE

Comme promis je téléphone à Dimitri en attendant un bon dix minutes, pour lui faire croire que je sors de la douche. Ma conversation est assez brève, il me téléphone juste pour m'annoncer qu'il ne sera pas de retour comme prévu, qu'il s'en excuse car nous lui manquons fort, aussi parce que nous ne nous sommes pas beaucoup vus ces dernier temps.

Ce coup de téléphone me met plus en émoi car j'ai mon cœur qui bat réellement fort, il est certain que je l'aime.

Il m'annonce qu'il ne sait pas trop quand il rentre car il doit aller voir pour de nouveaux lifts.

En fait son imprévu m'arrange en quelque sorte, je verrai la Dame Blanche lors de cette absence, au moins il ne se posera pas de questions et ne risquera rien.
Je ne veux pas non plus demander à Robby et à sa famille de m'accompagner, ils risqueraient beaucoup trop, j'essayerai de faire ça sans les prévenir, même si je sais que ce ne sera pas facile de le faire dans le dos de Robby.

Dans un premier temps ce qui serait bien de faire, c'est de donner un coup de téléphone à Romain, peut-être pas aujourd'hui, mais j'y penserai. Je décide de passer une journée calme, demain je m'activerai pour toutes mes démarches.

Je prévois d'aller me promener avec ma sœur et Arwenn et en profiter pour faire les magasins. J'ai envie de me changer les idées, pas de mec, pas de soucis.

— Bess, que penserais-tu, d'une promenade comme au bon vieux temps, faire les magasins, et manger un bout ? Enfin voilà quoi une petite virée entre filles, toi, Arwenn et moi.
— Ça me tente bien, ça fait un bon moment que nous n'avons plus eu l'occasion de faire ça ? Et Robby ?
— Pas d'homme, désolée Robby mais je veux vraiment…
— … ne t'en fais pas pour moi, je dois de toute façon aller voir Kathlyn.
— Tu me tiens au courant ? On te voit ce soir ?
— Je ne sais pas encore, je te tiendrai au courant.
— Sur ce Bess, mettons-nous en route !
— Je vais chercher la veste d'Arwenn.

Robby s'en va avant nous. Quant à nous, nous partons peu de temps après lui.

Nous prenons le bus pour aller vers le centre de la ville, c'est là que se trouvent les plus chouettes magasins.

Notre promenade commence par un bon petit repas de midi, un sandwich pour nous et son plat pour Arwenn.

Après le repas, nous faisons les magasins, dans le premier j'achète des tas de nouveaux vêtements pour ma puce et moi, ma sœur elle bizarrement a été plus sage que moi, mais ce n'est que dans le premier magasin car dans le deuxième c'est elle qui s'est laissée aller, elle est ressortie avec trois sacs pleins.

Ma fille a réussi à s'endormir avec tous ces bruits de rue, de magasins, je ne sais pas comment elle réussit mais au moins elle récupère.

J'ai vraiment passé une journée mémorable, pleine de fous rires, de bons moments et surtout pas trop de tracas en vue, ça me change de cette dernière semaine.

Nous rentrons en fin d'après-midi, après être passées chercher quelques bons films et être allées chez le traiteur. Après une journée pareille, je n'ai vraiment pas envie de me mettre derrière les fourneaux.

— Je te remercie pour cette journée, il faut que nous fassions ça plus souvent ?

— Je te donne raison, le seul problème, c'est que je n'habite pas du tout par ici, ne l'oublie pas.

— En fait ce à quoi je pensais, c'est que tu viennes chez moi au moins une fois par an pour plusieurs jours, ainsi on pourrait se promener plus souvent et nos chers et tendres parents pourront profiter de toi plus souvent.

— Ça peut s'envisager, je ne sais pas encore trop quand je rentre car j'ai l'impression que tu as besoin de ma présence ces derniers temps.

— Oui le fait que tu sois là pour moi m'aide beaucoup, rien que ta présence est bénéfique.

— Dépêchons-nous nos plats vont refroidir. Je t'aime petite sœur.

— Moi aussi.

Nous marchons quinze minutes pour rentrer, malheureusement en arrivant une mauvaise surprise m'attend, la Dame Blanche se trouve dans l'appartement.

— Que faites-vous encore chez moi ?

— Je suis simplement venue voir comment tu évolues, mes intérêts pour toi se sont montrés plus grands ces derniers temps.

— Puis-je savoir pourquoi ? Je ne pense pas vous avoir invitée.

— Sache ma chère que je n'ai pas à être invitée pour venir, je me suis tout simplement demandé comment évoluent tes pouvoirs.

— Je crois au contraire qu'il vaut mieux être invitée quand on se rend chez quelqu'un, et en ce qui me concerne ou plutôt mes pouvoirs ça ne vous regarde pas.

— Que crois-tu me faire ? Me dit-elle d'un regard noir et froid.

— Oh, rien du tout. J'essaie de vous faire comprendre certaines choses. Sur ce je vous souhaite une agréable soirée, nous serons de toute façon amenées à nous revoir.

Je lui indique la sortie la plus proche d'un geste, elle part sans rien dire de plus. Morgane a raison, elle manigance quelque chose.

Sans chercher à réfléchir je me dirige vers ma chambre.

— Que fais-tu Nell ? Elle est partie, laisse.

— Je ne pense pas qu'elle soit très loin, je préfère prendre quelques précautions.

Je fais quelques recherches dans mes livres, je commence par mettre du sel aux entrées possibles de l'appartement, fenêtres et portes. Je m'enferme ensuite dans ma chambre, allume des chandelles rouges symbole de l'amour, il est marqué dans le livre que dessiner un pentacle aidera et s'il est fait de sel, la protection sera optimale, je crée un sort de protection, afin de protéger les deux personnes à qui elle a le plus facile à s'attaquer c'est-à-dire à ma sœur et ma fille.

Cette fois-ci, j'invoque les points cardinaux à haute voix afin de savoir aussi si Blanche est présente. Elle réagira directement à ma riposte.

— J'invoque les quatre points cardinaux, le feu, l'eau, l'air et la terre, pour vous demander de l'aide pour protéger ma sœur Bess et ma fille Arwenn.

Une entité malfaisante en veut à leur vie, aidez-moi.

Je vous remercie pour vos aides bénéfiques.

Au moins je n'aurai déjà plus à m'en faire de trop si ça fonctionne le tout c'est de l'essayer.

Je retourne dans le salon, Bess n'est pas trop à son aise après ce qui vient de se passer.

— Tu veux que nous en parlions ? Ai-je demandé à Bess.

— Je ne sais pas trop de quoi parler, elle n'a pas l'air très commode.

Au fait j'ai mis Arwenn au lit.

— Je vais aller la voir, nous en parlerons après.

Elle s'endort presque, je me penche vers elle et lui souhaite de passer une bonne nuit, je lui dis que je l'aime et qu'elle ne doit pas s'inquiéter que tout ira bien.

Elle me répond simplement par un joli sourire, son doudou dans les bras, je lui promets aussi que demain matin nous passerons des moments de câlins au lit, c'est vrai demain je reste près d'elle, je veux profiter d'elle.

Je lui fais un baiser, elle me le rend. Je quitte la chambre le cœur lourd, machinalement je protège sa chambre d'un sort que j'ai lu quelques minutes plus tôt.

Je ne suis peut-être pas encore quelqu'un de puissante mais je le suis certainement assez pour protéger ma famille.

— Elle dort ?

— Presque, elle n'en est pas très loin. Comment vas-tu ?

— Ben je m'inquiète pour toi, je ne pensais pas que tu risquais ta vie à ce point-là.

— Je viens de vous protéger par un sort, j'ai aussi protégé l'appartement et votre chambre à toutes les deux.

— Et tu crois vraiment que ça fonctionne, l'as-tu déjà essayé ?

— Non je n'ai pas encore eu l'occasion de le faire, mais je voulais savoir si tu serais d'accord pour que je l'essaye sur toi, si ça fonctionne toutes les deux ne devriez plus avoir de soucis.

— Comment veux-tu essayer ça ?

Sans qu'elle ne se rende compte de quoi que ce soit, je lui jette un sort de renversement.

— C'est déjà fait et tu n'as absolument pas réagi, je t'ai jeté un sort pour que tu tombes en arrière, tu es toujours là, debout devant moi.

— Je n'en reviens pas, tant mieux si ça fonctionne.

— C'est certain.

Je ne suis pas très certaine de ce que je fais, je ne sais pas ce que tout cela donnera avec une personne plus puissante. Ma sœur me paraît sereine mais faut-il réellement l'être ?

Mes réactions ont l'air de la mettre à son aise, elle me regarde avec un sourire doux et tendre, me ferait-elle trop confiance ?

Je suis dans mes pensées, tellement de choses se bousculent dans ma tête, je pense à Romain je lui envoie un message pour le prévenir que j'ai bien eu la lettre mais que je lui téléphonerai demain afin de pouvoir en parler. Voilà le message est envoyé, une chose que je peux déjà retirer de ma tête pour ce soir.

La deuxième chose à faire, ne pas attirer Robby et sa famille dans la forêt avec moi, ils ne me seraient pas d'une grande utilité, je m'inquiéterais plus pour eux qu'autre chose.

Je leur ferai à tous croire que je travaille demain ou après-demain pour pouvoir y aller sans soucis, Robby voudra certainement m'accompagner, je devrais trouver quelque chose pour ça aussi.

— À quoi penses-tu, petite sœur ?
— À rien je me disais juste que j'avais passé une super journée avec toi.

Si seulement tu savais. Je ne sais pas comment se dérouleront les choses dans les jours à venir, mais je te laisserai une lettre pour t'informer de tout.

— Moi aussi, je dois admettre que c'était franchement génial.
— Si nous mangions maintenant, je te propose l'apothéose pour cette fin de journée, nous mettons un film et nous mangeons installées comme des pachas dans le fauteuil. Interdiction de se lever directement après pour débarrasser.
— Comme tu veux, ça me va.

Nous nous installons afin d'entamer nos plats qui sont restés chaud.

Je n'arrive pas à me retirer cette frayeur de la tête, son visage, le visage de Blanche me hante. Il est grand temps de mettre un terme à cela au plus vite.

Comme je l'ai promis à Arwenn demain matin je passerai du temps avec elle pour lui faire les plus grands câlins du monde, ensuite je ferai croire que l'on m'a téléphoné et je partirai, Robby sera déjà occupé avec la société.

J'écrirai ma lettre à Bess ce soir et je la déposerai en évidence demain juste avant de partir.

Mon Gsm retentit et me sort de mes réflexions, Robby m'a envoyé un message me disant qu'il ne sait pas vers quelle heure il sera là, il me demande de laisser la fenêtre de la terrasse entrouverte.

Bess me réveille quelque temps après, je suis tellement dans mes pensées, que je ne me rends même pas compte que je me suis endormie. Ça devient pénible.

— Tu n'irais pas te coucher, tu seras certainement mieux dans ton lit. De toute façon, je ne vais pas dormir tout de suite, donc si Robby arrive je serai encore debout. Je vais lire un livre, tu me connais j'aime lire avant de dormir.
— Ok, mais ne lit pas trop tard, car je vois que tu n'es pas super en forme. Quand tu commences avec les livres tu ne vois plus les heures passer.
— Ne t'en fais pas pour moi bonne nuit.

Je la prends dans mes bras comme si c'est la dernière fois que je le fais.

— Tu sais je te vois demain je ne pars pas.
— Je sais mais c'est un câlin pour te remercier de cette journée, et pour te montrer à quel point je t'aime grande sœur.
— Tu n'as pas à me le montrer, je le sais.
— À demain alors.

Je fus aussi vite dans mon lit. Je ne tiens plus debout.

Je vois cette jeune femme, elle me ressemble et pourtant ce n'est pas moi car je la regarde, elle est si jolie, en fait c'est mon portrait tout craché, c'est moi comme je le voudrais, et ce n'est pas moi. Je lui demande qui elle est et me répond « toi », j'aperçois au coin de ses lèvres du sang, je ne sais pas quoi lui dire. Elle reprend la parole pour me dire qu'elle est mon futur.

Je m'aperçois ensuite qu'elle est… elle est un vampire.

Je m'approche d'elle, quand elle me saute dessus pour me mordre.

Je me réveille en sursaut, Robby est à côté de moi, ce n'est qu'un rêve, un simple rêve.

— Ça va ? De quoi as-tu rêvé.

— J'ai fait un cauchemar, rien d'important. Tu es arrivé il y a longtemps ?

— Il y a quelques instants le temps de dire à ta sœur d'aller dormir, elle somnolait dans le fauteuil.

— Je lui ai dit de ne pas aller trop tard au lit, elle était claquée.

— Essaie de te rendormir maintenant.

Il m'embrasse sur le front, me couvre de la couette, il me prend dans ses bras. Je me sens en sécurité pour le moment. Je me blottis contre lui aussi avec une impression de dernière fois.

— Où pars-tu ? me demande-t-il ?

— Nulle part je suis là, près de toi.

— Non je ne te sens plus tu t'éloignes.

— Que racontes-tu, je suis à deux centimètres de toi.

— Ce n'est pas dans ce sens-là que je le dis, mais j'ai l'impression que ton esprit n'est plus là, j'ai un mauvais pressentiment.

— Tu n'as pas à en avoir, je vais m'endormir et demain nous passerons une journée calme et sans surprise.

Me pardonneras-tu, je suis vraiment désolée de ne pas t'en parler, mais je ne le peux pas.

Je me rallonge près de lui, il ne me pose plus de questions, il me souhaite de passer une agréable nuit.

Deux rêves me rappellent à la nuit, celui de l'accident et maintenant moi en vampire, qu'est-ce que la nuit me réserve encore, qu'est-ce que la vie future me réserve, je ne peux le dire.

Au petit matin ma fille est déjà à côté de moi dans le lit, plus de Robby et pas de Bess dans les parages.

Je passe de longs moments auprès de ma fille, ne pensant pas à ce que la journée me réserve. Je la prends dans mes bras, je lui fais des câlins, je joue avec elle, nous nous chatouillons, elle rigole. Son sourire et son rire, ce sont les sons les plus beaux que j'ai entendus.

Je ne me lasse pas de ses gentillesses, je passe près de deux heures avec elle au lit, j'entends Bess mais elle ne vient pas. Je décide au bout d'un certain temps qu'il est temps de se lever.

Nous rejoignons Bess dans le salon, je déjeune, je prends une douche géniale, chaude, tellement chaude que je pourrais me brûler, mais elle me fait un bien fou.

Je me pouponne comme jamais je ne l'ai fait, je me maquille, me parfume, comme vêtement, je choisis un style cool et élégant, je suis habillée avec un pantalon et un chemisier lacé à l'avant, toute de blanc vêtue.

Enfin habillée, je me décide à écrire la lettre pour Bess et Robby.

Bess, ma tendre et gentille sœur,
Je t'écris cette lettre pour t'avouer que je ne suis pas partie travailler, pas de remplacement.
Je suis partie pour régler cette histoire avec Blanche une bonne fois pour toute.
Je n'en peux plus de cette pression, je m'inquiète pour ma famille, mes amis.
Je suis seule à pouvoir mettre un terme à tout ça.
Je te demanderai de t'occuper d'Arwenn, d'aider Dimitri dans la mesure du possible au cas où je ne devrais pas revenir, je pars le cœur lourd, je ne sais pas ce qui se passera là-bas.
Excuse-moi auprès de Robby, mais c'était trop dangereux pour lui aussi, si Kathlyn se demande pourquoi elle n'a pas su prévoir ce que j'allais faire c'est parce qu'en protégeant la maison, je me suis protégée aussi.
Je t'aime, je vous aime, embrasse ma fille pour moi, dis-lui que tout se passera bien. Et dis-lui que je l'aime plus que tout au monde.
Pardonne-moi.

P.S. : Dis à Robby que je suis désolée de ne pas avoir eu avec lui la conversation qu'il voulait mais je n'avais pas prévu les choses si vite.
De toute façon il connaît une bonne partie des réponses qu'il voulait.

NELL

Je plie la lettre soigneusement, je la dépose en évidence avant de partir.

Je prépare mon téléphone afin de faire ma grande entrée théâtrale. Je fais croire que je suis en ligne avec quelqu'un.

— Bien sûr que non ça ne me dérange pas, mais pas tous les jours. Je serai là d'ici peu de temps… oui c'est ça… à tout à l'heure.

— Que se passe-t-il ?

— Le boulot, il me demande de faire un remplacement pour une ou deux heures ?

— Et tu vas y aller si bien habillée ?

— Oui, ce n'est l'affaire que de quelques courses simplement. Ils m'ont demandé si je pouvais aider une cliente pour faire ses achats. Ça ne te dérange pas de garder Arwenn quelques heures ?

— Quelle question, nous aurons beaucoup de choses à faire.

— Je te remercie, passe une bonne journée.

Je prends ma fille dans mes bras, et lui chuchote dans l'oreille,

— N'oublie jamais que maman t'aime. Je serai toujours présente auprès de toi. Que ce soit par l'esprit ou par ma présence, je t'aime, je t'aime.

Je la dépose à terre, je dépose la lettre à l'entrée, je pars sans regarder derrière moi, les larmes aux yeux.

J'ai peur, que se passera-t-il dans moins d'une demi-heure.

Est-ce la bonne décision que je prends, seul l'avenir me le dira, je prends un taxi pour aller jusque-là.

Mes pensées sont auprès des gens que j'aime, Dimitri, ma fille, mes amis, Robby !

Les larmes perlent sur mes joues, le taximan me regarde bizarrement, mais je ne relève pas.

Je regarde les alentours, les bâtiments, les arbres comme jamais, je prends le temps de les regarder.

— Voilà madame nous sommes arrivés, vous êtes sûre que ça va aller ici.

— Oui je vous remercie, c'est très bien. Combien vous dois-je ?
— Seize euros quatre-vingt cents s'il vous plaît.

Je lui donne un billet de vingt euros et lui laisse la monnaie.

M'y voici à l'orée du bois.

J'entends et je visualise déjà les questions et la tête que fera Bess en lisant la lettre.

Suis-je lâche de ne pas lui avoir parlé de mes intentions ? Non, je ne pense pas, de peur qu'il puisse m'arriver quelque chose elle aurait prévenu Robby dans mon dos.

J'entends une voix qui m'appelle, cette voix n'est pas menaçante, mais envoûtante.

C'est Morgane qui est venue à ma rencontre, je suis toujours aussi mal à l'aise par rapport à sa beauté.

— Que me vaut l'honneur de ta visite ?

— En fait, ce n'est pas à vous Fée Morgane que je rends visite.

— Alors que fais-tu par ici, ce n'est pas un endroit pour toi. Tu cours trop de dangers en ce lieu.

— Je sais, c'est justement la raison de ma présence ici, mettre un terme à tout cela.

Elle me regarde étonnée, elle regarde autour de moi et cherche quelqu'un.

— Tu ne vas quand même pas me dire que tu es venue seule ?

Je n'ai pas besoin de lui répondre elle comprend d'elle-même. Son regard est inquiet, elle ne me dit plus rien. Nous sommes l'une en face de l'autre à nous regarder sans dire un mot.

— Je ne peux pas te laisser aller seule là-bas.
— Je vous demande pourtant de me laisser y aller, je sais que vous cherchez Robby et sa famille, mais je n'ai prévenu personne, tout le monde me croit au travail.
— Ne te rends-tu pas compte à quel point c'est dangereux, es-tu réellement consciente de ce que tu t'apprêtes à faire ?
— Non je ne le suis pas, s'ils sont dans les parages, je m'inquiéterais plus pour eux. Ils seraient un frein pour moi car ils ne peuvent rien contre les pouvoirs de Blanche.

Elle était de nouveau chez moi hier soir. Je ne peux la laisser faire de mal à personne. J'ai peur pour mes proches, ma famille, ma fille.

— Je comprends ton point de vue, alors si tu le veux bien laisse-moi t'accompagner je peux t'être d'une aide importante.
— Je serais honorée que vous veniez avec moi.
— J'aimerais toutefois te faire une requête. Promets-moi de me laisser aller demander de l'aide à tes amis si je vois que ça va trop loin.
— Pourquoi pas, je pense que je n'ai pas le choix, mais alors vraiment en dernière minute. J'ai laissé une lettre à ma sœur et Robby. Donc ta venue auprès d'eux, ne les surprendra pas.

Allons-y maintenant, ne faisons pas tarder les choses.

Nous avançons d'un pas calme, nous nous enfonçons dans les bois, je me sens moins stressée sachant que quelqu'un est là pour me soutenir.

Je sens le regard de Morgane sur moi, mais je n'y fais pas attention, nous ne parlons pas.

Notre marche est longue, trente à quarante minutes avant d'atteindre le point où nous voulions arriver, la route est longue car nous avons pris un détour, pour ne pas être prises par surprise.

Nous sommes maintenant devant leurs bâtisses, elles ne se montrent pas.

— Blanche ! Blanche ! Montre-toi.

J'attends, ma patience à ses limites, Morgane me fait signe me montrant qu'elle n'en sait pas plus que moi.

Je pénètre dans la demeure. Morgane crie par-dessus mon épaule que ce n'est pas une bonne idée.

La peur semble avoir disparu de mon corps, maintenant il s'agit de mettre fin à cette sorcière.

— Blaaaannnnche !

— Je suppose que tu n'es pas ici par simple visite de courtoisie.

Je ne lui réponds pas, j'agis, je l'envoie par un sort valdinguer plusieurs mètres plus loin. Elle se retrouve en dehors de la maison retenue, amortie par sa comparse. Je la suis en flottant dans les airs. Mes pouvoirs me donnent l'impression de battre leur plein. Morgane a raison, c'est inné. J'adore.

Je m'avance près d'elle prête pour une nouvelle attaque. Quand elle me coupe dans mon élan.

— Apparemment je ne me suis pas fait d'idées, tu n'es pas là par courtoisie. Alors commençons.

Elle se jette sur moi comme une furie que j'arrête par un sort de protection. Quant à Morgane elle essaye de retenir la dame Verte.

Entre Blanche et moi pas un mot ne sort, mais des gestes, les arbres se déchaînent, les animaux prennent la fuite.

Subitement un orage gronde ce qui me déstabilise. Par un sort lancé du camp adverse je suis projetée dans un arbre, mon dos vient le frapper de plein fouet.

Je sens ma colonne vertébrale et mes côtes craquer.

Elle s'approche de moi, je lui jette un sort afin que la foudre s'abatte sur elle, elle y échappe de peu.

Morgane elle a réussi son combat, la dame Verte est allongée sur le sol, gisant dans les feuilles mouillées.

Blanche ne jette même pas un œil pour savoir comment elle va ! Elle rigole !

Notre combat tourne à son avantage, je me sens propulsée de tous les côtés. Je ne vois plus Morgane en fait, je ne vois plus grand-chose, j'ai du sang devant les yeux, je l'entends rire, j'ai des frissons rien qu'à l'entendre. Est-ce que Morgane est toujours là ! Je ne sais le dire.

— Morg…

— Elle n'est plus là, ton amie, ton professeur t'a abandonnée, tu es seule, seule entre mes mains, je peux maintenant faire de toi ce que j'ai toujours voulu.

Je ne sais exactement depuis combien de temps je suis là, je suis à terre et je sens des gouttes sur mon visage, en fait je suis trempée.

Des flashs viennent à moi, je vois Bess lisant la lettre, Robby qui la lit à son tour et qui d'ailleurs n'est pas content, il téléphone à son frère, c'est comme si j'étais parmi eux. Je vois Morgane à leurs côtés.

Des souvenirs plus heureux viennent à moi, les moments passés avec Dimitri, la naissance d'Arwenn, Robby.

J'entends la voix de Robby, m'interpellant, me disant de ne pas me laisser aller, il me dit de combattre la douleur, je lui réponds que je ne peux pas.

— Et voilà qu'elle parle toute seule maintenant. Nell, il est temps de mettre un terme à notre relation, j'ai été contente de te rencontrer, tu ressembles vraiment beaucoup à IFLIR.

IFLIR, mais où es-tu ? Pourquoi m'avoir fait parvenir tes dons pour me laisser au moment où j'en ai le plus besoin. Aide-moi je t'en prie, seule je ne peux pas.

Au moment où je perds tout espoir, où je me surprends même à pleurer, la voilà qui apparaît devant moi, je la vois, nous nous ressemblons fort, un look différent mais je suis bien sa descendance plus de doute là-dessus. Elle me prend la main et me dit.

— Lève-toi, tu peux le faire j'ai confiance en toi.
— Je ne suis pas certaine de le pouvoir, je me sens si faible.
— J'ai confiance en toi, le même sang coule dans nos veines.
— Resteras-tu à mes côtés, m'aideras-tu ? Ou me laisseras-tu ? Morgane est partie.
— Oui mais elle est de retour, je sens sa présence ainsi que la présence d'autres personnes, ils sont sept si je me trompe pas.
— Sept ?
— Ce n'est pas le moment de penser à cela maintenant, pour l'heure, tu dois y mettre un terme, finir le travail que j'ai commencé il y a de ça des années.
— Je vais essayer, je ne garantis rien.

Ma vue est toujours entachée de sang, mais je peux voir un minimum, je peux voir que Blanche me tourne le dos et regarde en direction du bois. Je pense qu'elle guette le retour de Morgane.

— Que regardes-tu ainsi dans les bois. Ne voulais-tu pas mettre un terme à ma vie.

— Ce n'est pas possible, avec le sort que je t'ai jeté tu ne devrais pas être debout. Je crois t'avoir sous-estimée.

Je me concentre, mes pieds ne touchent plus le sol, je peux sentir IFLIR à côté de moi. Je suis à plusieurs mètres au-dessus du sol, j'aperçois Robby qui me regarde m'élever dans les cieux pluvieux.

— Non, me dit Blanche, ce n'est pas possible, tu es morte il y a plusieurs années, tu ne peux pas être là.

C'est là que je comprends que ce n'est pas à moi qu'elle s'adresse mais à IFLIR. Elle est paniquée. Inquiète.

C'est à ce moment-là que je décide de lui jeter un sort dont je pense elle ne pourra jamais se relever.

— J'invoque le ciel, l'eau, le feu et la terre. Aidez-moi à créer un sort de rejet du corps. Qu'elle ne soit plus ce qu'elle est. Aidez-moi à ce que cette femme, cette entité, ne nuise plus à personne.

Une lumière puissante jaillit de moi, le sort est deux fois plus fort étant donné qu'il est jeté simultanément par deux personnes.
Je ne l'aperçois plus.
La seule personne que j'aperçois est IFLIR.

— Je pense que nous avons réussi, je ne la vois pas et ne vois pas son corps non plus. Il est temps pour toi maintenant de te reposer.
— Merci, pour votre aide.
— Tu n'as pas à me remercier, me pardonneras-tu un jour, c'est de ma faute si c'est à toi qu'arrivent tous ces problèmes ?
— Je m'en remettrai.
— Merci maintenant je te laisse.

— Pourquoi, pourquoi ma vue est-elle de nouveau pleine de sang, pourquoi est-ce que je me sens tout d'un coup si fatiguée.

— Tout simplement car je ne suis plus aussi proche de toi.

— Au revoir.

Je sens mon corps glisser vers le sol, je me sens partir, la douleur envahit mon corps.

Je sens des pas sur le sol courir vers moi, on me soulève, je n'arrive pas à réagir. J'entends maintenant des voix que je n'entendais plus depuis le départ d'IFLIR, j'entends la voix de Robby, de Matthew, de Kathlyn, de mes amis, la voix de Romain.

— Robby !

— Oui je suis là, que t'a-t-il pris de faire ça ! J'ai eu tellement peur ! Ne me refait plus jamais ça !

— Ne commence pas à te fâcher.

— Comment te sens-tu ?

— J'ai mal partout, je saigne de je ne sais où, je ne vois pas grand-chose tellement il y a du sang dans mes yeux. Et pour clôturer je suis fatiguée.

— Je vais t'emmener aux urgences les plus proches.

— Non, souviens-toi dans la cuisine, je n'ai pas besoin des urgences. Je veux juste dormir.

— Ok, mais si après t'être reposée ça ne va pas mieux, je ferai comme je pense.

— Le sang ; je saigne, Robby je sais que tu te contrôles mais…

— … mais ne t'en fait pas nous en avons déjà parlé, rentrons, Bess est morte d'inquiétude.

Il me porte dans ses bras, je peux sentir son corps froid qui me réchauffe.

Je m'endors en voiture dans les bras de Robby, je pense que c'est Andrew qui roule mais sans certitude.

Je ne sais pas qu'elle heure il peut bien être, mais il fait noir, il me semble que je suis dans mon lit. Qu'a-t-elle bien pu devenir, l'ai-je enfin vaincue, tout cela est terminé ?

J'entends parler dans le salon, mais je n'ai pas fort envie de me lever. Tant pis je reste au lit. Je referme les yeux, je me rends compte que je n'ai pas rêvé, plus un mauvais rêve en vue. Est-ce que j'ai conjuré le sort contre ma famille et moi-même.

Sans que j'ai le temps de réagir, je sens un corps froid et familier près de moi, il me fait de douces caresses dans les cheveux, il frotte doucement mon visage du revers de sa main. Inconsciemment, je pose ma main sur la sienne. Je me tourne vers lui les yeux toujours clos.

Maintenant que le problème Blanche semble réglé il y en a un autre qu'il faut résoudre.

— J'ai dormi combien de temps ?

— Plus ou moins dix heures.

La réponse à la question me paraît froide, aussi froide que lui. Oserais-je lui demander pourquoi il me répond ainsi.

— Es-tu fâché ? Si oui dis-moi pourquoi ? Lançais-je d'une voix calme et douce.

— Pourquoi, pourquoi tu me le demandes ? Tout en se redressant, ne te rends-tu pas compte que tu viens de me donner la frousse de ma vie. Enfin si je puis dire.

Ne te rends-tu donc pas compte que j'ai failli te perdre, car tu voulais nous préserver. Je ne sais pas mourir si facilement tu oublies que je suis déjà mort.

— Ne le prend pas comme ça, disais-je tout en me levant, je suis vivante !

— Oui, mais il s'en est fallu de peu !

— Arrête de t'en faire, je suis là et je vais bien.

Il se calme lentement, il est déjà moins énervé. Il se recouche sur le lit mais celui-ci ne bouge pas, comme si personne n'est à côté de moi.

— Où sont les autres ?
— Dans le salon, ils parlent tous de toi. De tes exploits, est-ce qu'il n'y a que moi qui me rends compte que tu as mis ta vie en danger.
— Arrête tes délires, ma colère commence à monter. Je vais bien, je suis là, juste fatiguée.
— J'admets que tu t'en sors bien, mais ce n'est pas une raison de renouveler l'expérience. Ok ?
— Je me suis presque amusée.

Je peux remarquer, sa tête change de couleur et de trait par rapport à ce que je dis. Pour apaiser son esprit, je reviens sur mes paroles :

— Tu n'as pas tout à fait tort, j'ai eu la trouille de ma vie mais à certains moments ; j'ai trouvé ça chouette, avoir une monté de pouvoirs à ce point-là me rend puissante et désolée, j'aime ça.

Il échange un sourire avec moi. Ce qui me prouve bien qu'il est moins en colère.

— Et moi, il faut que je t'avoue que tu étais superbe et géniale.
— Merci.

Il me serre fort contre lui. Cette étreinte est tellement agréable, je peux rester là durant toute la journée. Soudain mes craintes face à l'explication que nous devons avoir me reviennent en mémoire.

— Bon je vais prendre ma douche, mais d'abord je vais aller voir tout le monde ma sœur et ma fille de préférence et m'excuser.

Que c'est agréable de se retrouver chez soi après tout ça, je n'ose quand même jamais dire à Robby que j'ai cru mourir, il serait bien trop fâché.

Cette douche me fait un bien fou. La vapeur d'eau remplit la pièce, une bonne douche chaude après tout ça que demander de plus.

Je sens une douleur monter dans mon dos, dans mes épaules, une douleur tellement forte que je ne sais retenir des cris de douleur, je suis à genoux sous le poids de la douleur, l'eau continue à couler le long de mon corps quand j'entends les voix de Robby et de son père dans la pièce.

— Père regarde c'est quoi ? Pourquoi est-il devenu ainsi ?
— Je ne sais ce que c'est, je ne sais pas non plus pourquoi il est comme ça…
— Robby sort moi de là j'ai tellement mal, j'ai l'impression que mon dos brûle.

Tous deux se dépêchent, l'un arrête l'eau et l'autre me met une serviette autour de moi. Je commence à paniquer, que m'arrive-t-il encore.

— Que m'arrive-t-il? Réponds-moi au lieu de me regarder, qu'est-ce que j'ai ?
— Regarde dans le miroir. Dit Matthew tout en ne quittant pas mon dos des yeux.
— Pourquoi, je me retourne et je vois mon tatouage qui s'est étendu de la nuque aux épaules, mais pourquoi, qu'est-ce que cela veut dire.

Sortie de nulle part Morgane fait apparition,

— Habille-toi, rejoins-nous dans le salon, je vais t'expliquer.

Robby m'aide à enfiler quelque chose qui ne me fera pas mal dans la mesure du possible, je sais que la douleur partira vite, mais en attendant un petit haut accroché à ma nuque me fait le plus grand bien.

— Dis-moi ce qui m'arrive Morgane, pourquoi s'est-il étendu à ce point ?

— As-tu trouvé la signification de ton tatouage, tu pensais l'avoir fait car tu aimes bien ce dessin, mais en réalité tout est lié.

— Oui ça je le sais, mais je ne sais pas ce qu'il représente.

— Le papillon signifie la liberté, jusqu'à présent et à chaque fois qu'il s'illuminait il était comme en cage, par contre, maintenant tu as développé un grand don, tu le maîtrises de mieux en mieux voilà pourquoi il s'étend, tes pouvoirs sont libres, il est libre et à travers toi il renaît.

— Mais j'ai pu voir, un autre dessin, dans le dessin, ça ressemble à un Phoenix.

— Quoi ? Par contre ça je ne m'y attendais pas. Montre !

Tout en baissant ma blouse elle frôle du bout du doigt le dessin, je me rends alors compte que le tatouage ne me fait plus rien.

— Effectivement, c'est bien un Phoenix, il représente la renaissance, mais pourquoi ? Tu n'es pas morte, je ne comprends pas.

— Est-ce qu'il pourrait montrer mon futur, comme avec le papillon.

— Certainement mais pourquoi penses-tu à cela ? As-tu fait d'autres rêves dont tu ne m'as pas parlé ?

— Oui dernièrement, je suis dans un accident, il devient de plus en plus net de nuit en nuit enfin quand je rêve ! Mais je ne sais pas ce qui le cause…

— Je ne pense pas que nous le saurons avant que ça n'arrive, mieux vaut être sur tes gardes quand même. Je ne sais pas ce qui pourrait causer cela, car tout danger semble écarter mais jette quand même de temps en temps un regard derrière toi.

— Ok, je ferai attention à ce conseil judicieux.

Mon téléphone sonne et interrompt notre conversation, c'est Dimitri. Je reste avec lui près de trente minutes, il m'annonce qu'il sera de retour dans deux jours. Robby n'est pas très heureux car ça veut dire pour lui, moins proche de moi, la conversation m'attend, je ne peux plus reculer.

Chapitre 11 :

ROBBY

Je viens de vivre une journée sans problème ce qui n'est plus arrivé depuis bien longtemps. Je suis tout de même très anxieuse mais ça se limite à ça.

Robby aime se promener le soir. Il me demande de le suivre une dernière fois avant le retour de Dimitri. Je me doute bien que ce n'est pas que pour marcher, il me prend pour une andouille car je sais bien qu'il veut que nous parlions.

Bess accepte de s'occuper d'Arwenn ce soir, elle me dit que ce sera pour elle une bonne occasion de lire, je ne sais pas comment la remercier, sans elle je ne sais pas comment je me serais débrouillée ces derniers temps. Je lui suis redevable sur beaucoup de points.

Pour commencer la soirée, je demande à Robby de me laisser le temps de mettre ma fille au lit et d'en profiter car malgré tout j'ai cru ne jamais la revoir et je veux en profiter car un pressentiment me dit que les surprises ne sont pas encore terminées.

Je me change, me mets plus à l'aise avec un pantalon blanc et un débardeur rouge, avec par-dessus tout un pull blanc léger fermé juste par un crochet au niveau de la poitrine. Je ne sais pas ce qu'il a prévu, ni où il m'emmène, mais je pense que ma tenue sera adéquate.

Il m'attend dans le salon, toujours avec le même regard que lorsque Dimitri a téléphoné, je pense que ça doit bouillir dans sa tête mais à quoi pense-t-il, il arrive à me bloquer l'entrée de son esprit. J'ai peur de le perdre avec tout ça. Je ne veux pas qu'il quitte ma vie, mais lui demander de rester s'il ne le souhaite pas est égoïste de ma part.

Tout le monde est présent, sa famille, ma sœur, Romain et Aline. Tous me regardent comme s'il me voyait pour la première fois.

— Que se passe-t-il ? il y a quelque chose qui ne va pas ?

— Non, me répond Andrew, tu es différente, quelque chose a changé en toi.

— Je t'assure que non, je suis toujours la même, lançais-je avec un rire nerveux, en tournant sur moi-même.

— Je suis prête, où allons-nous ?

— Tu verras quand nous y serons. Son regard toujours inquiet.

— Mettons-nous en route alors !

— Passer une bonne soirée, nous crient plusieurs voix derrière nous, je peux en distinguer quelques-unes, Matthew, Gillian, Bess.

— Bess, s'il y a quoi que ce soit.

— T'en fais pas tout ira bien.

Nous avons quitté tout le monde et pourtant il est toujours aussi froid et tendu.

Je n'ose moi-même, pas trop lui parler, mais il faut bien percer l'abcès. Il m'ouvre la porte de la voiture, referme derrière moi. Nous prenons la route, il roule vite.

— Tu sais même en roulant plus doucement l'endroit où nous allons sera toujours là, enfin je pense.

Toujours pas un mot, pas un sourire. Tout ça devient bien inquiétant.

— Dis-moi ce que tu as ? Tu es plus tendu qu'un string.

Qui sait peut-être qu'avec une petite dose d'humour, j'aurai droit à un regard.

Non toujours rien et bien, je pense que la soirée ne va pas être des plus calmes, mon caractère va sûrement prendre le dessus, je commence à en avoir marre.

— Tu sais je ne suis pas bonne pour les monologues. Tu vas me répondre ou pas du tout. Ai-je fait quelque chose de mal.

— Ce n'est pas le moment ni le lieu pour en parler.

— Ha car il faut un endroit et un moment, désolée je ne savais pas. Lui ai-je répondu aussi froide que lui envers moi.

— Nell…

— C'est bon laisse tomber, tu parleras bien quand tu le voudras.

Tout le reste du chemin je ne dis plus un mot, je sens souvent son regard sur moi. Quant à moi je regarde le paysage par la fenêtre, bien décidée de ne plus dire quoi que ce soit avant lui.

Nous roulons pendant environ une heure, beaucoup de choses passent dans ma tête, la réaction de Robby n'annonce rien de bon en ce qui concerne notre amitié enfin si nous le sommes toujours. Ce dont je doute réellement. Mon cœur bat pour lui de plus en plus, il faut que je m'avoue certaines choses, les frontières de l'amitié ont été dépassées depuis longtemps. Mais évidemment c'est plus facile de croire à l'amitié, c'est surtout moins compliqué.

Il s'arrête près d'une falaise, je ne sais pas où nous sommes exactement, nous sommes au-dessus d'une ville, je connais ce lieu, il me semble que j'y suis déjà venue.

Nous sommes tellement hauts. Je ne reconnais pas grand-chose, sans oublier qu'il commence à faire nuit.

— Suis-moi, me dit-il déjà moins crispé

Il est vrai qu'avec une vue pareille tout devient plus beau.

— Où allons-nous, je pensais que nous étions arrivés.

Il me prend par la main et me tire derrière lui. Nous continuons cependant de monter, non pas par un chemin mais à travers bois, et pour accélérer les choses, il décide de me prendre dans ses bras, comme ça nous montons plus vite. Il se repère mieux que moi dans le noir.

— Tu sais, je sais marcher.

— Pourquoi tu n'es pas bien là. Si c'est le cas, je te redépose.
— Je suis très bien là. Mais vu ton humeur je ne sais pas si ça te plaît.

N'obtenant pas de réponse, je pose ma tête dans le creux de son cou, sa peau est douce. Même son étreinte est douce. Je profite du moment présent, car je ne sais pas s'il y en aura d'autres.

Notre balade dans les bois ne met même pas dix minutes, avant de me redéposer à terre il m'embrasse sur le front.

— Regarde, me dit-il.
— Wouaw, Robby c'est magnifique, mais comment connais-tu cet endroit.
— Je l'ai découvert en chassant il y a pas longtemps et je voulais te le montrer.
— Tu as eu raison, c'est tellement beau, je suis en admiration devant ce spectacle. Nous sommes si hauts au-dessus de la ville que même les bateaux sur le canal me paraissent tous petits. J'ai l'impression de pouvoir toucher les nuages. Où sommes-nous ?
— Il me semble si je ne me trompe pas que c'est Dinant.
— J'espère que ceci te plaît, me dit-il d'un air triste.
— Bien sûr, mais dis-moi ce qui t'arrive, tu n'es jamais comme ça en tout cas c'est rare.
— Tu vas te fâcher, je préfère me taire.
— Je te promets de ne rien dire, raconte-moi.

Je me mets devant lui si près qu'il ne sait absolument rien faire d'autre que de me regarder.

— J'ai souhaité que Dimitri ne revienne jamais, je sais que c'est l'homme avec qui tu vis, que tu aimes, il était là avant moi mais je ne sais pas faire autrement. Je l'aime bien pourtant mais je t'aime plus que lui.

Si seulement tu pouvais savoir à quel point je tiens à toi, je ne veux pas te perdre, malgré tout, je sais qu'avec son retour, c'est comme si je te perdais.

Et voici la conversation tant attendue. Je peux mieux comprendre ses réactions.

— Ne soit pas bête, pourquoi me perdrais-tu. Je ne suis pas du genre à faire comme si je ne te connaissais pas, sans oublier que Dimitri est loin d'être un imbécile, il se doute que tous les deux nous nous soyons rapprochés.

— Es-tu certaine qu'il sait à quel point nous sommes devenus proches.

— Je ne dis pas à ce point-là, mais tu es resté avec moi tout le temps, il se doute que nous soyons plus que des connaissances.

— Le problème Nell, c'est que je ne veux pas d'une amitié, je veux plus. Il prend mon visage dans ses mains et me dit, je t'aime, je veux être près de toi quand tu dors, quand tu te réveilles, je veux pouvoir être près de toi pour voir ta fille grandir. Je veux être près de toi pour les années à venir. Regarde-moi, c'est toi que je veux, ton visage, tes mains, ton humour, ton sourire.

— Robby… Je ne peux… Comprends-moi. Je sors de son étreinte et me rapproche de la falaise afin de mieux voir le paysage qui m'entoure.

— Dis-moi, dis-le que tu ne m'aimes pas et je te laisserai.

— NON, je ne veux pas que tu me laisses.

Tout en se rapprochant de moi, il me dit.

— alors dis-le moi, dis-moi que tu m'aimes comme je t'aime et je serai à toi pour l'éternité.

— Tu parles d'éternité, ton éternité, quant à moi je serai morte bien avant.

— Je ne te laisserai pas mourir, je ne laisserai personne te faire le moindre mal.

— Ce n'est pas de me faire du mal que je parle, c'est de la vieillesse.

— Ho.

Un blanc s'installe, je m'assieds près de la falaise. Les bras entourent mes genoux, une larme perle sur ma joue. J'essaye de tout faire pour que Robby ne le remarque pas.

— Ne parlons plus de ça maintenant, me dit-il, ce n'est pas de cela qu'il est question. Il vient s'asseoir près de moi.

— De quoi est-il question alors ?

— D'amour ou d'amitié. Regarde-moi dans les yeux et dis-moi que tu ne m'aimes pas.

— Je ne peux pas te dire ça.

— Regarde-moi.

— Je te regarde, mais je ne peux quand même pas te le dire, mon cœur ne me le permet pas.

Il a un sourire. Il a l'air satisfait de lui.

— Est-ce que tu l'aimes ?

— Dimitri ? Bien sûr, je n'aurais pas eu un enfant avec lui sinon.

— Tu nous aimes tous les deux.

— On peut dire ça comme ça, notre relation à tous les deux n'a pas toujours été des plus faciles mais ensemble nous avons souvent remonté la pente.

— Je te comprends, je ne te demanderai pas de faire de choix, toi seule peux savoir, mais par contre je te demanderai juste une chose.

— Dis-moi.

— Je voudrais juste… que tu me dises… que tu m'aimes.

Mes larmes sont à nouveau présentes, là impossible de lui cacher, il les frotte délicatement du coin de son pull.

— Je… je… je ne sais pas si c'est bien, par respect pour lui.

— Tu n'as pas besoin de me le dire, tes actes parlent pour toi.

Il m'embrasse, dans la nuque, le contour des oreilles, le bout de mes lèvres. Quant à sa main elle descend au niveau de mes hanches. Délicatement il me couche sur l'herbe humide, relève mon pull et m'embrasse le ventre, le nombril, et tout en continuant à caresser mes courbes il pose sa tête sur ma poitrine.

— Ton cœur bat tellement vite.

— Ton cœur battrait comme le mien si tu étais comme moi.

Il se redresse et m'embrasse, encore et encore, je lui rends ses baisers. Il prend le creux de mon genou et se glisse entre mes jambes. Il dégrafe mon pull et mon haut.

Mes résolutions se sont vite envolées, le point de non-retour entre l'amitié et l'amour est bel et bien franchi.

Nous sommes tous deux couchés sous la lune, dans les bras l'un de l'autre. Il me chuchote à l'oreille qu'il m'aime et m'aimera toujours.

Nous reprenons la route vers trois heures du matin. Je voulais arranger les choses ce soir mais en fin de compte, je ne m'y retrouve pas beaucoup, tout est encore plus difficile maintenant, je ne veux plus réfléchir, je prendrai des décisions un autre jour, aujourd'hui j'écoute ce que dicte mon cœur.

Nous rentrons enfin, tout le monde est encore réveillé, même Bess à croire que tous nous attendent.

— Vous avez passé une bonne soirée, nous lance Kathlyn très ironique.

— Oui pas mal. Je peux contempler son sourire et le sourire légèrement dessiné de Robby. Robby arrête de penser tu veux bien, elle n'a pas besoin des détails.

Je me rends dans la cuisine avec une affreuse envie de manger quelque chose. Robby m'y rejoint.

— As-tu faim ?

— Ben si je suis ici, c'est que oui.

— Je me souviens, quand j'étais encore mortel j'aimais aussi manger après l'amour.

Tous les deux nous échangeons un regard complice, je peux entendre Kathlyn rire aux éclats.

— C'est bon Kathlyn, tu as fini oui. Criais-je de la cuisine.

— Ok, ok, j'arrête mais c'est quand même marrant, mieux qu'un film.

Il m'embrasse encore, et encore.

— Arrête, pas ici, tout le monde ne doit pas savoir ce qui s'est passé, je te rappelle quand même que je suis entre deux eaux. Laisse-moi le temps de réfléchir.

— Je ne fais rien, je te montre juste à quel point je tiens à toi.

Je lui fais un baiser à mon tour et passe ma tête par la porte de la cuisine.

— Bess, tu ne vas pas me dire que tu es restée éveillée toute la nuit.

— Non, j'ai dormi jusqu'à maintenant, mais j'ai demandé à Andrew de me réveiller quand vous étiez sur le point de rentrer.

— Pourquoi ?

— Je voulais voir comment ça s'est passé.

— Mouai c'est ça, bien sur ce, je vais me coucher. À demain tout le monde.

Avant que j'aie le temps de m'endormir, Robby se matérialise à côté de moi.

— C'est quoi ce bruit que j'ai entendu.

— J'ai fermé la porte à clefs avant que mon frère, se décide à venir espionner. Il rigole.

— Au fait que leur as- tu raconté de la soirée ?

— Je leur ai dit qu'on a parlé, que tu ne sais pas trop où tu en es.

— Et c'est tout.

— Heu, oui. Il prend de suite un air gêné.

— Raconte-moi, qu'est-ce qu'ils savent d'autre.

— Je te promets que ce n'est pas moi, c'est ma sœur qui leur a dit que j'ai ruiné tous tes espoirs d'amitié.

— Oh, quelle peste, je deviens rouge, aussi rouge qu'une tomate, je suis fâchée sur elle, pourquoi a-t-elle fait ça ?

— Je ne sais pas, elle est coquine quand elle s'y met, ne sois pas trop dure avec elle, elle pense simplement que nous serions heureux tous les deux, il est vrai aussi qu'elle ne m'a jamais vu aimer quelqu'un à ce point-là.

Allongée sur le lit, je regarde le plafond, Robby me regarde. Il joue avec une mèche de mes cheveux.

— À quoi penses-tu ?

— À toi. À ce soir. Tout en me retournant vers lui je lui demande, qu'est ce qui nous attend, je ne sais pas quoi faire maintenant, je ne suis pas plus avancée tu sais.

— Ne te pose pas de questions, nous verrons bien ce que l'avenir nous réserve.

Et comme si ce n'est déjà pas assez difficile, il recommence son jeu de séduction. Et nous voilà repartis comme il n'y a que quelques heures au bord de la falaise. Je ne sais pas lui résister, je n'y arrive plus.

Je suis seule dans le lit, pas un bruit à la maison, un mot se trouve à côté de moi.

Nous sommes partis faire quelques courses, ainsi tu ne devras pas courir tout à l'heure.

J'espère que tu as bien dormi, tu es si belle quand tu dors ainsi nue.

Nous revenons vite. Prépare-toi à ton aise.

P.S. : J'ai préparé ton petit déjeuner, j'espère que ça te plaira.

Je t'… n'oublie pas ce que je t'ai dit hier.
ROBBY

Comment oublier ce qui a été dit et ce qu'il y a eu hier. C'est impossible. Je reste allongée dans mon lit, il se passe bien vingt minutes avant que je ne me décide à bouger de là.

Tout en prenant mon temps, je prends une douche, contemple mon tatouage qui s'agrandit. Comment expliquer ça à Dimitri…

Effectivement un petit déjeuner m'attend sur la table, ils ne doivent pas être partis depuis très longtemps, tout est encore tiède, je pense qu'ils sont partis quand je me suis éveillée.

Il m'a pressé des oranges, a fait du café et des toasts m'attendent aussi.

Après le déjeuner, je décide de téléphoner à Kika, c'est une amie proche et d'enfance qui habite au Canada. Je lui raconte tout, la vérité toute nue. Elle m'écoute, ne dit rien, au bout de tout mon récit elle ne me répond pas.

— Tu es toujours là ?

— Oui, je réfléchis, je vais prendre l'avion au plus vite, j'ai l'impression que tu as besoin de moi.

— Oui, mais tu ne dois pas te déplacer. Je voulais juste avoir ton avis sur tout ce qui se passe.

— Je pense que tu dois suivre ce que te dicte ton cœur.

— Il cafouille aussi lui, il ne sait plus ce qu'il veut ?

— Il se décidera bien, de toute façon sans que tu le veuilles, tu feras du mal à l'un ou à l'autre, tu n'as plus le choix ma belle.

— Je sais, ce n'est pas normal, pourquoi ça doit se terminer ainsi ?

— C'est comme ça la vie. Mais ne t'en fais pas le temps que je règle ce que je dois faire ici et je prends le premier avion, je te téléphone quand je suis en route.

— J'attends ton coup de téléphone. À bientôt.

— Et courage à toi, tu prendras la bonne décision.

— Est-ce qu'au moins il y en a une bonne. Je te laisse, à très bientôt.

Je ne sais pas quoi faire en les attendant, je tourne en rond ici, il faut vraiment que je passe mon permis… je sais où aller. Hop, ma veste et je pars, je prends les escaliers que je descends quatre à quatre.

J'ai de la chance, il y a une auto-école la rue à côté. Une fois tous les papiers et la note réglés, le professeur me propose de prendre des cours directement. Je lui dis que je ne préfère pas maintenant mais j'aimerais passer toutes mes heures en une journée.

— Pourquoi une telle précipitation ?

— Il y a quelque temps j'ai failli mourir dans un accident, en fait une agression. Rien ne sert de tout expliquer. Ce qui fait que je ne veux plus rien rater de ma vie. Plus une minute, plus une heure.

— Je ne peux que vous comprendre. Je vous propose la journée de demain. Et avant nous irons au centre d'auto-école pour faire votre théorique.

— À moins que je ne le fasse aujourd'hui.

— Tout à fait, je vous dis à demain neuf heures.

— À demain et merci.

Je me dirige vers la maison, la voiture de Robby est dans l'allée du garage.

Il me demande d'où je viens, je lui réponds de nulle part, me promener un peu. Avec tout ça je n'ai même pas pris le temps de réfléchir à notre relation. Je demande à Robby s'il peut m'accompagner tout de suite pour faire une course.

Sans hésitation il me répond oui, sans même chercher à savoir où l'on va.

Nos regards se croisent souvent. Un regard complice, qui n'échappe pas à Bess.

Elle me dit que tout va s'arranger, Robby lui a tout expliqué, elle me dit que tout finira par se mettre dans l'ordre des choses.

Dimitri me téléphone pour me dire qu'il sera à la maison aux alentours de seize heures, il me dit aussi que nous allons tous au restaurant ce soir, qu'il ne veut pas manger à la maison.

Ma sœur m'annonce qu'elle va chez notre mère cette après-midi et me demande si elle peut prendre Arwenn car notre mère ne l'a plus vue depuis plusieurs jours.

Nous sommes dans la voiture, Arwenn dans son siège, Bess à l'arrière et quant à moi, je suis devant avec Robby, nous discutons de tout et de rien. La main de Robby se pose sur la mienne, on se regarde, je sens son cœur devenir lourd au fur et à mesure que les heures passent. Nous déposons Arwenn et Bess chez ma mère, nous les rejoindrons plus tard.

Je lui indique la route sans lui dire notre destination, c'est seulement devant qu'il réalise ce que je m'apprête à faire.

— Mais tu n'as même pas étudié.

— Tu oublies, que j'ai des pouvoirs et ils m'aideront dans ce cas-là. Je n'ai plus besoin de les utiliser pour autre chose alors il faut bien qu'ils servent pour moi dans la vie de tous les jours.

— Je ne te dis pas bonne chance, il paraît que ça porte malheur.

— Tu me l'as dit.

— Peut-être mais ceci c'est mon porte-bonheur. Il me tire à lui et m'embrasse.

Je sors de la voiture en lui jetant un regard complice, suivi d'un sourire, je ne sais plus me passer de lui.

Presque vingt minutes se sont écoulées, lorsque je reviens à la voiture, son corps sculpté dans le marbre n'a pas bougé, je le regarde avec un sentiment de tristesse.

— Tu l'as raté, je t'avais dit d'étudier avant. Ce n'est pas grave tu recommenceras.

En faisant un bon qui le saisit, je brandis ma feuille, un sans-faute.

— Tu vois, pourquoi étudier. Je l'ai eu sans effort.

— Maintenant il ne te reste plus qu'à prendre des cours.

— C'est déjà fait, je commence demain à neuf heures je fais tout en une journée. Les heures et l'examen définitif.

— Pourquoi tant de précipitation, tu as tout le temps devant toi.

— J'ai réfléchi depuis cette histoire avec Blanche, j'ai failli mourir, j'en suis consciente, je ne laisserai pas une minute de plus gâcher quelque chose que j'ai envie de faire.

— Tu l'admets enfin que ça t'a fait peur. Je peux lire en lui le contentement au fait que j'admets mes erreurs.

— Oui, c'est vrai je n'aurais pas su l'admettre sans ce qui s'est passé hier. Il faut que je t'avoue que dans la forêt, quand j'ai cru mourir, je te voyais, fâché, j'ai pensé à toi, à Dimitri, à Arwenn, j'ai cru ne plus jamais vous voir. Ensuite j'ai vu ton regard meurtri de douleurs à ma place.

— Je ne pensais pas que tu l'avais vu.

— J'ai vraiment cru être morte.

— Mais tu es là, bien présente, prête à aller passer ton permis demain. Un blanc s'installe dans l'habitacle avant qu'il ne poursuive sa conversation, Nell ?

— Mmm…

— Permets-moi de t'écrire une lettre de temps en temps pour te rappeler notre nuit.

— Je ne risque pas de l'oublier. Mais tu peux.

— Merci.

— De rien, allons-y maintenant je veux annoncer la bonne nouvelle.

Nous poursuivons notre route avec ma main dans la sienne, ma tête sur son épaule.

— Viendras-tu au restaurant avec nous ce soir ?

— Si tu le souhaites, oui.

— Oui je le souhaite.

— Je serai présent pour toi.

Je repose ma tête sur son épaule, m'assoupis légèrement, il frôle mon visage de ses mains froides, pour m'avertir que nous sommes arrivés.

Ma mère m'annonce qu'elle part avec mon père quelques jours chez ma sœur pour prendre des vacances, elle me demande si je veux qu'Arwenn les accompagne, elle me dit qu'ils ne partent que d'ici un mois. Je lui réponds qu'il ne devrait pas y avoir de problèmes même si je ne souhaite pas trop m'en séparer.

De retour à la maison, un taxi arrive en même temps, c'est Dimitri. Il me soulève dans ses bras, m'embrasse, me dit combien nous lui avons manqué, je réagis en essayant de ne rien montrer. Nous montons ses bagages, Robby ne laisse rien transparaître lui non plus. Il téléphone à mes parents pour les inviter, ainsi qu'à la famille de Robby et nos amis.

— Pourquoi veux-tu absolument que tout le monde soit présent ce soir.

— J'ai une grande annonce à faire et j'aimerais que toutes les personnes qui sont présentes dans notre vie soient là.

— Que veux-tu dire ce soir.

— Tu le verras bien en temps et en heure. Ne soit pas pressée Nell.

Robby n'est pas resté l'après-midi, par contre une question de Dimitri arrive à me déstabiliser au plus haut point.

— Je rêve ou Robby s'est fort rapproché de toi.

— Il est vrai, que nous nous entendons bien. Pour le reste je ne sais pas trop.

— Qui lui en voudrait, c'est vrai après tout je suis avec une femme merveilleuse, je comprends très bien qu'il ait développé des sentiments pour toi. Je ne peux pas lui en vouloir pour ça.

— Qu'est-ce qui te fait croire qu'il peut avoir des sentiments à mon égard ?

— La façon dont il te regarde, la façon dont il t'a dit au revoir.

— Je ne sais pas je n'ai rien remarqué.

— En tout cas je peux le remercier de s'être occupé de vous. Il s'est merveilleusement bien occupé de mes deux femmes.

Je fais tout pour fuir cette conversation. Si je continue mes réactions vont me trahir.

— Je vais mettre Arwenn au lit, si nous devons aller au restaurant ce soir je préfère qu'elle fasse une petite sieste. Vers quelle heure devons-nous être là-bas.

— J'ai demandé à tout le monde d'être présent pour dix-neuf heures.

— Ça te dérange si je vais m'allonger un peu avant.

— Non du tout. Prend des forces tu en auras besoin.

Que veut-il dire par là, je ne comprends pas. Je ne préfère d'ailleurs pas penser à cette allusion maintenant.

Je me retrouve enfin seule, je reçois un message sur mon portable, c'est Robby, il me dit que je lui manque. C'est à ce moment que Dimitri entre dans la chambre, heureusement que j'ai su déplacer le message avant qu'il ne le lise par-dessus mon épaule.

Mon cœur bat fort lorsque mon fiancé vient se blottir contre moi, il me fait des câlins pressants, mais que puis-je bien faire quand la veille j'étais avec un autre, mon cœur se déchire entre ces deux hommes. L'un est celui avec qui j'ai fait ma vie et l'autre est tout ce que je désire.

Je me laisse allée pour cette fois-ci mais dès que possible, je mets les choses au point.

Je ne peux quand même pas annoncer à mon fiancé que je ne peux pas m'abandonner à lui, parce qu'il a raison sur les sentiments de Robby, je ne peux pas lui annoncer que je les aime tous les deux même pas une heure après son retour.

Comme prévu nous nous sommes tous retrouvés au restaurant, la famille de Robby joue le jeu, je leur ai préparé une potion qui les aidera durant cette soirée. Grâce à cet élixir, les aliments n'auront aucun goût, je ne sais pas mieux faire.

En douce et grâce à la transmission de pensées, je peux expliquer à Kathlyn ce que j'ai, je lui dis de faire la même chose pour sa famille.

En cours de soirée Dimitri se lève pour annoncer ce qu'il veut nous dire.

— Tout d'abord je voudrais tous vous remercier d'être venus. Je voudrais aussi remercier deux personnes même si je sais que tout le monde a été présent pendant mon absence. Robby merci d'avoir aussi bien veillé sur ma famille, et sur mon entreprise, j'ai eu plusieurs mails pour dire que le boulot avait été bien fait. Pour cela je te propose de devenir mon associé.

— Ça a été avec plaisir, de m'en occuper, quand à ta proposition laisse-moi y réfléchir.

— Prend ton temps. Bess merci car je me doute que ça ne doit pas être très facile de rester loin de ton mari comme tu l'as fait. Merci d'avoir été là.

— De rien, j'ai pris quelques jours de vacances grâce à cela.

— En tout cas merci à tout le monde. Mais ce n'est pas pour cela que je vous ai demandé de vous réunir. Nell lève-toi s'il te plaît.

Qu'est ce qui m'attend encore. Tout le monde me regarde, moi je regarde Robby qui se trouve juste en face de moi.

— Nous y voilà.

— De quoi me parles-tu ? Puis-je m'asseoir, tout le monde nous regarde.

— Mais qu'il te regarde, je n'ai jamais cru te demander ça un jour.

Nell, ma tendre femme, je t'aime depuis la première fois où nous nous sommes vus, je veux lier ma vie à la tienne. VEUX TU M'ÉPOUSER ?

À cette question, mon cœur se brise en cinq millions de morceaux, il n'a jamais voulu me le demander, il s'y prend maintenant le seul instant où ce n'est pas le moment. Tout défile dans ma tête, j'ai attendu tellement longtemps cette question. Au jour d'aujourd'hui je ne voulais plus l'entendre si précipitamment.

Je sens mes jambes trembler, mon cœur ralentir, puis s'accélérer, puis ralentir à nouveau. Je me sens partir et m'évanouis.

Lors de mon inconscience, le visage de Robby me revient en mémoire lors de la question de Dimitri, on dirait que son cœur a été transpercé de plein fouet par une épée. Les images de notre nuit sont présentes.

Je sens quelque chose de froid sur mon front, quelque chose qui malgré moi me ramène à la vie réelle.

— Et ben mon amour je ne pensais pas que ça te ferait autant d'effet.

— Euh… on est où ?

— Toujours au restaurant.

Il est tellement heureux et gai, Kathlyn intervient dans mes pensées.

— Robby me dit de te dire…

— De dire quoi…

— … de dire OUI.

— Je ne peux faire ça ne sachant pas moi-même ce que je désire.

— Si fais-le ! il sera toujours temps de reculer en temps voulu. Mais il y a trop de monde ce soir.

— Ok.

Dimitri me sort de mes pensées.

— Alors, ta réponse.

— OUI, oui.

— Ok, je prévois notre mariage pour dans une semaine et demi, j'ai déjà tout arrangé de l'étranger.

— Quoi, mais, ce n'est pas un peu rapide.

— Un peu rapide tu rigoles, nous sommes ensemble depuis combien d'années.

— Oui, tu as raison, je ne m'attendais pas à tout ça si vite.

— Le principal c'est que les personnes que nous aimons soient présentes. Au fait Robby j'aimerais que tu sois mon témoin.

— Oui pourquoi pas. Lui a-t-il répondu, je commence à m'inquiéter sur la tournure des choses.

En revoilà une pour en rajouter, Robby témoin, c'est quoi après.

Robby se lève à son tour.

— Quant à moi j'ai autre chose à annoncer.

Non, je ne veux plus d'annonce aujourd'hui, j'en ai plus qu'assez pour la soirée.

— J'ai un présent pour Nell, très chère Nell suis-moi à l'extérieur.

Nous le suivons tous, moi sans dire un mot, la main d'Andrew sur mon épaule pour me rassurer.

— Ne t'en fais pas Nell, me dit-il tout bas à l'oreille, il ne va pas divulguer votre aventure. Il ne te ferait jamais de mal.

Arrivés dehors, il me prend par la main et me tire vers le trottoir.

— Ferme les yeux, me demande-t-il avec sa voix douce, et me dit tendrement à l'oreille, ne t'en fait pas tout s'arrangera. Garde les yeux fermés pour le moment.

Vous êtes tous sans savoir que Nell a fait quelque chose aujourd'hui qu'elle terminera demain. Elle passe son permis de conduire, et j'ai voulu être la première personne à la féliciter car je sais qu'elle va l'obtenir.

Ouvre les yeux maintenant.

Devant moi je découvre une voiture merveilleuse, c'est un 4X4 Volvo XC 90. Un des plus gros modèle chez Volvo.

— Mais tu es dingue. C'est beaucoup trop. Comment as-tu pensé à celle-là ?

— Tu m'as un jour dit qu'il te plaisait, étant donné que j'ai les moyens autant les utiliser pour faire plaisir à quelqu'un qui en vaut la peine.
— Merci mais c'est beaucoup trop.
— En plus l'assurance est payée pour les dix années à venir, mes parents ont voulu participer. Va voir à l'intérieur, tu y trouveras déjà tous les papiers à ton nom.

Pend au rétroviseur central une photo de nous deux, prise il y a plusieurs semaines dans un photomaton. Une photo où nous sommes tous les deux sérieux et l'autre où nous faisons des grimaces.
— Pourquoi ne m'as-tu rien dit, me demande Dimitri, j'aurais participé aussi.
— Je voulais attendre demain que tout soit fini pour l'annoncer.
Merci à vous tous c'est un cadeau trop grand pour une personne comme moi, mais j'en prendrai soin.
— Mon cœur, me dit Dimitri, nous allons boire un verre entre hommes ça ne te dérange pas, il y a quelques amis qui nous rejoignent aussi.
— Vas-y, je dois me remettre de mes émotions, de toute façon je voudrais bien être près de mes amies et ma famille.

Plus tard, Matthew raccompagne mes parents chez eux. Quant aux filles restantes, elles m'ont accompagné à la maison où nous attend Robby.
— Que fais-tu là, tu ne devais pas partir avec eux ?
— Si mais je voulais te voir avant, ton cadeau te fait plaisir.
— Enormément. Merci
— Rien n'est trop beau pour toi.
— Et pour le mariage, pourquoi as-tu voulu que j'accepte.
— Car c'est la meilleure chose que tu aies à faire.
— Mais…
— …. Ne dis plus rien, c'est comme ça. Je t'aime.

Sur ces mots il s'en va, la soirée est tendue, je ne dis pas un mot, je m'excuse auprès de mon entourage de mon manque de présence, ensuite je me retire.

La semaine passe comme une lettre à la poste, le mariage arrive à grands pas.

Je suis perdue dans mon existence, je me surprends même à pleurer lors de mon essayage de robe.

Robby et moi ne nous sommes pas beaucoup vus cette semaine, il m'évite et c'est peut-être mieux ainsi.

Et bien sûr comme il l'avait prévu, j'ai obtenu mon permis du premier coup.

Chapitre 12 :

LE MARIAGE

Je tourne en rond, comme un lion en cage. Que faire ? Plus le mariage approche plus mes sentiments se déclarent pour Robby, Kika devrait bientôt arriver, elle aura sûrement quelques bons conseils à me transmettre.

Personne n'ose trop me parler mis à part Dimitri qui ne se doute pas de mes sentiments. Ça va bientôt faire quatre jours que je n'ai plus de ses nouvelles, je ne l'ai plus vu non plus. Même monter dans la voiture que lui et sa famille m'ont offerte devient troublant, car mon regard se pose toujours sur les photos.

Je vois encore souvent sa famille qui vient jusqu'ici pour voir comment je vais, certaines personnes me disent que j'ai une mine à faire peur, et pourtant j'essaie de tout faire pour que ça aille mieux.

Je suis de plus en plus fatiguée, j'ai des migraines, sûrement les coups de nerfs que j'ai intérieurement.

— Allô ?

— Oui c'est moi… Kika, c'est pour te dire que je suis arrivée, je suis à l'aéroport de Zaventem.

— Mais pourquoi ne m'as-tu pas dit que tu arrivais, je serais venue pour t'accueillir ?

— Ne t'en fais pas, je prends un taxi et j'arrive.

— Surtout pas, attends-moi j'arrive, rendez-vous au café de l'aéroport.

— Tu as ton permis ? C'est nouveau ça.

— Oui je t'expliquerai, j'ai tellement de choses à te raconter, tout se précipite pour moi.

— À tout de suite.
— Oui je me mets en route directement.
Sans réfléchir j'enfile ma veste, crie à Bess que je serai de retour dans moins d'une heure, que si la petite se réveille, qu'elle lui donne à manger.
— Ou vas-tu si vite, me demande Dimitri ?
— À l'aéroport Kika est là ?
— Tu ne m'as pas dit qu'elle venait, j'aurais dû m'en douter, le grand jour arrive ! Tu ne veux pas que je vienne avec toi ?
— Non, nous avons beaucoup de choses à nous raconter.
Je saute dans la Volvo je pense même avoir fait grincer les pneus en démarrant, J'ai tellement hâte d'avoir une personne de bon conseil et neutre.
Je me rends compte, en voyant le compte-tours, que je roule trop vite… cent quatre-vingts kilomètres/heure, Je mets moins de sept minutes pour arriver à l'aéroport. Je l'aperçois très vite.
Je me jette dans ses bras et je m'effondre en larmes.
— Ho, je pense que c'est même plus grave que ce que je pensais.
— Pardon pour cet accueil.
— Ce n'est pas grave, ne t'en fais pas. Tu veux que nous y allions directement.
— Oui je suis mal garée.
Je démarre, arrive sur le ring où je me mets sur le bas-côté, impossible de continuer ma route tant les larmes menacent d'arriver. Je prends le temps de tout lui expliquer, tout ce qui s'est passé depuis notre coup de téléphone.
— Effectivement, je ne m'attendais pas à de telles précipitations non plus.
— Que puis-je faire ?
— De toute façon une chose est certaine, c'est que tu ne peux pas continuer comme ça. Ou bien c'est Robby ou bien c'est Dimitri.
— Je ne m'attendais pas à tomber amoureuse non plus. En fait le pire c'est que tous les deux sont dans mon cœur.

— Et que dit Robby.

— Que je dois accepter ce mariage, que c'est la seule bonne chose à faire. Ça fait quatre jours que je ne l'ai plus vu.

— Mouai, je pense qu'il doit être dans le même état que toi ?

— Sans les larmes pour lui, il ne sait pas pleurer.

— Je m'en doute. En tout cas il doit vraiment t'aimer pour te faire un tel cadeau ?

— Tu ne m'aides pas là, lui lançais-je avec un sourire. De toute façon à partir d'aujourd'hui Arwenn dort chez ma mère pour que je puisse terminer les préparatifs à mon aise. Tu viendras avec moi, elle sera contente de te voir. Tu verras Bess aussi, elle est chez nous pour le moment, elle est restée près de moi avec tout ce qui s'est passé.

Nous nous remettons en route, toutes les personnes qu'elle connaît sont présentes chez moi, tous sont contents de la voir, je la présente à la famille de Robby, celui-ci manquant toujours à l'appel.

Nous partons chez ma mère, ensuite je demande à Bess et à Kika de m'accompagner car j'ai un rendez-vous et je ne veux pas y aller toute seule.

Lorsque nous arrivons, à l'unisson elles me disent « LE GYNÉCOLOGUE ? »

— Nell… es-tu enceinte ?

— Je ne sais pas justement. Beaucoup de symptômes présents me font penser à cela.

— Tu veux que nous venions avec toi.

— Attendez-moi dans la salle d'attente, ça ne va pas durer des heures.

Le médecin me prend directement, je lui explique que tout me porte à croire que j'attends un bébé, il fait une échographie et me le confirme, il me dit que c'est tout récent en tout cas même pas deux semaines.

La seule réaction que j'ai est « mince alors », il me félicite et me donne l'échographie ainsi que tout un tas de papiers pour prise de sang et autres.

Je quitte son bureau, me précipite dehors, elles me suivent jusqu'à la voiture sans dire mot. Je m'installe au volant, aucun mot ne sort.

— Alors, me demande Bess.

— Je suis bel et bien enceinte, en même temps je brandis l'échographie.

— Ça fait combien de temps ? me rétorque Kika.

— Il m'a dit même pas deux semaines, et me précise que c'est rare d'avoir déjà des signes, mais ce sont mes rêves qui ont parlé cette fois-ci ?

— Et de qui… demande Bess.

— Je ne sais pas. Les deux sont tout à fait probables.

— Mais normalement Robby ne sait pas.

— Je sais Bess, ce qui me pousse à penser que c'est lui plutôt que Dimitri, c'est que lorsque mes rêves commencent, je nous revois sur cette falaise, ensuite je me vois avec un gros ventre, mes rêves ne me trahissent pas en général.

— Sur ce point-là je ne te donne pas tort.

— Je vous demanderai donc une chose c'est de n'en parler à personne, sans exception. Ah oui… encore une chose ne pensez pas à ça en compagnie de Kathlyn car elle lit dans vos pensées.

— Ok nous ferons attention, que faisons-nous maintenant ?

— Nous rentrons.

Je planque l'échographie dans la boîte à gants avant d'arriver.

Le soir, je ne mange pas simulant des crampes au ventre. Après le dîner je m'éclipse lentement prétextant devoir faire une course et confirmant qu'il ne faut pas m'accompagner, je n'en ai pas pour bien longtemps.

Dimitri lui me dit qu'il ne sera pas là ce soir, qu'il rentre très tard, ils font son enterrement de vie de garçon.

Il n'y a aucune course qui tienne, juste une envie de me retrouver un peu seule, je ne vois pas le temps passer, je roule, je passe un pont au-dessus d'une autoroute, je m'y arrête, m'appuie sur la rambarde, je regarde sans les voir les voitures qui passent et repassent dans un sens et puis dans l'autre.

Vingt minutes plus tard, une voix familière qui réveille mon cœur se retrouve derrière moi.

— Que fais-tu ici ? Me dit-il.

— Et toi Robby, que fais-tu ici.

— Ta sœur a téléphoné sur mon mobile pour me dire que tu es partie faire une course depuis presque deux heures, elle s'inquiète, elle m'a demandé de voir si je pouvais te trouver car tu ne réponds pas au téléphone.

— Non je sais il est dans la voiture, je voulais faire le point, je n'y arrive pas.

Il me prend dans ses bras, me dit tout bas à l'oreille que c'est la meilleure des choses qui pouvait m'arriver, que par sa faute, ma vie est chamboulée. Il me dit qu'il ne veut pas être la personne qui fait du mal à une famille, qu'il ne veut pas que je souffre.

— C'est trop tard, je ne sais plus ce que je veux.

— Ne dit pas de bêtises. Ce que tu voulais depuis longtemps c'est ce mariage.

— Mais tellement de choses ont changé en si peu de temps. Tu voulais que je le dise et bien je te le dis, JE T'AIME.

— Je t'aime aussi, mais nous ne pouvons pas. C'est à moi d'être raisonnable à présent.

Il prend mon visage entre ses mains et m'embrasse.

— J'en profite, c'est peut-être la dernière fois que je peux le faire avant ton mariage.

Je me jette à son cou, l'embrasse en ne retenant pas mes larmes. Notre baiser dure une éternité.

— Allons-y, ta sœur et ton amie vont nous faire une crise cardiaque.

Nous remontons tous les deux dans nos voitures respectives. Nous prenons la route.

Il monte avec moi dans l'appartement, en l'absence de Dimitri, c'est évidemment plus facile. Il fait la connaissance de mon amie d'enfance, qui tout en lui serrant la main, lui dit « oui maintenant je comprends mieux »

Je m'endors sur ses genoux dans le fauteuil, il me prend dans ses bras pour me mettre au lit.

— Je ne veux pas que tu partes.

— Je reste jusqu'au moment où Dimitri arrive, ensuite je pars.

Je prends ses bras pour m'envelopper de lui, mon dos contre son torse, ses doigts froids frôlent mes cheveux.

Je ne sais pas quelle heure il est, mais il me dit.

— Je te laisse, il arrive, à bientôt mon amour.

— Ne part pas.

— Il le faut maintenant, nous nous reverrons au mariage.

Je ne sais pas comment il est sorti, ni par où, en tout cas il est resté jusqu'au dernier moment car Dimitri n'est entré dans la pièce que quelques secondes après, enfin c'est ce qu'il me semble.

— Es-tu réveillée ?

— Oui, tu fais beaucoup trop de bruit.

— Désolé.

— Au fait, je ne sais pas ce qui s'est passé tout à l'heure, Robby est parti super vite après un coup de téléphone, on ne l'a plus revu.

— Il avait sûrement un rendez-vous. Que veux-tu que je te dise, je ne sais pas plus que toi où il a pu aller.

Je sais mentir, mais je me trahis en réagissant comme ça.

— Je me suis dit que tu saurais peut-être, vous n'avez pratiquement pas de secrets l'un pour l'autre.

— Ce n'est pas pour ça que je connais sa vie privée. Tu sais nous sommes peut-être proches, j'admets connaître beaucoup de choses sur sa personne, mais je ne joue pas non plus la concierge de service.

— Je me disais juste que… non laisse tomber, rendors-toi.

— C'est bien ce que je compte faire. Je tombe de fatigue, au fait est-il tard ?

— Pas loin des cinq heures du matin.

— C'est bien ce que je pensais, je vais me rendormir, à demain.

— Oui à demain, plus que deux jours et nous serons liés à tout jamais.

Je passe une journée mouvementée le jour suivant. Les préparatifs du mariage deviennent lourds, mes pouvoirs ne me servent pas à grand-chose.

Je suis avec Kika chez la fleuriste, pour la finition des compositions florales, ainsi que pour le bouquet que je porterai, je crois que personne n'a vu une mariée aussi peu intéressée.

Nous nous rendons ensuite au magasin de vêtements pour essayer la robe, il est certain qu'elle me plaît, Dimitri s'est souvenu que je l'aimais bien, nous avions été l'essayer il y a plus ou moins trois ans. La robe est couleur blanc cassé avec une traîne mi-longue, tout le contour est brodé de fleurs bordeaux, ainsi qu'une légère partie de la traîne, le décolleté est carré, avec les mêmes broderies.

— Nell, Robby à apporter ça pour toi, il me dit de te dire qu'il s'excuse d'être parti si vite cette nuit, mais qu'il manquait de temps.

— Merci, dans la main je tiens une lettre, sa lettre.

Mon amour,
Je t'écris cette lettre pour m'excuser, mais c'était moins une qu'il arrive et que je sois encore dans la chambre.

J'espère que ta Robe te va bien, je viendrai te voir juste avant le début de la cérémonie, j'ai entendu dire que tu seras dans une pièce seule enfin sans lui pour t'apprêter.
Ne soit pas trop anxieuse, courage.
P.S. : J'ai aimé que tu me le dises hier.
À très bientôt, c'est long sans toi.
Robby

Je reste soucieuse à la lettre que je viens de lire. Le temps est long sans lui. Mais quelque chose me motive depuis la lettre, il sera près de moi avant la cérémonie, je profiterai de lui une dernière fois.

Nous voilà au jour-J, plus que quelques heures avant le mariage, je ne peux pas dire que je ne veux pas de ce mariage mais j'ai cru avoir plus de temps pour analyser mes sentiments.

Je prépare avec Bess et Kika, tout ce qu'il me faut, nous montons en voiture et prenons la route en direction de l'église où tout le monde nous attend.

La pièce où je m'apprête est située à l'arrière de l'église, j'enfile ma robe. Je demande aux personnes présentes de me laisser seule. Juste Kika reste plus longtemps.

— Est-ce que tout va bien ? me dit-elle avec un air sincère et complice.

— Oui je crois, j'ai juste besoin d'être seule, je dois mettre de l'ordre dans mes idées, je n'ai pas prévu tout ce qui s'est passé dans ma vie ces dernier mois.

— Je m'en doute, si tu veux je ne serai pas loin.

— Je te fais signe, en tout cas merci.

— De rien c'est à ça que servent les amies.

Elle me laisse seule, j'en profite pour réfléchir, j'ai beau tourner tout ça dans ma tête encore et encore, je ne trouve pas d'autre solution raisonnable.

La seule personne pour qui je dois être raisonnable est Arwenn.

Debout devant la fenêtre, je contemple l'horizon, j'essaye tant bien que mal de ne pas penser.

— Tu es magnifique. Me dit Robby.

— C'est gentil, j'ai cru que tu ne viendrais pas.

— Je n'aurais raté ce dernier moment à deux pour rien au monde.

— Pourquoi me dis-tu ce dernier moment ?

— Car après tu seras mariée au père de ton enfant. Tu vas me manquer.

— Je ne veux pas te perdre.

— Et je ne veux plus te faire de mal. je serai présent dans ta vie, comme un simple ami. Je ne franchirai plus la barrière.

Sur ces mots, mon cœur se sert tellement fort, que ma respiration s'en coupe. Il me regarde, ne m'approche pas. Il laisse une barrière entre nous, je me retourne vers la fenêtre, je ne sais pas quoi lui répondre, je reste sans voix.

Il me prend par le bras, se rapproche de moi, vient doucement frotter son nez sur le mien et me dit.

— Tu resteras à jamais dans mon cœur, dans mon esprit.

— Tu resteras à jamais gravée dans mon âme.

Soudain, sans réfléchir plus avant, la tension étant très forte, il laisse sa bouche venir se coller à la mienne, son baiser ressemble plus à un baiser d'adieu qu'à autre chose. Sans que je puisse réagir il quitte la pièce, me laissant là derrière lui.

— Nell ?

— Oui Kika !

— Il est l'heure, ça a été avec Robby ?

— Je ne suis pas sûre, je pense qu'il est venu me dire au revoir.

— Ho, ma belle, ne t'en fais pas je suis certaine qu'il sera toujours présent pour toi.

Je ne voulais pas répondre à ça, ne sachant pas.

— Allons-y, ils vont croire que je me suis enfuie.

Au moment où je franchis les portes de l'église tout le monde se lève, mais mon regard n'est attiré que par une seule et unique personne, l'homme aux côtés de mon futur mari, Robby.

Pendant toute la cérémonie, je n'ai su faire autrement que de le regarder, j'essaye de ne pas le faire, mais c'est trop dur même en regardant Dimitri c'est encore lui que je vois.

Le départ pour notre voyage de noces est prévu plus ou moins deux heures après la cérémonie, notre fille restera pendant une semaine chez ma mère le temps du voyage, ça va être long sans elle. Nous partons pour la République Dominicaine.

Après l'église, il y a un dîner de prévu avec les personnes les plus proches de nous.

Avant de passer au dîner, je me change, Gillian m'a trouvée une robe en lin identique à ma robe de mariée, je pense qu'elle l'a fait faire et qu'elle ne me le dit pas.

— Où est Robby ? ai-je demandé à Kathlyn.

— Il avait certaines choses à faire, me dit-elle, en me parlant par pensées elle me fait aussi remarquer que Dimitri écoute.

— Je pense que c'était trop dur pour lui, me dit Andrew une fois Dimitri parti.

— Ok, peux-tu lui remettre un message pour moi, dis-lui qu'il me manque, et que je l'aimerai longtemps, très longtemps, il a bouleversé des choses dans ma vie qu'une personne normale pourrait oublier mais pas moi.

Le dîner est long, les deux heures me paraissent une éternité. Peu avant notre départ, je demande à Kathlyn de m'accompagner faire un tour, je lui remets une lettre pour Robby qui dit :

Robby,
Je me doute à quel point cette journée a été difficile pour toi,
Sache que pour moi aussi, car même si j'aime l'homme avec qui je suis mariée actuellement, tu seras toujours dans mon cœur, tu m'as fait connaître des parties de ma personnalité que je ne connaissais pas.
Merci d'avoir été là pour moi, merci de m'avoir fait confiance pour me dire qui tu es réellement.
Tu es l'homme, l'amour, l'être dont j'ai toujours rêvé.
Tu es exceptionnel.
Je t'aimerai pour l'éternité, pour ton éternité.
Nell

— Je lui remettrai ne t'en fais pas, essaie de passer un bon séjour, on se revoit à ton retour. Tu sais, Robby a beau être mon frère, il savait que tu étais avec quelqu'un quand il t'a retrouvée, tu n'as pas à culpabiliser.

— Je ne culpabilise pas, je me suis rendue compte que je l'aimais réellement d'un amour sincère, peut-être même plus que Dimitri.

— Je comprends. Maintenant tu ne sais plus revenir en arrière, il ne t'aurait de toute façon pas laissé gâcher ta vie de famille pour lui.

— Je sais, c'est ce qu'il m'a dit.

— Allez, file maintenant ton avion va décoller.

— Merci.

Nous partons pour l'aéroport, notre avion est prévu dans une heure. Nous patientons dans la salle d'attente de l'embarquement.

— Nell, je vais chercher à boire, tu veux quelque chose.

— Non merci je t'attends ici.

Mon regard est attiré par quelque chose, ou plutôt par quelqu'un, Robby est là, loin derrière tout le monde. Son regard est plus triste que jamais, je pense que le mien ne doit pas être mieux. Il me dit quelque chose mais je suis beaucoup trop loin je n'entends pas. Il fait demi-tour, part, sûrement parce que Dimitri est déjà de retour avec sa boisson.

— Tu vas bien madame Lefèvre. Me dit-il ?

— Oui, je n'arrive pas encore à réaliser que nous sommes mariés, c'est bizarre d'entendre madame Lefèvre.

— Tu t'y habitueras. En route nous y allons

Notre avion décolle, il quitte le tarmac et je me rends compte que c'est la fin d'une histoire, la page est tournée.

Chapitre 13 :

L'ADIEU

À notre retour, nous passons plus d'une heure à attendre nos bagages, j'ai hâte de retrouver Arwenn, j'ai pourtant téléphoné tous les jours, mais ce fut pénible sans elle.

Nous partons directement la chercher, nous expliquons notre voyage en long et en large à mes parents qui nous informent au passage qu'ils partent dans plus ou moins deux mois chez ma sœur. Leur séjour a dû être reporté à cause du travail de mon père, ce qui veut dire que je vais profiter à fond de ma fille pendant ce laps de temps étant donné qu'elle part en vacances avec eux.

Quant à ma sœur elle devrait partir d'ici deux semaines pour préparer leur arrivée, aussi peut-être parce que son mari lui manque et qu'elle a déjà bien assez fait pour nous.

Dimitri m'informe qu'il nous dépose à la maison, mais qu'ensuite il part au bureau, une montagne de courriers doit certainement l'attendre.

Je suis avec Arwenn, nous rangeons les bagages, je l'embrasse tout le temps, tellement heureuse d'être enfin près d'elle. Mon téléphone se met ensuite à sonner, je cours le chercher en espérant avoir Robby au téléphone mais ma joie s'envole vite, c'est Dimitri qui essaie de me joindre.

— Allô.

— Oui est-ce que tu as eu des nouvelles de Robby ?

— Non, pourquoi ? Je devrais en avoir ?

— Je ne sais pas, il a laissé un mot pour me dire qu'il était venu travailler jusqu'à ce matin et qu'il arrête de travailler pour moi aujourd'hui, il veut voyager, voir du pays.

Je ne sais pas pourquoi mais je m'y attendais, je ne sais pas quoi dire, j'ai le souffle coupé.

— Tu es toujours là ? Nell ?

— Oui, pardon je réfléchissais non pas de nouvelles, je pensais aller dire bonjour à Kathlyn, je te tiens au courant.

Je ne fais ni une, ni deux, je raccroche le téléphone, mets la veste à Arwenn, prends la voiture et nous mettons en route pour aller chez Robby.

Je roule un peu trop vite, mais je veux savoir ce qui se passe. À notre arrivée Andrew et Aline nous attendent sur le perron.

Sans leur laisser l'occasion de me dire bonjour, ou autre chose, je leur demande ce qui se passe.

— J'ai eu Dimitri au téléphone, il me dit que Robby est parti est-ce vrai ?

— Oui, nous partons aussi, me dit Andrew sans oser me regarder dans les yeux.

— Quoi ? Pourquoi ? Pourquoi est-il parti ?

— Il ne voulait plus mettre des désaccords dans ta tête, il pense avoir déjà fait trop de dégâts.

— C'est complètement absurde… qu'as-tu dit, vous partez aussi ?

— Oui, il veut que nous partions aussi.

— Mais tu ne vas pas partir en laissant Aline, elle t'aime, ne lui fait pas un sale coup.

Plus aucun des deux ne me regarde à présent, je comprends je fais même fuir Aline, c'est de mieux en mieux.

— Ok, je comprends par ma faute même mon amie doit partir. Ok, Aline jette un œil sur la puce tu veux, je dois dire au revoir aux autres.

Je rentre dans la villa où m'attendent au salon les parents de Robby ainsi que ceux de Kathlyn.

— Nous sommes désolés que ça tourne ainsi, nous ne pouvions pas savoir.

— Ne t'en fait pas Gillian, c'est certainement mieux ainsi.

— Il a laissé quelque chose pour toi, une lettre et un paquet.

— Je ne les ouvrirai pas je ne veux pas, c'est déjà suffisamment dur comme ça.

— Prends-les, me dit Matthew, tu changeras peut-être d'avis.

— Ok, pour vous faire plaisir mais je doute que je l'ouvre, à quoi ça va me servir de ressasser.

J'ai vu la tête de Kathlyn changer, a-t-elle lu dans mes pensées, zut, zut et rezut, pourquoi est-ce que je pense à ça maintenant.

— Nell, non, ce n'est pas vrai, tu attends un bébé.

Le regard de ses parents a changé du tout au tout, je perçois du questionnement dans leur regard.

— Crie-le encore plus fort, la ville ne t'a pas entendue, pardon de réagir ainsi mais je ne voulais pas que ça se sache.

— Pourquoi c'est merveilleux non, tu vois en fin de compte tu as fait le bon choix de te marier.

— C'est ce que tu penses ! À vrai dire je ne sais pas s'il est de lui ou pas ?

— De qui de lui ?

— De ton frère, andouille.

— C'est pas possible, ne dit pas de bêtises, il ne sait plus donner la vie.

C'est à ce même moment que son père intervient.

— Ne pense pas ça, certains de notre espèce ont déjà eu des enfants. C'est rare mais ça arrive, étant donné que Nell à certains dons pour attirer les trucs étranges ça ne m'étonnerait pas.

Mes doutes sont donc bien fondés, si l'enfant est de Robby c'est peut-être normal qu'on ait déjà détecté la grossesse.

— Quand j'ai été chez le médecin, et qu'il m'a dit de combien de temps j'étais enceinte, j'ai directement pensé à lui, mes rêves me l'ont montré avant que je ne le sache. Le jour où nous avons… enfin tu vois c'est dans les dates dites par le gynécologue. Je ne savais pas que c'était possible, je me suis dit que ça devait être avec Dimitri quand il est rentré. Et pourtant mes rêves me disent bien que c'est Robby, encore maintenant.

— Mais pourquoi ne lui as-tu pas dit, bon sang Nell.

— Je ne veux pas qu'il le sache, tout s'est enchaîné tellement vite. Promets-moi de ne rien lui dire, promets-le. Promettez-le tous.

— On te le promet, m'ont-ils tous répondu.

— Mais je ne comprends pas pourquoi tu ne veux pas lui dire. Me dit Matthew.

— S'il est parti c'est qu'il a de bonnes raisons, je ne veux pas non plus qu'il reste s'il se sent obligé. Personne de vous ne devra divulguer le secret. Sur ce je vais y aller. Je vous embrasse tous les trois et merci.

— De rien, peut-être à bientôt.

— J'en doute. Au revoir.

Je les embrasse tous les trois, je prends ce que Robby à laisser et je fais marche arrière.

Je passe devant Andrew et jette dans le coffre le paquet laissé pour moi, que ça casse est le dernier de mes soucis.

Je me dirige vers mon amie, je la prend dans mes bras, je ne peux lui en vouloir ce n'est pas parce que je foire tout, qu'elle doit se priver pour moi.

— Tu me manqueras, ma belle Aline.

— Toi aussi fais attention à toi, tâche de rester en vie.

— Tant que je le peux, toi aussi fais attention, je sais que tu ne risques pas grand-chose.

Andrew à bientôt, prend soin de toi.

— Tu me connais, je vais toujours bien.

— Je vous laisse, je ne veux pas rester plus longtemps.

Nous remontons en voiture, je roule à l'aveuglette, je ne veux pas rentrer, je m'effondre sur le volant, je pleure tellement que je n'en vois plus la route. Je me mets sur le bas-côté, j'essaie de remettre mes idées dans l'ordre des choses.

Je décide finalement de retourner chez ma mère, au moins j'y verrai ma sœur et ma famille.

Toutes les deux ont vite compris qu'il était parti, ma sœur lui a expliqué en mon absence la relation que j'entretenais avec Robby. Elle comprend mieux nos réactions et nos attitudes.

— Pourquoi ne m'as-tu rien dit avant ton mariage, me demande ma mère.

— Je ne sais pas, j'aimerais que l'on parle d'autre chose si tu le veux bien, tout est rentré dans l'ordre des choses, il paraît que c'est mieux ainsi. N'en parlons plus.

— Si tu le souhaites. Que vas-tu faire aujourd'hui ?

— Je ne sais pas je pensais rester ici, en tout cas une partie de l'après-midi.

Je me mets dans le fauteuil, les heures tristes sont longues, très longues.

Je regarde Arwenn et ma sœur jouer, ma mère faire à manger, mon père travailler.

— Est-ce que tu manges avec nous, me demande ma mère.

— Pourquoi quelle heure est-il ?

— Dix-huit heures trente ?

— Déjà, peut-être que la puce mangera avec vous moi je n'ai pas très faim, tu sais téléphoner à Dimitri et lui demander dans combien de temps il a fini.

— Je le fais, me dit Bess.

La conversation téléphonique est courte. Je comprends directement qu'il n'est pas près d'avoir fini.

— Il me dit que vous ne devez pas l'attendre, il a énormément de boulot. Il demande aussi si tu as des nouvelles de Robby, il attendait de tes nouvelles.

— Mince j'ai oublié, je n'y ai plus trop pensé. Je lui expliquerai quelque chose ce soir, j'inventerai.

— Nell, ma chérie, me dit ma mère d'une voix douce et calme, il faut que tu manges.

— Je n'ai pas faim pour le moment, j'ai l'estomac noué, ne faites pas attention à moi, mangez. Je viens près de vous mais je ne mange pas.

Après le dîner, nous rentrons à la maison avec Bess. Je mets Arwenn au lit et revient m'installer près de Bess.

— Alors que s'est-il passé ?

— Il a préféré partir pour mon bien et pour le sien, il pense avoir fait beaucoup trop de dégâts ici.

— Lui as-tu dit pour le bébé.

— Non, mais Kathlyn a lu dans mes pensées, ils savent tout, sauf lui.

— Ils vont certainement lui dire, il reviendra. En plus tu n'es même pas sûre qu'il soit de lui et comme tu m'as dit ça ne peut pas arriver.

— Et bien figure-toi que son père nous a expliqué que ça arrivait, c'est rare mais ça arrive. Je leur ai fait jurer de ne rien lui dire.

— Pourquoi leur as-tu demandé ça,

— Pour diverses raisons et je ne suis pas certaine d'en connaître moi-même les raisons. Je n'arrive déjà pas à me faire à l'idée moi-même que je sois enceinte de lui alors, le fait qu'il soit parti est encore moins possible dans ma tête. Il y a certaines raisons que la raison ignore et c'est mieux ainsi pour le moment.

— Quand je serai rentrée en France, si tu as besoin de moi n'hésite pas à me téléphoner ou venir me voir.

— Je ne sais pas encore j'ai beaucoup de choses à régler ici, en plus Kika est revenue, je ne peux pas partir.

Le soir même Kika vient chez moi. Je lui demande de ne pas parler de Robby et de sa famille, je ne veux plus en parler pour le moment.

Vers vingt-trois heures, je la dépose chez elle, nous avons parlé du voyage, de mes parents, nous avons fait tout ce que nous pouvions pour ne pas parler du sujet tabou.

À mon retour Dimitri est rentré, Bess prend les devants en ce qui concerne mon oubli téléphonique, ce qui me permet d'échapper au questionnaire de Dimitri. Il me fait remarquer qu'il lui manquera, qu'il faisait bien son boulot et que du coup il se retrouve sans personne pour le remplacer au pied levé. Je ne fais pas fort attention à la conversation que je clôture en allant me coucher prétextant la fatigue du retour.

Deux semaines plus tard, je dis au revoir à ma sœur, je l'accompagne à l'aéroport. Ces derniers temps je ne vis qu'avec des au revoir et des adieux. Je sais que ce moment devait arriver mais c'est tellement difficile de le dire encore.

Kika me prend par le bras et me dit.

— Ne t'en fais pas, je ne partirai pas moi. Je reste là.

— Il ne reste plus que nous.

— Tu oublies Romain. Il est toujours là lui.

Elle a raison, lui est encore là, avec sa discrétion légendaire, j'aurais presque fini par l'oublier.

Chapitre 14 :

HAYDEN

Dans une semaine et demie, ça fera deux mois que Robby et sa famille sont partis. Les choses en sont toujours au même stade dans ma tête des questions auxquelles je ne sais pas répondre, des doutes, des craintes.

Quand à mes parents ils s'inquiètent pour moi, j'ai perdu ma joie de vivre quand il est parti qui n'arrive pas à revenir, je remonte la pente petit à petit, je la remonte grâce à ma fille qui est plus adorable que jamais et grâce à mon mari qui voit que je ne vais pas super bien. Il remarque certaines choses mais ne m'en parle pas, il préfère se confier à Romain qui écoute et qui ne dit rien.

Je ne dis toujours pas à Dimitri que j'attends un bébé, je ne veux pas le dire pas pour l'instant nous verrons plus tard. Il me dit que cette après-midi il y aura une surprise pour moi chez ma mère, quelque chose qui me fera plaisir. J'ai beau lui répondre que je ne veux rien, que je n'ai besoin de rien, je lui dis que j'ai tout ce qu'il me faut, mais il insiste. Je lui fais plaisir, je vais voir.

— Nell, me dit Dimitri, je vois depuis un certain temps que quelque chose ne va pas, tu n'es plus la même. Que puis-je faire pour t'aider ?

— Ne t'en fais pas, lui ai-je répondu. Je vais bien.

— Je sais que tu ne vas pas bien, je le remarque de plus en plus depuis le départ de Robby.

L'entendre prononcer son nom, agit comme une flèche qui transperce mon cœur, la blessure fait mal même après tout ce temps. Je fais la moue, je ne réponds pas, je ne le regarde pas. Il prend mon visage dans ses mains me regarde et me dit,

— Écoute, je sais qu'entre toi et lui il n'y avait pas que de l'amitié, quelqu'un qui veille sur toi comme il l'a fait, et je l'en remercie encore, ne peut être qu'amoureux, tout ce que je souhaite, quand tu te sentiras prête bien sûr, c'est que tu m'expliques ce qu'il y a eu entre vous. Mais quoi qu'il en soit, je peux comprendre votre relation, je n'étais pas beaucoup présent pour toi.

— Assieds-toi, lui ai-je demandé calmement, je vais t'expliquer maintenant sinon je pense ne plus trouver le courage pour le faire.

— Tu es certaine !

— Oui certaine, je te dois bien ça. Et de toute façon je pense que je me sentirai beaucoup mieux une fois que tout sera dit.

Je l'ai aimé, je pense toujours l'aimer, j'en suis désolée, mais je t'aime toi aussi. Et c'est pour ça quand tu m'as demandé de t'épouser, je suis tombée de haut car je ne m'y attendais pas. Mon choix s'est porté vers toi pour diverses raisons, premièrement tu es le père de ma fille, deuxièmement nous en avons parlé et nous nous sommes mis d'accord que c'était mieux ainsi.

Tu sais il m'aime depuis des années.

— Comment ça vous vous connaissiez avant ?

— Oui, je ne m'en souvenais plus, il me l'a rappelé, nous nous sommes connus quand j'étais encore à l'école. Je terminais mes études. Lui il se souvenait bien de moi. Nous avons tout fait pour éviter que cette relation ne dérape, mais j'ai perdu le contrôle, pardonne-moi.

— Je te pardonne, est-ce pour ça qu'il est parti ?

— J'en ai bien peur, je suis contente que tu sois au courant.

Bien sûr je ne lui explique pas tous les détails, ça il ne le comprendrait pas.

— Je suis content que tu aies eu le courage de m'en parler, en tout cas maintenant je peux comprendre qu'il t'ait offert un tel cadeau.

— Je me doute que ce n'est pas facile pour toi d'entendre tout cela, je suis aussi consciente de ne plus être la même car il a bouleversé ma vie, je ne serai peut-être plus jamais comme avant après ça, mais je peux te promettre de faire mon possible pour redevenir celle que j'étais.

— Tu es très bien telle que tu es maintenant.

Après m'avoir prise dans ses bras et m'avoir réconfortée, je ne peux que me rendre compte que c'est un homme merveilleux et génial. Jamais je n'aurais imaginé qu'il le prendrait comme ça, tel quel, pas de crise, pas de cris mais de la compréhension, de la gentillesse.

— Tu n'oublies pas d'aller chez ta mère tout à l'heure ?

— Vers quelle heure dois-je être présente ?

— Sois là pour seize heures, je te rejoindrai. Je dois encore aller travailler. Au fait, si tu veux que j'appelle Robby pour que vous puissiez en parler dis-moi.

— Non laisse comme ça, c'est bien mieux pour tout le monde, ce qui devait être dit entre nous est dit. Mais si le besoin s'en fait sentir je te le dirai merci.

Cette conversation ranime la plaie, en même temps je me sens apaisée de pouvoir enfin en parler. Que peut-il bien faire en ce moment, pense-t-il à moi ? Je ne saurai jamais. Je pense même ne plus jamais avoir de ses nouvelles.

Dimitri est parti, Kika rend visite à sa famille, Arwenn dort. Quant à moi je ressasse, je dois encore attendre pour partir chez ma mère, je tourne en rond, je me rends devant l'ordinateur, je regarde la télévision mais je n'arrive pas à me le retirer de la tête. Même la fenêtre me fait penser à lui, le jour où je me suis coupée. Tant de souvenirs me reviennent en mémoire.

La vie n'est pas facile surtout quand on attire l'irréel à soi, je n'ai jamais pu croire qu'une telle aventure puisse m'arriver et quand je la vie je regrette que tout ne soit plus comme avant, simple.

Arwenn est réveillée. Nous nous mettons en route, Rendez-vous chez mes parents, pourquoi, que m'attend-il. Je n'ai même pas le temps de sonner que l'on nous ouvre déjà, ma mère guettait sûrement notre arrivée.

— Ferme les yeux, me dit ma mère.

— Pourquoi ?

— Écoute-moi et fais-le, tu ne vas pas le regretter.

Une partie de moi espère que la surprise tant attendue soit Robby, mais je peux toujours rêver il ne reviendra plus.

Bonjour me dit une voix que je connais mieux que n'importe laquelle.

— Hayden, m'écriais-je en lui sautant au cou.

Hayden est un ami de longue date, il est plus qu'un ami, c'est un ancien petit ami avec qui je n'ai pas fait un long parcours, mais à l'époque entre nous c'était comme un aimant que l'on met sur un frigo, quoi qu'on fasse nous nous retrouvions toujours ensemble.

À l'époque nous avions mis fin à notre relation afin de ne pas briser cette amitié qui nous unissait, aussi car c'est un ami à ma sœur et nous ne voulions pas de dispute entre eux au cas où ça aurait dû ne plus aller entre nous. Ces yeux bleus, son teint mat, ainsi que ses cheveux légèrement crollés me manquaient, je ne me souvenais plus de ses traits comme ça, ça va faire plus ou moins six ans que nous nous sommes plus vus.

— Comment vas-tu ? me dit-il. Laisse-moi te regarder. Tu es superbe.

— Que fais-tu ici ?

— C'est ton mari qui m'a demandé de venir, j'aurais dû être là pour le mariage mais je n'ai pas su me libérer avant.

— Pourquoi t'a-t-il appelé ?

— Il m'a dit que ça n'allait pas trop fort pour toi, certains soucis entre autres, certains que ta maman m'a déjà expliqués en grande ligne.

Dimitri et Hayden s'entendent bien. Ils gardent le contact de temps en temps. Si Dimitri lui a téléphoné, c'est qu'il doit vraiment s'en faire.

— Tu sais tout ça est long comme histoire, tu te lasseras de l'entendre.

— Laisse-moi seul juge, nous avons tout notre temps car je reste dans les environs quelque temps. Allons faire un tour, je me suis déjà arrangé avec ta maman, elle garde ta merveilleuse petite puce pour toi. Au fait elle te ressemble énormément.

— Merci, tu m'as manqué, je suis heureuse de te voir par ici. Au moins un point positif ces derniers temps.

— Allons-y ! Je ne sais pas trop où nous allons mais dans un endroit où nous pourrons parler.

Nous montons en voiture quand il me dit.

— C'est une superbe voiture, j'aimerais que l'on me fasse un tel cadeau.

— Ne remue pas le couteau dans la plaie.

Il me dicte un itinéraire à suivre, nous nous retrouvons alors dans ce parc où nous nous sommes rencontrés la première fois, je n'y étais plus venue depuis longtemps.

— Te souviens-tu d'ici ?

— Comment pourrais-je oublier, me dirigeant vers un banc proche de nous, lui sur mes talons et lui dis, si Dimitri t'a téléphoné c'est qu'il s'inquiète réellement.

— Et si tu m'expliquais pour toi, les changements dans ta vie, enfin tout ce que je ne sais pas.

Je commence mon récit, il écoute sans rien dire comme Kika, à la différence que je ne pleure pas, je pense avoir épuisé les stocks de larmes pour un bon moment, mon récit prend un certain temps, je lui raconte également le changement pour moi, IFLIR, enfin tout ce qui a bouleversé mon existence si calme, sans lui épargner ce qu'est Robby. Je peux lui faire confiance, j'ai toujours pu lui faire confiance.

— Je ne comprends pas pourquoi il est parti si subitement. Se posa-t-il comme question. Je me serais battu.

— Ne dis pas ça, tu ne l'as pas fait non plus à l'époque, surtout qu'avec toi il n'y avait pas d'enfant en jeu, ici oui.

— La situation est différente, tu n'étais pas enceinte de moi.

— Ma mère t'a évidemment tout dit.

— Elle s'inquiète comprends-la, Dimitri ne sait pas, c'est peut-être mieux ainsi.

— Mais Robby ne sait pas non plus. Je sais j'aurais peut-être dû lui dire, mais je n'arrive pas à me faire à l'idée que je sois enceinte de lui. Je porte le bébé d'un Vampire, qui s'est barré par principe, il y a de quoi en perdre les pédales tu ne crois pas.

— Ne t'en fais pas, je suis là pour toi maintenant, je ne partirai pas tant que tu n'iras pas mieux.

— Et quand j'irai mieux tu partiras, ce qui revient au même.

— Ne t'en fais pas, je suis revenu ici pour un bon moment.

Nous nous promenons bras dessus, bras dessous, comme de bons amis, pas un geste déplacé, de bons amis qui ne se sont plus vus depuis longtemps.

Nous passons le reste de l'après-midi à discuter de tout et de rien. Je suis heureuse de le savoir près de moi. Il comprend à quel point mes sentiments sont forts envers l'homme qui a quitté ma vie, il dit des phrases réconfortantes, je me sens soutenue, ça fait un petit temps que ça n'était plus arrivé.

Au retour j'ouvre le coffre pour y prendre des affaires et je remarque que le cadeau de Robby est toujours là, dans un coin.

— Que fait ce paquet mal traité dans ton coffre, il en a ramassé plein la figure.

Il prend le paquet où se trouve toujours l'enveloppe accrochée avec le message écrit dessus : pour toi MA NELL.

— C'est de sa part à lui. Tu ne l'ouvres pas.

— Non et je ne compte pas l'ouvrir, je ne veux pas souffrir plus que je ne le fais déjà, ouvrir ce paquet n'arrangera rien.

— Il t'explique peut-être ses choix, le fait qu'il soit parti si précipitamment.

— Peut-être, mais il restera là, je lui prends le paquet des mains, et le renvoie au fond du coffre, sans me retourner, je demande qu'il ferme le coffre, comme ça la conversation est close.

— C'est vraiment un sujet épineux, hein ?

— Pour le moment la plaie ne veut pas se fermer, nous reparlerons plus tard du destin de ce paquet. Ok ?

— Pas de problème, madame. Au fait, pardon de ne pas avoir été là plus tôt pour t'épauler.

— Tracas, je suis déjà bien contente de te voir, je m'en remettrai de toute façon, je ne connais pas de plaies qui ne guérissent.

— J'espère que la tienne cicatrisera un jour.

— Aller vient, montons voir ma famille, tu leur as manqué, je ne vais pas t'accaparer dès le premier jour.

Ce soir-là, c'est la première fois depuis des mois que je remange correctement, ce que ma famille n'oublie pas de souligner. La soirée familiale est plus que gaie, Dimitri remarque directement le côté positif, il vient d'ailleurs me prendre dans ses bras, une étreinte que j'ai depuis longtemps fuis, que je recommence à accepter, me sentant soulagée.

Il fait noir, Dimitri me réveille, je ne le distingue pas, tellement le noir envahit la pièce.

— Que se passe-t-il ? Quelle heure est-il ?

— Rien ne t'en fais pas, il est six heures du matin.

— Hooo, laisse-moi dormir, on est rentré tard hier.

— Lève-toi marmotte, Hayden et moi avons une surprise pour toi. C'est une journée spéciale.

Dans la salle à manger m'attendent Hayden, Kika, Romain et Arwenn devant un bon petit déjeuner. Même si tout cela m'a l'air plus qu'appétissant, ils sont fous.

Il y a de tout sur la table, il y a surtout les personnes chères à mon cœur.

— Bon les gars, je suis très contente de ce petit déjeuner improvisé, mais je vais quand même vous fausser compagnie car mon lit m'appelle.

— N’y pense même pas me dit Hayden, tu restes près de nous pour manger ensuite tu iras prendre une douche et nous partons.

— Nous allons où ?

— Tu verras j’ai encodé l’itinéraire dans le GPS tu n’as qu’à nous suivre.

— Je suppose ne pas trop avoir le choix, je m’incline vous gagnez cette manche, encore une chose ce n’est pas parce que je n’ai pas mangé depuis quelque temps des repas corrects que je dois me rattraper ce matin. La dinde ce n’est pas pour maintenant.

Le petit déjeuner est formidable, nous avons rigolé près d’une heure, de ce que nous raconte Hayden. Nous les avons bien fait rire aussi en racontant des soirées que nous passions ensemble à l’époque.

Ce sont de réels bons souvenirs, par la suite, ils ne m’ont pas laissé le choix, Kika m’a emmenée à la douche, le temps que je me lave, mes vêtements sont préparés. Elle a déjà habillé la petite, son biberon vidé.

— Me voilà, alors on y va ou pas ?

— D’où te vient cette subite envie d’y aller.

— Je ne me suis pas levée pour rien, qui monte avec moi en voiture ? demandais-je pleine d’entrain.

— Les filles ensemble et les garçons ensemble, sauf si ça pose problème, mesdames. Me dit Hayden en me défiant.

— Pas de soucis, lui ai-je répondu aussitôt, de toute façon ma Volvo est plus puissante que votre voiture.

— Si tu le dis. Mettons-nous en route.

Nous montons en voiture, Hayden a tenu à attacher Arwenn lui-même, me disant qu’il avait des choses à rattraper.

J’ai vite reconnu la route, nous nous dirigeons vers la Côte. Notre trajet met moins d’une heure, il faut avouer que nous ne roulons pas très calmement non plus. Nous arrivons les premières au point de rendez-vous, les garçons ne sont arrivés qu’un bon dix minutes plus tard.

Je passe une journée merveilleuse, bien sûr et comme à chaque fois je valse dans l'eau, je ne m'attendais pas à une telle journée, je ne pensais pas non plus que c'était encore possible d'être heureuse comme ça.

En fin de journée nous allons au restaurant, le coucher de soleil est magnifique.

— J'espère que ça ne vous dérange pas mais j'ai envie d'aller promener au bord de l'eau, restés au chaud je reviens dans pas longtemps.

— Je t'accompagne me dit Hayden.

La route jusqu'au bord de l'eau est silencieuse, nous marchons côte à côte.

— Alors cette journée t'a-t-elle plu ?

— Oui formidable, ça faisait longtemps que je ne m'étais plus amusée ainsi. Merci.

— De rien, le principal est que ça t'ait fait du bien, tu ne penses pas.

— Oui encore merci vraiment, je n'oublierai pas de le dire aux autres, mais je sais que c'est ton idée.

— C'est pourtant Dimitri qui avait lancé l'idée mais il ne savait pas où aller, j'ai complété. Disons que c'est de nous deux.

Nous retournons au restaurant, où je remercie les autres en m'excusant de mon comportement de ces derniers temps.

Sur le chemin du retour, tout le monde dort dans les voitures, il ne reste que Hayden et moi qui conduisons. Nous jouons sur le chemin du retour, ce qui nous permet de rester éveillés à notre tour.

Les jours suivants se déroulent dans la même ambiance, Robby est toujours présent dans ma tête, plus que jamais, mais je me force à éviter d'y penser.

Le paquet est toujours dans mon coffre, pourtant une partie de moi aimerait que je l'ouvre, l'autre partie a tellement peur d'avoir mal qu'elle préfère le laisser où il est.

Je sens que ça démange Hayden de l'ouvrir et de savoir ce qu'il y a à l'intérieur. Je ne peux le laisser faire, car quand je saurai qu'il l'a ouvert, l'envie de savoir sera bien trop forte.

— À quoi penses-tu ?

— À rien Hayden, tu es de nature curieuse toi ?

— Je me demandais juste si tu y pensais encore.

— À quoi ? lit-il dans les pensées ou quoi ?

— À Robby.

Sur ce nom, mon cœur se brise encore, malgré le temps qui passe, ça reste toujours aussi dur pour moi.

— Tu y étais presque, je pensais au paquet et à l'enveloppe. Je me confirmais que c'est mieux de ne pas l'ouvrir.

— Si tu le dis, tu dois avoir raison. Sinon en changeant de conversation, j'ai l'impression qu'entre toi et Dimitri les choses s'arrangent.

— Doucement le calme reprend sa place, tu sais je n'ai quand même jamais vu quelqu'un d'aussi compréhensif, il sait que mon cœur aime quelqu'un d'autre que lui et il comprend, il est toujours là, plus que jamais.

— Il t'aime c'est tout, s'il t'a demandé ta main, c'est pour une bonne raison. Il est heureux de te savoir bien. Au fait où est Arwenn ?

— Avec ma mère, elles sont parties faire du shopping, comme tu venais j'ai préféré t'attendre.

— Si ça te tente, je vais au petit coin, ensuite nous les rejoignons.

On sonne à la porte, je me lève en disant à Hayden d'aller faire ce qu'il a à faire, car ensuite nous partons.

J'ouvre la porte et devant moi se trouve Andrew, je ne sais quoi dire, je reste là devant lui sans pouvoir, ni avoir le pouvoir de dire quoi que ce soit.

— Salut Nell.

— Que fais-tu ici ? Au moment où enfin je me remets de tout ce chamboulement, voilà que tu es là. Excuse-moi si je ne suis pas de très bonne humeur, comprends-moi.

— Je te comprends, ne t'en fais pas pour ça, je suis venu voir comment tu te portais.

— Si c'est Robby qui t'envoie, dis-lui que malgré la difficulté je vais bien. Et dis-lui aussi que je n'ai toujours pas ouvert son cadeau, je ne peux encore le faire.

Sitôt dit, il remballe son sourire pour me montrer une mine un peu plus triste. Ses pensées vont dans ce sens-là aussi, il est persuadé que je ne suis pas contente de le voir.

— Ok, pardon d'être venu. Je sens que c'est douloureux.

— Pardon, dis-lui…, que tu ne m'as pas vue, dis-lui qu'apparemment je suis en vacances, invente ce que tu veux, mais pour le moment je ne peux parler de lui sans avoir mal. Sur ce, je ne te chasse pas, mais je me préparais pour sortir.

— Je lui dirai que tu n'étais pas là. À bientôt j'espère, excuse-moi, excuse-le du mal qu'il a pu te faire.

Alors que je referme la porte, Hayden arrive derrière moi, il comprend vite que quelque chose vient de se passer. Je suis toujours face à la porte close.

— Qui était-ce ?

— Le frère de Robby est venu voir comment j'allais, voir si j'avais déjà ouvert le cadeau.

— Et que lui as-tu répondu ?

— Je lui ai dit de dire qu'il ne m'avait pas vue.

— C'est mieux ainsi, allez vient arrête d'y penser, nous allions partir, alors mettons-nous en route.

— Mais pourquoi, pourquoi envoie-t-il son frère, le pauvre je n'ai pas été très sympa avec lui.

— Il se doute que ce n'est pas facile pour toi il ne t'en tiendra pas rigueur. Prend ta veste et allons-y ?

— Merci. Lui ai-je dit encore dans mes pensées.

Je n'ai plus reparlé de ce qui s'est passé chez moi, nous les avons rejoint, elles font des courses, des achats de vêtements pour leur prochain départ chez Bess.

Heureusement que nous arrivons car ma mère dévalise les magasins pour la petite, elle en oublie d'acheter des vêtements pour elle.

Nous restons l'après-midi dans les magasins, Hayden et moi nous sommes éclipsés un moment en disant à ma mère que je devais aller aux toilettes.

Il m'a posé diverses questions en ce qui concerne mes pouvoirs, je lui ai expliqué que d'après Morgane ils sont supérieurs à ce qu'elle a déjà pu voir, mais que pour le moment je ne m'en sers plus trop, je n'ai plus l'occasion, de toute façon peu de gens autour de moi sont au courant donc vaut mieux éviter.

Il me demande si je pourrais lui faire une démonstration un de ces jours, ce que évidemment j'accepte. Ce sera un bon exercice pour moi en même temps, je lui propose de le faire quand ma fille sera en vacances, ce sera plus simple.

Au passage je lui dis qu'Arwenn suit mes traces, je lui explique ce qui s'est passé quelque mois plus tôt. Tout ce qu'il trouve à me répondre c'est « je t'ai dit qu'elle te ressemble », il n'a pas l'air de s'inquiéter plus que ça.

Les jours qui suivirent, je reste près de ma fille un maximum de temps, Dimitri est présent tous les jours, notre couple reprend forme petit à petit, cette complicité que nous avions à l'époque est de retour, j'en suis heureuse, en fin de compte Robby a raison c'est mieux ainsi.

Dimitri me dit tous les jours qu'il m'aime, qu'il sera plus souvent présent, pour moi et notre fille.

Souvent le soir nous restons dans les bras l'un de l'autre, il aide à ce que mon cœur puisse guérir et pour ça je lui en serai toujours reconnaissante.

Quand nous sommes chez nous avec Hayden et nos amis, je peux voir le regard et le sourire d'Hayden qui confirment que je vais mieux, moins de tristesse dans ses yeux quand il me regarde.

En ce qui concerne le passage d'Andrew, je ne suis plus revenue sur la question, faisant simplement comme si le mauvais rêve est passé.

Nous sommes tous à la maison, c'est l'une des dernières soirées que nous passons ensemble avant le départ de notre fille. Nous sommes présents ainsi que nos amis, je ne suis plus souvent seule, ce qui me permet de ne pas trop penser, je n'ai vraiment plus trop le temps pour ça.

Chapitre 15 :

NÉGLIGENCE

Nous y voilà, le jour J est enfin arrivé, Arwenn part tout à l'heure pour la France, je ne sais pas encore combien de temps mes parents comptent rester là-bas, ce que je sais par contre, c'est que si le temps me paraît trop long, j'irai la chercher.

Ils parlent de partir entre deux semaines et un mois, Dimitri trouve le délai aussi long que moi, mais s'y résout. Il me dit que ce sera un bon moyen pour que l'on se retrouve tous les deux, j'espère qu'il a raison. Ce serait bien si tout pouvait redevenir comme avant.

Hayden et moi allons chercher mes parents en début d'après-midi, Dimitri ne sait être présent, il se trouve qu'il a beaucoup de boulot aujourd'hui, je ne peux rien lui dire pour ça, car depuis notre retour, il a énormément laissé son travail sur le côté pour moi. Quand il a recommencé à reprendre les rendez-vous correctement mes parents ne nous avaient pas encore communiqué le jour du départ.

Les bagages sont bouclés, Arwenn joue avec Hayden, mon cœur devient lourd avec les heures qui passent. Je profite d'elle au maximum.

— Ça va Nell, me demande Hayden.

— Oui, les heures passent trop vite c'est tout.

— C'est certain, sans vouloir te décevoir nous devons partir, leur avion décolle dans un peu moins de deux heures, ils doivent être présents une heure à l'avance pour enregistrer les bagages.

— Je sais, préparons-nous, Arwenn vient mettre ta veste et ton bonnet.

Hayden s'est occupé de tout ce qui est bagages, moi d'Arwenn. Je prends mon téléphone et y compose le numéro de ma mère,

— Oui, maman, descendez, nous serons là d'ici une dizaine de minutes… ok… à tout de suite.

Je roule vraiment à mon aise, Hayden me regarde souvent, quant à moi c'est ma fille que je regarde dans le rétroviseur, si douce, si petite, elle sera bien là-bas.

Nous avons pris mes parents, je prends la route pour l'aéroport, ma mère se rend bien compte que ça devient dur pour moi.

— Ne t'en fais pas, tout se passera bien, me dit-elle alors que nous avançons vers le quai d'enregistrement.

— Je sais, c'est juste, que, non rien… laisse.

— Si dis-moi.

— Tout le monde part en ce moment. Lui ai-je répondu sans la regarder.

— Nous, nous revenons ne t'en fais pas, je pendrai soin d'elle, nous te téléphonerons tous les jours,

— Je sais que vous reviendrez, ce n'est quand même pas facile.

— Je m'en rends bien compte, Dimitri sera près de toi, ainsi qu'Hayden et tes amis.

— C'est certain qu'ils veilleront sur moi, ai-je dit en me retournant car je sens le regard d'Hayden dans mon dos, il me regarde en souriant.

— Hayden, dit ma mère, je te la confie.

Il acquiesce d'un sourire, je fais un énorme câlin à ma fille en lui répétant mille fois qu'elle me manque, qu'elle soit sage, que je penserai à elle tous les jours.

Nous les quittons ensuite car nous ne pouvons aller plus loin. Le retour à la voiture est calme, je m'efforce de retenir quelques larmes.

— Ils reviendront vite, me dit-il.
— Je sais, je sais, mais c'est plus fort que moi.
— J'ai une idée, tu te souviens que je t'ai demandé il y a quelque temps de me montrer ce que tu sais faire.
— Tu veux que nous y allions maintenant.
— Pourquoi pas, ce serait un bon exercice pour toi.
— Tu n'as pas tort, j'aimerais juste que nous allions voir si Kika veut se joindre à nous.

À notre arrivée chez elle, Romain est présent aussi, ils ont l'air angoissé et heureux de nous retrouver.

— Que se passe-t-il ? vous avez vu un mort.
— En quelque sorte, me dit Romain.
— J'ai loupé un épisode ou l'un de vous deux va me dire ce qui se passe.
— J'ai vu Blanche, nous dit Romain.
— Ne dit pas d'âneries, elle ne fait plus partie de ce monde.
— Pourtant je t'assure que c'était bien elle.
— Je te laisse le bénéfice du doute, Hayden vient, allons-y, je vais éclaircir tout ça car s'il dit vrai ça change beaucoup de choses, mais pas en bien.
— Tu veux que nous venions avec vous ?
— Pourquoi pas, mais si tu as raison pas d'imprudence, ok.

Je me dirige aussi vite que possible dans le bois où j'ai rencontré Blanche pour la dernière fois. Sachant très bien où je me rends, tous me suivent sans dire mot.

J'entre dans la maison, rien ! Mon tatouage ne réagit pas, pas de mauvaise magie dans les parages, mais quelqu'un est pourtant derrière moi.
— Que fais-tu ici mon amie, me dit Morgane.

— Ça vous arrive de montrer que vous êtes là et ne pas toujours apparaître dans le dos des gens.

— Excuse-moi, que me vaut cette visite, ça fait bien longtemps que je ne t'ai plus vue, me dit-elle tout en sortant de cette vieille baraque. La dernière personne que j'ai vue présente par ici, c'est ton Vampire.

— Tu en as de la chance, moi je ne l'ai plus vu. Je suis revenue de voyage et il était absent.

Pourquoi me parle-t-elle de lui maintenant, elle doit bien savoir qu'il n'est plus présent.

— Je sais pourquoi il est parti, nous avons parlé ensemble, il m'a demandé de veiller sur toi, il m'a expliqué les raisons de son départ. Je me doute que tu les connais déjà mais je peux peut-être t'éclairer un peu plus si c'est ça que tu es venue chercher.

— En fait non, Robby n'est pas le sujet de ma présence, le jeune homme que tu connais et que tu peux voir derrière toi me dit qu'il pense avoir vu Blanche dans les parages.

— Que me dit-elle Romain, ce n'est pas possible, depuis la dernière fois où Nell l'a combattue plus personne ne l'a vue, tu as dû te tromper, je ne sens pas son énergie non plus, peut-être une illusion.

— Je suis pourtant presque certain que c'était elle, mais si vous me dites que vous ne sentez pas d'énergie, vous devez avoir raison.

Je me sens un peu plus soulagée après ce que nous a dit Morgane, mais par contre, Robby qui est venu la voir, ça je ne le comprends pas.

— Alors Nell, tes pouvoirs comment se développent-ils ?

— Je n'en sais trop rien à vrai dire, je ne les ai pratiquement plus utilisés depuis la dernière fois.

— Je comprends, je ferais la même chose que toi dans ton cas.

— J'utilise la magie quand j'en ai réellement besoin sinon, je m'en abstiens, surtout avec Dimitri dans les parages, je ne veux pas qu'il sache.

— Que dis-tu d'un petit essai pour vérifier. Juste pour voir à quel stade tu en es, car même si tu ne l'utilises pas, tes pouvoirs et ton énergie continuent d'augmenter.

— J'ai pu m'en rendre compte avec le départ de Robby, lorsque je pense à lui et que mon esprit s'énerve, des objets valsent sans que je fasse quoi que ce soit.

Allons-y si ça t'intéresse.

— Reculez, demande Morgane à mes amis, allez-vous asseoir un peu plus loin ça risque d'être amusant, car je sens une énergie plus forte que la dernière fois.

Nous sommes l'une en face de l'autre, nous nous regardons, pas un mot ne sort de nos bouches étant donné que toute la communication se fait par l'esprit.

Elle essaye de me sortir de mes gons en me parlant de Robby, en m'expliquant son départ, les raisons qui l'on poussé à faire ce choix. Elle a bien choisi car c'est la seule conversation que je ne veux plus avoir.

Je constate que mes amis se questionnent, ils n'entendent rien, ne comprennent pas ce qui se passe en ce moment.

J'essaye de me contrôler, le fait d'entendre certaines choses à son propos, me met de moins en moins à l'aise car je ne sais pas ce que je ressens est-ce de la colère, un manque, je ne sais pas, mais ce que je sais c'est que mes pouvoirs réagiront par rapport à mes sentiments.

— Morgane, dis-je à voix haute, tu ne peux pas faire ça, pas lui ne me reparle pas de lui.

— Si c'est le meilleur moyen pour connaître tes connaissances psychiques. Son souvenir à lui et rien que lui pourra te pousser au plus profond de ton énergie. Pardonne-moi pour ce que je vais faire, je le fais pour ton bien, on ne sait jamais que Romain ait raison, si elle revient il faut que tes pouvoirs soient à leur apogée.

Je vois Robby, je le vois au même endroit où je me situe, je ne vois plus mes amis, tournant la tête j'aperçois Morgane qui s'approche de lui, j'entends et je le vois comme si j'avais été présente cette nuit-là ! Il commence son explication à mon propos.

Je ne me contrôle plus, en moins d'une minute me revoilà près de mes amis et de Morgane ma colère est mélangée à la tristesse d'avoir perdu cet être cher.

Je flotte dans les airs, les feuilles, les animaux ne touchent plus le sol tout comme moi, les arbres se balancent, le vent se lève, un orage gronde.

Maintenant c'est un combat mental contre Morgane qui commence, elle esquive toutes les attaques que je lui envoie, je me rends effectivement compte que mes pouvoirs sont plus larges et plus puissants que ce que j'avais imaginé. Notre échange dure un certain temps, sous les yeux de nos amis ébahis. Au bout de quelques minutes je me calme enfin, je fais redescendre tout ce qui était près de moi délicatement au sol.

— Pourquoi as-tu choisi cette méthode-là pour motiver mes pouvoirs ?

— C'est pourtant simple, j'ai pu lire en toi que tu ne voulais plus utiliser ce don exceptionnel, je n'ai trouvé que ça pour te motiver, pour faire revenir tes sentiments, j'en suis désolée, vraiment, je ne savais pas à quel point son départ a été dur pour toi.

— À vrai dire je ne suis pas certaine de m'en être remise, voilà pourquoi je n'ai pas voulu continuer ta vision la nuit de sa visite.

— Je peux comprendre, mais essaye de conserver tes pouvoirs, ils sont si précieux. On ne sait pas ce que l'avenir te réserve et mieux vaut que tu sois prête pour tout.

— Je sais tu as sûrement raison, je ferai un effort à l'avenir mais promets-moi de ne plus utiliser cette manière.

— Promis et toi, viens me rendre visite plus souvent. Nous pourrons ainsi continuer ton entraînement.

— Ok, nous n'allons pas tarder à présent, que penses-tu de l'évolution ?

— Magnifique, vraiment, ta puissance évolue de jour en jour, tu feras une grande enchanteresse, tout comme l'a été IFLIR.

— Sur ce, bonne nuit à bientôt.

— À bientôt mon amie, encore pardon.

Je fais signe à mes acolytes, nous retournons à la voiture. Tous me regardent bizarrement, je ne sais absolument pas décrire leur regard.

— Que se passe-t-il, leur ai-je demandé.

— Nous sommes tous un peu… un peu étonnés, nous ne savions pas que tu étais à ce point-là… puissante, me dit Kika.

— Si je peux te rassurer, la dernière fois que j'ai utilisé mes pouvoirs ils n'étaient pas développés à ce stade-ci. Je pense que les travailler de temps en temps n'est pas une mauvaise chose. Je propose que nous allions manger quelque chose car je meurs de faim.

— Pourquoi pas, me répond Hayden, j'ai assisté à un spectacle merveilleux.

— N'en fait pas tout un plat non plus, je suis certaine que tu te doutais que ce serait ainsi.

— Comment veux-tu que je me doute de quoi que ce soit, je ne t'ai jamais vue comme ça auparavant. Comment te sens-tu sinon, avec ce qu'elle t'a montré.

— Je m'en remettrai ne t'en fais pas. J'ai mis court à la vision avant qu'il ait pu exprimer sa volonté de partir, je ne veux pas connaître les réelles raisons qui l'on poussé à faire ce choix-là. Arrêtons d'en parler maintenant, mon ventre a faim.

Ça fait déjà une semaine que ma fille est partie chez ma sœur, quant à moi je m'exerce à contrôler mon don le plus souvent possible.

Je passe le plus clair de mon temps avec mes amis, je rattrape en effet tout ce temps passé loin de mon ami et le soir je le réserve à Dimitri, nous passons notre temps ensemble à parler de nous, nous sortons, nous allons souvent au cinéma comme un jeune couple, qui se cache dans les salles sombres du cinéma pour être proches. Il m'écrit souvent des mots doux qui sont souvent cachés dans les armoires, je les trouve en prenant des vêtements, mes céréalcs, enfin il est plus amoureux que jamais, je retrouve dans mon cœur les sentiments que j'ai eus pour lui avant que Robby ne fasse irruption dans ma vie.

Ce soir nous allons au cinéma, il y tient, s'il n'y a que ça pour lui faire plaisir pourquoi pas. En attendant que Dimitri rentre je reste près de Kika et Hayden qui ont, eux, prévu de passer la soirée ensemble devant un dvd.

— Vous allez voir quoi ? me demande Hayden.

— Je n'en sais rien, je pense que nous avons vu presque tout ce qu'il y a au cinéma.

— Nous on a le choix, nous avons loué trois films, un rigolo, un d'action, un romantique.

— Je vous souhaite une bonne soirée alors, je vais déjà descendre, je vais attendre Dimitri à l'extérieur.

— Tu es certaine il fait froid.

— Oui, certaine, je laisse ma voiture ici, je passerai la reprendre plus tard.

— Pas de soucis, quand tu veux, bonne soirée, m'ont-ils dit tous les deux à l'unisson.

Notre soirée au cinéma fut chouette, pour la première fois depuis plusieurs mois, je me permets un film romantique, je passe toute la soirée sur son épaule.

Nous sommes maintenant en voiture ma main sur la sienne, nous nous retrouvons enfin.

Ce qui se passe ensuite, fut violent, je n'ai pas le temps de réagir, tout ce passe si vite, je relève la tête, vois « la Dame Blanche » sur le bas-côté, au moment où nous entrons dans le carrefour le feu passe au vert, un camion nous percute de plein fouet, je sens que nous sommes traînés sur plusieurs mètres, je suis tellement sous le choc que plus un son ne sort de ma bouche. Je me retourne vers Dimitri… et là… là il est déjà trop tard, la vie semble déjà quitter son corps, il est toujours conscient mais perd beaucoup trop de sang.

Moi je vois très mal, ma vue est cachée par le sang qui coule, je me sens si faible.

— Dimit… Dimitri, réponds-moi, je ne te vois presque pas.

— Je suis là, me dit-il d'une petite voix, ne t'en fais pas, tout va s'arranger.

— Je ne suis pas aussi confiante que toi, je ne sais presque pas bouger, je perds beaucoup de sang, quant à toi ton pouls devient lent, de plus en plus lent.

Je peux lire dans son esprit qu'il fait tout pour que je garde mon calme mais je sens bien que tout ne va pas s'arranger comme il le dit.

— Quoi qu'il puisse arriver n'oublie pas que je t'aime, je t'ai toujours aimée, je t'aimerai toujours, mais il faut que tu te battes pour notre fille.

— Je n'y arriverai pas sans toi, je ne veux pas te perdre non plus, je ne m'en remettrais pas.

— Tu y arriveras pour Arwenn, je t'…

— Dimitri, Dimitri, non, Dimitri, non tu ne peux pas, reviens, non !!!! Ai-je crié en sanglots.

Je me couche sur son corps sans vie, mes yeux sont fermés, je sens mon esprit quitter mon corps, je ne suis plus dans la voiture, je suis dans les bois près de Robby et Dimitri. Tous deux me disent qu'il n'est pas l'heure pour moi. Quand je regarde Robby s'est son lui vivant que je vois pas son lui maintenant.

Après quelques instants, j'entends une autre voix familière près de moi, mais que je n'arrive pas à distinguer tellement mes oreilles bourdonnent, mon corps brûle de l'intérieur. Je ne sens plus la douleur de l'accident, juste tout mon être en feu, mentalement je me jette un sort de contre-douleurs, quitte à mourir autant le faire sans avoir mal.

— Nell, reviens à toi, Nell !!

— Morgane ?

— Oui ma belle c'est bien moi. Il faut que tu sortes de cette voiture maintenant.

— Non, non je ne peux laisser Dimitri là !

— Je suis justement venue pour lui, quand j'ai entendu le rire de Blanche dans la forêt, j'ai su qu'il était trop tard, je ne sais d'ailleurs pas comment ça ce fait que tu sois toujours en vie. Elle te disait morte aussi. Je suis là pour sauver son âme, je l'emmène à Avalon, il y sera en sécurité.

— Je te fais confiance, explique-lui tout ce que je n'ai pas su lui dire sur moi. Elle me disait morte ? je crois qu'elle a raison, je l'étais ou presque mais quelque chose m'a redonné vie. J'ai senti une sensation de brûlure que je n'ai plus grâce à un sort.

— Ton cœur ne bat plus ! Nell, tu n'es plus vivante, montre-moi l'endroit où tu as senti ta sensation de brûlure au départ.

Je lui montre mon cœur, ma poitrine, son regard devient blanc et limpide.

— Que se passe-t-il ? dis-moi ce que tu vois. Ma vue est encore tachetée de sang je ne vois pas tout.

— Une morsure, tu es l'une des leurs maintenant, tu te transformes en vampire. Si je peux te donner un dernier conseil en vitesse, afin de mieux gérer ton nouvel état jette-toi un enchantement, personne, même pas Robby ne pourra voir qui tu es réellement, tu n'auras pas autant soif grâce à ce sort tu pourras mieux gérer la situation, je vais commencer par jeter le sort moi-même, les secours ne vont pas tarder et il faut que tu sois humaine. Ensuite à toi de le faire tu devras apprendre à gérer la situation je ne peux plus te venir en aide maintenant.

— Je te remercie adieu.

— Adieu ma belle.

Je tire le corps de Dimitri hors de la voiture. Tout se passe si vite, les secours sont là, ils embarquent le corps de Dimitri, devant moi, je suis assise à l'arrière de l'ambulance, toutes mes blessures étant cicatrisées, il me demande de les accompagner à l'hôpital afin de faire des examens pour s'assurer que tout va bien. Je leur communique le numéro d'Hayden.

Je repasse cette fin de soirée dans ma tête, encore et encore. Qui a pu venir me sauver de cette manière-là au dernier moment. Les seuls vampires que je connaisse ne sont pas ici, ce n'est donc aucun d'eux.

Au fur et à mesure que la soirée passe, je me rends compte que mes sens évoluent, l'odorat, l'ouïe, la vue, tout devient plus net et plus précis, Morgane avait pourtant raison grâce à son sort je me contrôle, le sang me donne envie mais pas plus que ça. Je vais devoir apprendre à vivre cette nouvelle expérience.

Hayden et Kika sont venus aussi vite que possible me chercher. Jusqu'à notre retour à la maison, aucun son ne sort de ma bouche. Seuls les derniers moments de ma vie d'humaine sont présents.

— J'ai quelque chose à vous dire, mais vous ne devez surtout pas avoir peur de moi.

— Pourquoi…

— … ne me coupe pas Kika, il faut que je continue sur ma lancée, je ne suis plus moi, je veux dire, je ne suis plus vivante, je suis un… un…

— … un quoi, Nell, raconte-nous.

— Je fais partie de la même espèce que l'homme qui a quitté ma vie il y a de ça plusieurs mois.

— Tu es une Vampire, c'est ça que tu essayes de dire ? Et depuis quand ?

— Depuis ce soir, au moment où je mourrais, quelqu'un je ne sais pas qui m'a sauvée de cette manière-là, Morgane m'a jeté un enchantement pour que je gère la situation plus facilement, plus aisément. J'ai toujours besoin de sang, mais elle a raison ça ne me donne pas plus envie que ça, tout mon corps réagit comme si j'étais vivante mais je ne le suis pas, sans vous je ne pourrai jamais gérer ça !

— Je ne pense pas que nous devions te craindre, me dit ensuite Kika, si tu avais dû nous faire du mal, tu l'aurais déjà fait. Compte sur moi pour être près de toi. À la vie, à la mort nous deux. Me dit-elle en se levant et me prit dans ses bras.

Heureusement qu'elle est là, je ne saurais comment gérer cette situation sans aide ! Quant à Hayden lui ne pense pas grand-chose en ce moment, ce qui ne m'aide pas beaucoup pour savoir ce qu'il pense réellement.

— Évite quand même ça pour le moment, c'est nouveau pour moi, ce parfum, je ne sais pas jusqu'à quel point je me contrôle.

— Compte sur moi aussi, me dit Hayden. J'ai téléphoné à ta mère ce soir, elle te retéléphonera demain car Arwenn dormait. Ils reviendront le plus vite possible.

— Ok, je l'appellerai moi.

— Et que faisait Morgane sur les lieux de l'accident ?

— Elle a entendu Blanche revenir dans la forêt, elle a vite compris ce qui se passait.

— Je pense que ce sera trop dur pour toi mais explique-nous ce qui s'est passé.

Le regard de Kika est inquiet, inquiet car Hayden pose des questions qui ressassent l'accident. Elle guette mes réactions.

— Nous revenions du cinéma, tout se passait pour le mieux, nous étions au feu lumineux et quand il est devenu vert, j'ai vu Blanche sur le bas-côté, je n'ai pas eu le temps de réagir, je n'ai pas su le sauver, le camion nous a percutés de plein fouet au moment où je l'ai vu, c'était trop tard. Par ma faute, par mes secrets il est mort, mon mari est mort.

— Ce n'est pas de ta faute, même s'il aurait été au courant de ce qui se passait tu n'aurais rien pu faire et lui non plus.

— Je pense que tu devrais te reposer un peu, il y a de nouveaux beaucoup de choses qui se sont passées en peu de temps.

— Je n'ai pas vraiment envie de me retrouver seule, dès que je pense, je revois tout ce qui s'est passé, je vais rester près de vous quelques instants, ensuite si j'en sens le besoin j'irai m'allonger un peu.

Soudain, une terrible douleur au dos me fait tomber à terre. Kika se précipite vers moi et me dit :

— Ton tatouage change, le phœnix s'est déployé, il renaît.

— C'est plutôt normal comme réaction, il réagit à chaque nouvelle chose de sa vie, dit Hayden, étant donné qu'elle est morte mais vivante à nos yeux, le phœnix renaît de ses cendres.

Je parviens à me redresser, grâce à la douleur qui s'atténue beaucoup plus vite que les fois précédentes. Si être Vampire veut dire ne plus avoir mal alors je suis d'accord, ou est-ce encore le sort des contre-douleurs qui agit.

— Je pense que vous avez raison tous les deux, je ferais mieux d'aller me reposer, je vais aller m'allonger. Demain j'ai certaines choses à faire, je dois aller faire ma déposition à la police, je dois me rendre à la morgue, enfin voilà.

— Nous t'accompagnerons si tu le désires, je ne veux pas que tu vives ça toute seule.

— Merci Kika, merci à tous les deux. À plus tard.

— Où comptes-tu aller ?

— Chez moi Hayden, j'ai besoin de me changer, regarde-moi.

— Donne-moi tes clefs j'y vais, quant à toi tu restes près de Kika, nous avons déjà convenu que tu resterais chez elle ce soir.

Chapitre 16 :
L'ENTERREMENT

Comme prévu ma mère me téléphone le lendemain, le fait de l'entendre désolée et pleurer sur la mort de Dimitri ne m'aide en rien.

Elle me demande quand aura lieu l'enterrement, si j'ai déjà fait le nécessaire pour les démarches, je lui explique que non, j'ai seulement fait ma déposition à la police et donné les démarches à suivre pour l'inhumation. Elle me dit aussi que c'est un miracle que je n'ai rien, je lui réponds gentiment que pour le moment je n'ai pas envie de parler de ça que c'est trop dur pour moi.

Elle me dit d'être courageuse qu'ils reviendront au plus vite, qu'elle m'aime, qu'elle pense à moi.

Juste avant de raccrocher, elle me fait savoir qu'elle n'a encore rien dit à Arwenn, que vu son jeune âge elle ne comprendrait de toute façon pas.

Je raccroche le téléphone, je suis assise dans le fauteuil, je regarde à l'extérieur perdue dans mes pensées, toujours sur le lieu de l'accident, persuadée que j'aurais pu éviter ça.

Je suis seule avec Kika chez elle, Hayden est parti jusqu'à mon appartement chercher quelques affaires pour moi et pour la dépouille de Dimitri, il va les apporter à la morgue, il ne veut pas que je fasse ces démarches délicates, il dit que c'est trop tôt pour moi.

— Comment te sens-tu ?
— Patraque, je ne sais pas quoi penser ? Est-ce que tu crois que je peux avoir une vie normale comme toute autre personne. En moins d'un an j'ai appris que j'étais sorcière, je suis tombée amoureuse d'un vampire, je me suis mariée avec le père de mon enfant, qui est mort par ma faute et ma négligence, enfin pour couronner le tout je suis moi-même vampire alors que je devais mourir, je ne sais pas qui m'a sauvée. La seule chose de bien est le sort pour mieux me contrôler et ressembler à une humaine. Tu trouves que c'est une année normale toi, moi pas !

Colère, tristesse, questionnement, tellement de sentiments mélangés. Je me rends compte que je suis perdue, je ne sais quoi faire, je m'empêche de craquer, j'essaye d'être forte mais tout ça devient bien trop dur pour moi.

— Ce n'est pas de ta faute, la mort de Dimitri, tu n'aurais rien pu faire de plus, son âme est déjà en sécurité, tout ce qui s'est produit ces derniers temps tu n'y pouvais rien c'est le destin.
— Je ne suis pas si sûre de ça ! Si seulement je lui avais jeté le même sort qu'à Arwenn, le sort de protection, ça ne serait pas arrivé, mais le calme était revenu je n'ai pas pensé que c'était indispensable !! je ne sais pas quand, ni comment mais je te promets que je la retrouverai. Je ne laisserai plus jamais cette sorcière faire de mal à ma famille.

Kika tient un journal dans les mains, je pense qu'elle était prête à le lire au moment où nous avons entamé notre conversation.

— Ça te dérange si nous arrêtons la conversation, lit plutôt ton journal, moi je vais réfléchir à la meilleure chose à faire pour la suite, je pense que des changements s'imposent.

Elle me fait un clin d'œil et commence sa lecture.
Moi je me mets à la recherche du sort que Morgane m'a lancé, le meilleur moyen pour que je puisse gérer mon état, est que je sache me l'infliger et le retirer quand bon me semble.

— Nell… as-tu lu le journal ? tu es en première page !
— Quoi, c'est quoi encore !! ai-je dit tout en prenant le journal.

En gros titre on peut y lire « une jeune femme sort comme une miraculée d'un accident qui a coûté la vie à son mari et qui aurait certainement dû lui coûter la vie aussi » en dessous de l'article, on peut y voir ma photo en sang devant l'ambulance qui emmène Dimitri.

— Même dans les journaux, ils vont m'infliger ce souvenir !!
— Lisons la page quatre, ils en diront certainement plus.

Le journal dit :

La jeune femme ci-dessous sur la photo, Nell Johns, cette jeune femme de vingt-six ans, fraîchement mariée a perdu l'homme de sa vie dans un accident horrible.

Ce jeune homme se nommait Dimitri Lefèvre, il a perdu la vie à vingt-cinq ans.

Un camionneur a perdu le contrôle de son camion, à l'heure actuelle nous ne savons pas si c'est une perte de contrôle ou si le camion était défectueux, plusieurs recherches sont actuellement en cours.

Après les avoir choppé sur le côté gauche de la voiture à plus ou moins septante kilomètres/heure, il les a traînés sur plusieurs mètres avant d'arrêter sa course.

Le jeune homme est mort sur le coup, quand à Nell, elle est sortie de la voiture en tirant le cadavre de son défunt époux, sans une égratignure.

Cette jeune femme a un ange au-dessus de la tête, nous vous en dirons plus sur la date de l'enterrement et sur l'accident dans les jours à venir.

— Je suis désolée Nell, je ne pensais pas que la presse parlerait de tout ça !

— Ne t'en fais pas, vu la nature de l'accident, il est normal qu'on en parle dans les journaux.

— Est-ce que tu vas leur communiquer la date de l'enterrement ?

— Je pense bien, beaucoup de nos amis aimeraient être présents ! Mais je ne sais pas encore quand cela pourra se faire, il y a un délai d'attente avant, Hayden reviendra avec plus de nouvelles… je l'espère.

Mon regard reste figé sur la photo du journal. Je me vois désorientée, ne sachant que faire de plus.

— Au fait Nell pour le bébé, ça va se passer comment maintenant.

— À vrai dire je n'en sais rien, je ne sais même pas s'il est toujours là. Je n'y ai même pas pensé, en plus de ça je suis une mauvaise mère, j'en oublie qu'un enfant grandit en moi.

— Arrête de dire des bêtises, tu n'es pas une mauvaise mère. Regarde Arwenn, c'est une petite fille merveilleuse, polie.

Il est normal que tu n'y pensais plus, tu viens de devenir vampire, ton mari vient de mourir, je trouve que tu gères bien la situation, je ne serais pas capable du quart à ta place.

— Je te remercie, tu es vraiment quelqu'un de bien, n'oublie surtout pas que sans vous je n'y arriverais pas.

Mon téléphone sonne, Kika a sauté dessus avant que j'ai pu faire quoi que ce soit.

— C'est Bess, elle aimerait te parler.
— Ok, merci.

— Allô… Bess !

— Oui ma belle, je te téléphone tout d'abord pour savoir comment tu te sens ?

— Comme ci, comme ça, je fais avec, je gère enfin j'essaye. Je suis contente d'avoir quelques bons amis près de moi.

— Je m'en doute, tu m'auras près de toi bientôt aussi, je reviens avec maman. Nous revenons tous en même temps.

— C'est gentil, mais tu sais je ne sais pas encore quand se passe l'enterrement, tu as déjà bien trop mis ta vie sur le côté pour moi.

— C'est mon chéri qui a dit le premier que nous revenions tous ensemble. Nous prenons l'avion après-demain.

— Merci c'est gentil. J'attends Hayden pour nous donner plus d'informations sur la suite des événements, il n'a pas voulu que j'aille.

— Il a raison, dis au fait as-tu lu le journal ?

— Oui, pourquoi toi aussi ?

— Oui, si je t'en parle, c'est parce qu'on parle de ton accident même par ici. Ça a déjà fait le tour. Je ne veux pas t'ennuyer avec ça mais il se peut que Robby lise l'article. S'il paraît dans plusieurs pays.

— Mouai, nous verrons bien, je vous attendrai à l'aéroport. Merci, dit à maman et papa que je les aime, embrasse Arwenn pour moi, dis-lui qu'elle me manque plus que jamais.

— Je le ferai, à très bientôt, courage petite sœur.

— À bientôt.

Hayden revient après environ trois heures d'absence pour me faire savoir que l'enterrement est prévu dans trois jours et qu'il ne faut plus rien prévoir ni faire, il s'est occupé de tout.

Mon cœur se sert dans ma cage thoracique, pourtant il ne bat plus réellement, mais je ressens malgré tout beaucoup d'émotions, est-ce normal, je ne sais pas à qui en parler, personne pour me guider.

— Merci d'avoir fait toutes les démarches pour moi, tu avais raison, je n'aurais pas pu le faire.

— J'ai toujours raison, je t'ai ramené des vêtements, va te changer.

Encore une question avant que tu ne partes…

— Vas-y dis-moi !

— …côté sang comment te sens-tu ? ressens-tu un manque ? un vide ?

— Oui en quelque sorte, le sang m'attire plus qu'hier, mais je me suis rendue compte qu'en grignotant des trucs ici, malgré le goût infâme de ces aliments, ça me calme pour quelques instants, mais ça ne dure pas longtemps, je pense que je devrais boire un sang de bêtes quelconque comme le fait Robby et sa famille, ça me calmera sûrement.

— Le sang humain t'attire-t-il ?
— Pas trop. Je ne comprends pas pourquoi, mais ce n'est pas plus mal.
— Sûrement le sort qui agit, je pense que ton ancien petit ami a plus de mal que toi pour se contrôler car lui aucun sort ne l'aide.
— Tu as sûrement raison. Sur ce je vous laisse je vais me changer. J'ai besoin d'un moment d'intimité.

Le jour de l'arrivée de ma famille est là, ils arrivent bientôt à l'aéroport, mais avant tout, un tour dans les bois s'impose, j'ai besoin de me nourrir, le sort ne m'empêche pas d'avoir soif.

Ma première chasse est un désastre, je trouve du beau gibier tel que des chevreuils et des daims, mais je n'arrive pas à les mordre directement à la gorge, afin de sectionner les bonnes veines, ce qui fait qu'après trente-cinq minutes de chasse je n'ai rien su faire d'autre que me mettre l'eau à la bouche. J'ai encore plus soif, je pense que pour aujourd'hui je vais m'attaquer aux animaux plus petits, tels que renards, belettes, lièvres… je n'ai pas trop le temps mais avant l'enterrement, je vais réessayer.

Je prends tout le monde à l'aéroport comme prévu, personne ne se doute de rien, seul le regard d'Arwenn a changé, elle a hésité un instant avant de venir vers moi, il faut que je lui dise que je ne lui ferai pas de mal, qu'elle peut avoir confiance en moi, pour qu'elle se décide à venir. Je ne peux lui en vouloir si elle est comme moi pour les pouvoirs, elle a compris. C'est peut-être mieux ainsi. Elle a le droit de savoir.

Il est temps aussi que j'ai une conversation avec Kika et Hayden sur ce que je décide pour l'avenir.
Le soir venu, je me décide enfin.

— Kika, Hayden, il faut que je vous parle c'est important.

Ils sont tous les deux venus près de moi, Arwenn s'installe dans le fauteuil.

— Dis-nous, on t'écoute.
— Voilà, j'ai décidé de partir..., je vais m'expatrier au Canada, quelque chose me dit de suivre cette route, je ne peux rester ici pour gérer mon état, je veux un endroit calme, je pars demain après l'enterrement.
— Ok, me dit Kika, je pars avec toi. Ma maison là-bas nous sera d'une grande utilité, c'est déjà ça à ne plus chercher.
— Merci, et toi Hayden.
— Je pars aussi, plus on est de fous, plus on rit, je ne resterai peut-être pas avec vous tout le temps, mais je viens.
As-tu déjà annoncé la nouvelle à ta famille ?
— Oui tout à l'heure dans la voiture, je leur ai dit que je devais changer d'air un moment, ils ont compris, ma mère repartira quelque temps chez ma sœur.

La discussion achevée, je pars avec Arwenn dans ma chambre afin qu'elle dorme près de moi. Demain une longue journée se prépare.

Toute la nuit l'enterrement se déroule dans ma tête, je me l'imagine, même si c'est difficile, j'aurai peut-être moins dur comme ça.

L'enterrement se déroule dans quelques instants, nous sommes tous présents, ainsi que des amis lointains, proches, Romain est présent, près de ma famille pour nous soutenir.
Encore quelques instants avant le début de la cérémonie.

La cérémonie se déroule à l'extérieur, il aurait aimé que je le fasse comme ça ! Je désire le faire incinérer ainsi Blanche n'aura plus aucun pouvoir sur lui.

— Famille, amis.

Nous sommes ici tous présents pour dire un dernier adieu à notre ami, beau-fils, beau-frère, mari, père, Dimitri Lefèvre.

J'ai souhaité faire son enterrement à l'extérieur malgré la température légère, car il aimait être dehors, il aimait se promener dans l'herbe avec sa fille.

Nous avons fait un tour pour savoir si quelqu'un voulait s'exprimer mais tout le monde me laisse l'opportunité de le faire, je vous en remercie, car votre présence signifie déjà beaucoup pour moi. Et je sais que là où il se trouve, il nous voit et nous entend.

Donc je vais commencer.

Je regarde sa dépouille, lutte contre les larmes, je commence le texte écrit pour lui.

« Ça fait presque une semaine que tu es parti, nous laissant seules.

Nous voilà aujourd'hui devant toi, entre les fleurs et les dalles sombres, je ne peux voir que ton nom inscrit sur cette tombe.

La suite de ma vie après ta mort va tellement changer, tout le monde me dit que c'est ainsi mais que le temps va me faire oublier, malgré les jours déjà passés je n'y arrive pas, tu es toujours près de moi.

Je continue à entendre ton rire, le son de ta voix, dans ma tête se bousculent nos souvenirs, que rien, ni le temps ne me feront oublier.

Je vais rester debout pour notre fille, continuer mon chemin, ça dépendra sûrement des lendemains.

Il n'y a pas longtemps tu m'as dit que la vie ressemble à mes bouquins, où on y trouve un début, un milieu et une fin.

Aujourd'hui… je sais où j'en suis, je viens de tourner la dernière page du chapitre de ta vie.

Je te ferai toujours vivre, par mes souvenirs près de notre fille, je veillerai à ce qu'elle ne t'oublie pas.
Part en paix, nous nous reverrons sur l'île d'Avalon. »

Je me retourne vers l'assemblée, je peux voir tout le monde en pleurs, émus. Sans dire mot je reprends ma place près de ma fille. À présent, l'incinération commence.

Environ une heure se passe, je reçois l'urne avec les cendres de mon mari.
Je les prends et demande à ma mère et ma famille de dire au revoir à Arwenn, Kika l'emmène déjà à la voiture. Il y a certaines images que je ne veux pas qu'elle voit.

Je parsème les cendres de Dimitri devant la stèle à son nom. Je me recueille quelques instants près de lui, en lui disant que je reviendrai vite.

Au moment où je me retourne, je vois ma famille ainsi que Robby et sa famille en arrière-plan.

Faisant comme si de rien n'était, je dis au revoir à ma famille, dis à ma mère que je lui téléphonerai tous les jours et que nous revenons bientôt. Je les embrasse et fais comme si je ne l'avais pas vu.

Je me dirige vers la voiture où m'attendent Kika, Hayden et Arwenn. Avant de monter en voiture, je ne peux m'empêcher de me retourner, de le regarder droit dans les yeux, j'entends Andrew qui demande à Bess, « où partent-ils ? »

Je monte en voiture, je démarre, notre avion part dans deux heures. Je ne veux de toute façon pas le voir pour le moment. Il me serait pourtant d'une grande aide, mais non, non, tout est encore trop frais pour pouvoir le voir, trop de choses se bousculent dans ma tête.

— Que voulait-il, me demande Kika.
— Je ne sais pas, je ne lui ai pas parlé. Trop risqué qu'il remarque quelque chose, je ne veux pas qu'il sache. En route pour une nouvelle histoire.
— En route.

Je me retourne, je peux voir que la journée a été dure pour Arwenn aussi, qui s'endort déjà.

Épilogue

Maintenant que je sais ce que ce surnaturel explique, maintenant que je sais à quoi m'en tenir, il ne me reste qu'une seule chose à faire.

Je vais la traquer, jusqu'au moment où elle ne fera plus partie de cette terre.

Je me suis enfin découverte, j'ai enfin découvert dans quelle vie bizarre nous vivons sans nous rendre compte de tout ce qui se passe.

Tel le phœnix, je renais de mes cendres, plus forte, plus puissante.

L'heure de la vengeance approche.

Ma fille n'aura plus jamais à s'inquiéter, je suis là et je le resterai pour l'éternité.

Imprimé en France
978-2-310-00668-2
Dépôt légal : 4e trimestre 2010